AF185499

Für M., A. und M.
Ihr wisst, wer Ihr seid.

F. S. Schönberg

#hash.Frag

www.tredition.de

© 2018 F. Spencer Schönberg
2. Auflage

Umschlaggestaltung, Illustration: Miriam Scuderi

Verlag und Druck: tredition GmbH
978-3-7469-5443-1(Paperback)
978-3-7469-5444-8(Hardcover)
978-3-7469-5445-5 (e-Book)

Das Werk, einschließlich seiner Teile, ist urheberrechtlich geschützt. Jede Verwertung ist ohne Zustimmung des Verlages und
des Autors unzulässig. Dies gilt insbesondere für die elektronische
oder sonstige Vervielfältigung, Übersetzung, Verbreitung und öffentliche Zugänglichmachung.

Bibliografische Information der Deutschen Nationalbibliothek:
Die Deutsche Nationalbibliothek verzeichnet diese Publikation in
der Deutschen Nationalbibliografie; detaillierte bibliografische
Daten sind im Internet über http://dnb.d-nb.de abrufbar.

Dramatis Personae

Die Hirten

Imran Pethrukov, Feldagent des FSB
Nicolas O'Donnel, Interpol-Ermittler
Michelle Deprés, Datenanalystin von Europol
Vadim Pokrov, Datenanalyst des FSB

Die Schafe

Prinz Tariq ibn al Saud, arabischer Prinz
Carol Summers, seine Verlobte
Dr. Scott Corvin, Psychiater
Zlatan Malizescu, rumänischer Jugendlicher
Sofia Basini, italienische Hausfrau
Alessia Basini, ihre Tochter
Alexandra Pethrukov, russische Journalistin

Die Wölfe

Sosuke Watanabe, Yakuza
Anton Malizescu, rumänischer Drogenboss
Don Mario Basini, italienischer Mafia-Don
Samuele Basini, sein Sohn
Lorenzo Conti, Mafiaschläger

Die Anderen

Natsuki, Mangaka und Teilzeitkellnerin
Lindsay, gegenwärtig in psychiatrischer Behandlung
Joshua, erfolgloser Selbstmörder

The Tyger
(William Blake)

Tyger! Tyger! burning bright
In the forests of the night,
What immortal hand or eye
Could frame thy fearful symmetry?

In what distant deeps or skies
Burnt the fire of thine eyes?
On what wings dare he aspire?
What the hand dare sieze the fire?

And what shoulder, & what art,
Could twist the sinews of thy heart?
And when thy heart began to beat,
What dread hand? & what dread feet?

What the hammer? what the chain?
In what furnace was thy brain?
What the anvil? what dread grasp
Dare its deadly terrors clasp?

When the stars threw down their spears,
And water'd heaven with their tears,
Did he smile his work to see?
Did he who made the Lamb make thee?
Tyger! Tyger! burning bright
In the forests of the night,
What immortal hand or eye,
Dare frame thy fearful symmetry?

Odintsovo, Russland. 14. Januar, 11:23 a.m.

Raureif, Atem, der weiße Wolken formte, die sich über seinem Kopf mit dem Qualm seiner Zigarette vermischten, bevor der pfeifende Wind beides hinfort trug. Die Bank, auf der Imran saß, war rostig und unbequem und der Bahnsteig bot keinerlei Schutz vor dem unerbittlichen Wind. Zu allem Überfluss hatten die exzessiven Schneefälle der letzten Wochen deutliche Spuren hinterlassen.

Imran steckte bis über die Knöchel im Schnee, und von den drei Spuren des kleinen Bahnhofes war nur eine einzige betriebsbereit. Selbst ein Russe brauchte eine gute Entschuldigung, um an diesem Morgen hier zu sein. Und das machte den Ort so perfekt für die Art von Geschäft, die Imran heute zu tätigen gedachte.

Nicht, dass die Kälte Imran etwas ausgemacht hätte. Er hatte sein ganzes Leben in Russland verbracht, hatte dem Land den größten Teil seines Lebens gewidmet. Hatte dem KGB ebenso treu gedient, wie er seit geraumer Zeit dem FSB diente. In über vierzig Jahren des Staatsdienstes hatte er vieles gesehen, viele Dinge getan, die den meisten Menschen Schauer über den Rücken gejagt hätten. Und trotz alledem, in Gesellschaft des Mannes, der zu Imrans Rechten auf der Bank saß, fühlte der russische Geheimdienstmann sich zutiefst unwohl. Der andere war weniger als halb so alt wie Imran. Er trug eine abgewetzte, grüne Windjacke und verbarg sein Haar unter einem Hut, der älter zu sein schien als sein Träger. Sein Gesicht war makellos jugendlich, wo Imrans eigenes Antlitz von tiefen Falten zerfurcht war, und blass, wo Imran vom Wetter gegerbt war. Hätte sich unter der widrigen Witterung ein Passant auf den verwaisten Bahnsteig getraut, er hätte sich zweifellos gewundert, was zwei so ungleiche Männer miteinander zu besprechen hatten.

Es war das dritte Mal, dass die Behörde die Dienste des anderen in Anspruch nahm. Das erste Mal, dass Imran den Mann persönlich traf. Keine Aufgabe, um die er sich gerissen hätte, doch Befehl war nun einmal Befehl. Bei seinem ersten Treffen mit dem Geheimdienst hatte der andere sich als Milo Dracovîc vorgestellt. Natürlich hatte niemand im FSB länger als eine Sekunde daran geglaubt, dass dies der echte Name des Mannes war, und man hatte alles Menschenmögliche getan, um die Identität zu überprüfen. Ein Junge namens Milo Dracovîc war vor vierundzwanzig Jahren geboren worden, in einem kleinen Dorf, ein paar Dutzend Kilometer außerhalb von Odessa. Ein Junge, der seine Eltern bei einem Brand verloren hatte. Ein Junge, dessen Spur sich in einem längst verlassenen Waisenhaus verlor. Ein Geist.

Der Mann zu Imrans Rechten war vermutlich aus Fleisch und Blut, das war aber auch schon alles, was ihn von einem Spuk unterschied.

Seine Stimme war freundlich und glockenhell, und ein flüchtiger Beobachter hätte das Lächeln beinahe für echt halten können, als Dracovîc zu sprechen begann.

„Ein wundervoller Morgen, nicht wahr?"

Der Mann sprach ein makelloses Russisch, ohne jede Spur von Akzent. Ohne irgendeinen Anhaltspunkt auf seine Herkunft. Er hatte den Kopf halb herum gedreht und blickte den älteren Mann an. Lächelte. Das hieß, sein Gesicht lächelte. Die Augen dagegen waren Abgründe. Diese beiden nussfarbenen Löcher im Gesicht des Mannes machten Imran Angst. Man konnte keine vierzig Jahre für einen Geheimdienst arbeiten, ohne eine Unzahl von verstörenden Individuen kennenzulernen. Imran war selbst dem einen oder anderen begegnet, der ohne weiteres als Psychopath durchgegangen wäre, hatte sogar mit ihnen gearbeitet.

„Aber ich nehme nicht an, dass Ihr mich gerufen habt, damit ich das russische Urlaubswetter genießen kann?"

Unmöglich zu sagen, ob der andere scherzte, ihn gar verspottete. Die meisten wirklich gefährlichen Männer, deren Bekanntschaft Imran gemacht hatte, waren einfach zu durchschauen. Verrückt oder gemeingefährlich, doch im Grunde einfach genug gestrickt.

Selbst der brutalste Schlächter verlor an Schrecken, wenn man ihn berechnen konnte.

Milo Dracovîc erweckte allerdings nicht eben den Eindruck eines Schlächters. Nahm man es genau, hatte der Junge, der geduldig auf eine Antwort wartete, nicht einmal Anlass für Imrans Unbehagen gegeben. Er verhielt sich zivilisiert und höflich, geradezu freundlich.

Und aller Erfahrung zum Trotz hätte Imran nicht einmal sagen können, ob die Freundlichkeit Schauspiel war. Doch in jedem Fall war es kein Spiel, auf das Imran sich einlassen mochte. Stattdessen zog der alte Russe schweigend einen Umschlag hervor, reichte ihn zur Seite. Dracovîc verzog keine Miene, riss das Kuvert mit den behandschuhten Fingern auf und schüttelte den Inhalt in seinen Schoß. Nacheinander glitten ein Paar Blätter Computerausdruck, zwei Speicherkarten und einige Digitalaufnahmen heraus.

Die Blätter verschwanden mehr zerknüllt als gefaltet in einer der Taschen der grünen Jacke, die Speicher folgten auf dem selben Weg. Der Mann behielt lediglich ein einzelnes Foto in der Hand, betrachtete es scheinbar gedankenverloren. Eine Aufnahme, offensichtlich aus weiter Ferne, die einen jungen, nah-östlichen Mann im Anzug zeigte, der gerade in einen Wagen einstieg.

„Warum?"

Eine scheinbar harmlose Frage, vollkommen beiläufig gestellt. Und doch reichte sie vollkommen, um Imran aus dem Konzept zu bringen. Einige Sekunden lang vergaß der Russe jede Disziplin und starrte seinen Geschäftspartner einfach nur perplex an. Unmöglich zu sagen, ob Dracovîc amüsiert war, oder ob er überhaupt Notiz nahm. Imran hoffte jedenfalls, sich schnell genug zusammen gerissen zu haben.

„Warum sollte Sie das interessieren? Wir bezahlen dafür, das sollte alles sein, was Sie wissen müssen."

Milo Dracovîc grinste, Imran glaubte gar, ein Kichern zu hören.

„Na, komm schon. Ihr Jungs habt doch hundert Leute, denen Ihr bedeutend weniger zahlen müsst als mir, wenn es nicht wirklich wichtig wäre."

Da hatte der Mann natürlich recht. Was die Sache für Imran nicht weniger unbehaglich machte. Die meisten, die ihr Geld mit Morden verdienten, versuchten aus nachvollziehbaren Gründen solche Fragen zu meiden, so gut es ging. Und sei es nur, um ihrer eigenen Sicherheit willen. Entsprechend ausweichend fiel auch Imrans Antwort aus.

„Die Zielperson... gefährdet die Interessen der russischen Indus... die Interessen Russlands. Mehr, als wir tolerieren können."

In Dracovîc' Stimme schwang geradezu Enttäuschung mit.

„Geld? Könnt Ihr euch nicht wenigstens einmal etwas Interessantes einfallen lassen?"

Der Mann verspottete ihn, machte sich über ihn lustig. Es konnte gar nicht anders sein. Und Imran, dem ganz und gar nicht nach Scherzen zu Mute war, konnte spüren, wie der Mann ihm damit unter die Haut ging. Dass seine eigene Professionalität zu versagen drohte. Er wollte dieses Geschäft hinter sich bringen, wollte weg von hier, weg von diesem Mann.

„Werdet Ihr es nun tun oder nicht?"

„Werde ich was tun?"

Da war Spott in in der Stimme des Mannes, egal mit wie viel Freundlichkeit er sie maskieren mochte. Imran war sich sicher. Am liebsten hätte er den anderen angeschrien. Nur mühsam konnte er seine Stimme unter Kontrolle halten.

„Ihr wisst ganz genau, warum Ihr hier seid."

Da war es wieder. Das Kichern, die Belustigung in der Stimme, der Schimmer eines Grinsens auf dem ausdruckslosen Gesicht, auf den von Kälte geröteten Wangen.

„Das wissen wir beide. Ist es da so schwer, es auszusprechen? Wer sollte uns denn hier belauschen?"

Imran war nicht mehr weit davon entfernt, völlig die Nerven zu verlieren. Er hatte vieles gesehen, hatte sich selbst immer für einigermaßen abgebrüht gehalten. Und doch gelang es diesem Mann, diesem Jungen, so mühelos, ihn aus der Fassung zu bringen. Niemand sollte so fröhlich, so unbeschwert über derlei Geschäfte reden.

„Also gut. Werdet Ihr diesen Mann töten?"

Die Antwort, die er bekam, war nicht eben beruhigend.

„Nein, werde ich nicht. Ich bin kein Schlachter. Nur ein bescheidener Händler. Was für ein Glück für uns beide, dass ich das Schicksal feilbiete."

Mit diesen Worten stand der Mann, der sich Milo Dracovîc nannte, auf. Er grinste jetzt vollends, von einem Ohr zum anderen. Mit der linken verstaute er das Foto, zwei Finger der rechten Hand tippten zum Gruß an die Hutkrempe. Ohne weiteren Abschied wandte der Mann sich von Imran ab, schlenderte ohne Eile den Bahnsteig hinab. Im Gehen begann er eine helle Melodie zu pfeifen.

Erst jetzt spürte Imran den kalten Schweiß in seinem Nacken. Er nahm ein, zwei tiefe Züge der eisigen Luft, schnippte die Zigarette von sich, die während des kurzen Gesprächs erloschen war. Erst dann stand er selbst auf. Und einem plötzlichen Impuls folgend, schlug er die selbe Richtung ein, in die Dracovîc gegangen war. Er konnte nicht sagen, wieso, doch er folgte dem Mann. Immerhin war er ein erfahrener Ermittler, leicht doppelt so alt wie der Junge, dem er folgte. Er würde kaum entdeckt werden oder seinen Auftrag kompromittieren. Und irgendwie fühlte es sich an, als müsste er Dracovîc folgen. Er wollte den Mann beobachten, wollte irgend einen Sprung in der Maske finden. Irgend ein Zeichen, dass er das Geschäft mit einem Menschen geschlossen hatte, nicht mit einem Geist.

Tatsächlich war es nicht einmal besonders schwer, den Mann zu verfolgen. Der Hut war auffällig genug, und Dracovîc schien keinerlei Eile zu spüren. Noch immer pfeifend, wirkte der Mann mehr wie ein Tourist, denn alles andere. Nicht, dass es in Odintsovo all zu viel zu sehen gab. Zu nah an Moskau, als dass sich hier viel Gewerbe hielt.

Obwohl all die Restaurants nur ein paar Kilometer mit der Bahn entfernt waren, hielt Dracovîc zielstrebig auf einen der kleinen Bliny-Läden zu. Ein schäbiger kleiner Laden, mit weiten Glasfenstern zur Straße hin. Ein Laden, der es mit der Sauberkeit nicht eben genau nahm. Ein Laden, der zu dieser Zeit vollkommen verlassen war, sah man von der jungen Frau hinter dem Tresen ab.

Imran hielt einigen Sicherheitsabstand, beobachtete, wie Dracovîc den Imbiss betrat. Doch wie es aussah, konnte dieser Mann nicht einmal essen wie ein gewöhnlicher Mensch. Selbst von seinem Beobachtungsposten auf der anderen Straßenseite konnte Imran deutlich erkennen, dass Dracovîc sich das Sodaglas mit Eiswürfeln befüllen ließ. Und das bei wenigstens zehn oder zwölf Grad unter Null. Schien nicht einmal Probleme damit zu haben, das Glas trotzdem in zwei Zügen herunter zu stürzen.

Ja, er war sogar mutig genug, in einem solchen Etablissement die Toiletten zu benutzen, den Hut nach wie vor im Nacken, ohne dass Imran auch nur einen Schimmer von Dracovîc' Haar gesehen hatte.

Zehn Minuten vergingen. Die Pfannkuchen wurden neben dem leeren Glas serviert. Zwanzig Minuten, und die Eiswürfel im Glas waren vollständig geschmolzen. Zwei andere Gäste waren bereits in den Imbiss und wieder heraus gekommen. Einer davon sogar auf die Toilette. Dreißig Minuten, und Imran verlor die Geduld. Mit zügigen Schritten kreuzte er die Straße, betrat das Restaurant, die Rechte in der Tasche der Lederjacke, die Faust um den Griff seiner Makarov geschlossen, den Zeigefinger seitlich auf dem Abzug. Man konnte nicht vorsichtig genug sein.

Natürlich, echte Vorsicht hätte bedeutet, diese Überwachung abzubrechen. Er glaubte gar zu wissen, was ihn erwartete. Die schäbige, milchig gelbe Tür neben dem Tresen trug ihn in einen winzigen

Vorraum. Eine Kellertreppe, gesichert mit einem fest verrammelten Gitter, schmale Türen zu den Toiletten, nach Geschlecht getrennt. Ein vorsichtiges Rucken bewies ihm, dass das Gitter fest verschlossen war.

Doch die beiden fensterlosen Toilettenräume waren menschenleer.

Ein Geist...

Tokyo, Japan. Drei Jahre zuvor. 18. Oktober, 11:07 p.m.

Auch das noch. Natsuki strich sich die langen schwarzen Strähnen aus dem Gesicht und blinzelte in das schale, gelbe Neonlicht der Straßenbeleuchtung. Oder zumindest in das wenige, das durch die über und über beklebten Fenster in die kleine Karaokebar drang. Die Müdigkeit zerrte an ihrem Körper. Sie wünschte sich im Augenblick nichts mehr als ihr Bett. Und dabei dauerte ihre Schicht bisher gerade einmal drei Stunden, sechs weitere lagen noch vor ihr. Sechs Stunden der vier immer gleichen Lieder, deren Melodien von alleine spielten. Sechs Stunden, in denen sie nicht einmal genug Trinkgeld zusammen kratzen würde für das Zugticket nach Haus. Zwei weitere Stunden mit dem Schnellzug, bis sie endlich schlafen konnte. Kein besonders dankbarer Job. Nicht einmal besonders gut bezahlt, bedachte man, dass sie Nacht für Nacht die einzige Angestellte in dem kleinen Lokal war.

Aber irgendwie musste sie die Miete ja aufbringen. Natsuki wäre nicht einmal so weit gegangen zu sagen, dass sie es hasste, hier zu kellnern. Die Nächte, jedenfalls die meisten Nächte, waren ruhig. Die meisten der kleinen Läden in diesem Viertel waren längst geschlossen, die Bar, in der sie arbeitete, die einzige weit und breit, die noch geöffnet war. In den Abendstunden hatte sie manchmal noch zu tun, doch Nachts und am frühen Morgen war es fast immer leer. Immerhin fand sie so noch Zeit zum Zeichnen. Und selbst wenn ihre Gedanken zu weit weg oder zu beschäftigt waren – Menschen, die tief in der Nacht noch in eine Bar wie diese kamen, waren anders als normale Restaurantgäste oder Trinker. Sie suchten Gesellschaft, suchten jemanden zum Reden. Und Natsuki war eine gute Zuhörerin.

An guten Nächten machte ihr diese Anstellung sogar ein wenig Spaß. Aber heute würde keine gute Nacht sein, das konnte sie jetzt schon spüren. Zuerst einmal waren deutlich mehr Gäste hier, als es um diese Zeit üblich war. Rechts der Tür, in der Ecke, saß ein jun-

16

ges Pärchen. Nachtschwärmer, wahrscheinlich noch jünger als Natsuki selbst, und allem Anschein nach miteinander beschäftigt. Die waren harmlos.

Der Gaijin, der Fremde, am anderen Ende der Tischreihe war da schon interessanter. Auch er wirkte jugendlich, obwohl es Natsuki viel schwerer fiel, das Alter bei Europäern einzuschätzen. Jedenfalls glaubte sie, dass er Europäer war, das Englisch, in dem er seine Bestellung aufgegeben hatte, war ihr britisch vorgekommen.

Er saß in der hintersten Ecke, zwischen der Fensterfront und der kleinen Bühne neben dem Tresen. Eine Wange gegen das Glas gelehnt, das schwarze Haar zurückgebunden und der Anzug zerknittert. Sein Blick wanderte rastlos, blickte mal gedankenverloren in die Nacht hinaus, wanderte mal durch das Buch auf seinen Knien. Ein schwerer blauer Band mit westlicher Schrift bedruckt.

Ungewöhnlich, in diesem Viertel, zu dieser Jahreszeit einem Touristen zu begegnen. Interessant, aber vermutlich ebenfalls harmlos.

Es waren die übrigen drei Gäste, die Natsuki Angst machten. Drei Männer, alle älter als sie selbst, einer in der Mitte der Zwanziger, die anderen beiden ein wenig darüber. Die drei hatten schon hier gesessen, als Natsuki ihre Schicht angetreten hatte, und seitdem waren sie kontinuierlich lauter und betrunkener geworden. Soeben stellte sie vorsichtig drei weitere Bierflaschen auf dem Tisch ab und zog sich so schnell und unauffällig wie möglich mit dem Leergut zurück.

Sie kannte die Männer. Oder besser gesagt, sie wusste, was die Zeichen auf den Stirnbändern, auf den Lederjacken der drei Männer bedeuteten. Yakuza. Betrunkene Yakuza. Ärger. Es wäre vermutlich klüger gewesen, hätte sie versucht, die Kerle vor ein paar Stunden vor die Tür zu setzen. Als man noch mit ihnen reden konnte. Aber ihr hatte da bereits der Mut gefehlt, die Mafiosi direkt anzusprechen.

Ihr graute jetzt schon davor, wenn es ans Bezahlen ging.

Immerhin, fürs erste war die Trinkgemeinschaft mit sich selbst beschäftigt. Natsuki verstaute die leeren Bierflaschen in dem Kasten unter dem Tresen. Dann zog sie sich auf den Hocker hinter der Bar. Keine leichte Aufgabe – sie maß selbst kaum einen Meter und sechzig und hatte ihre liebe Mühe, aufrecht stehend über den Tresen zu schauen. Einmal in einer halbwegs bequemen Haltung angelangt, was auf dem alten Plastikstuhl nicht gerade einfach war, zog sie ihren Skizzenblock aus der Handtasche und den abgekauten Bleistift aus ihrem Haar.

Sie schlug den Block auf, die Zeichnung, welche sie an diesem Nachmittag im Zug begonnen hatte. Eine Frau in der Rüstung eines Samurai. Kniend, in einer Lache ihres Blutes. Der Rest eines zerbrochenen Schwertes in ihrer Faust. Ihr Gesicht und das Schlachtfeld, auf dem sie sich befand, waren im Augenblick nur rudimentäre Hilfslinien.

Ein dunkles, ein melancholisches Bild. Seit zwei Jahren gelangen ihr keine anderen mehr. Damals, gerade im letzten Schuljahr, hatte sie sich ein Studium ausgemalt, vielleicht sogar eine Karriere als Mangaka. Damals hatte sie auch noch nicht von Ramen aus der Tüte gelebt, allein in einer Einzimmer-Wohnung. Seit damals war viel passiert.

Sie spürte den vertrauten Stich, den Schmerz, den die Erinnerung jedes Mal mitbrachte. Ein Knacken, eine weitere Scharte, die ihre Zähne in das Ende des Bleistiftes gruben. Sie konnte sich das Seufzen nicht völlig verkneifen, doch sie zwang sich, ihre Konzentration auf das Bild zu lenken. In gewisser Weise tat die Kunst ihr gut. Trug sie fort von hier. Gönnte ihren Gedanken ein wenig der dringend benötigten Ruhe. Die Geräusche der Bar – das Gelächter der Betrunkenen, das Gesäusel der Musikboxen, das Rauschen der Autos auf der Straße, all das wurde leiser.

Für eine ganze Weile entkam Natsuki auf den Schwingen von Arbeit und Träumerei der Realität. Jedenfalls so lange, bis ihr jemand ein paar hundert Yen ins Blickfeld warf. Als sie aufsah, verließ das junge Pärchen gerade eilig die Bar. Sie wirkten irgendwie nervös...

Im nächsten Augenblick spürte Natsuki eine Hand, die sie hart in den hoch gesteckten Haaren packte und gewaltsam vom Stuhl riss. Derart ihres Gleichgewichts beraubt, stolperte sie, ging hart in die Knie.

Nur der Griff in ihrem Haar bewahrte sie mit einem heftigen Ruck davor, vollends zu stürzen. Trunkenes Gelächter erfüllte den Raum. Und noch während sie am Tresen vorbei und die zwei Meter zum Tisch gezerrt wurde, wallte die Angst in Natsuki auf.

Einer der beiden älteren Yakuza warf sie in diesem Moment bäuchlings auf die Tischplatte. Der Aufprall jagte Schmerz durch ihre Brust, ihre Rippen, während ihr Kopf eine der Bierflaschen umwarf. Die anderen beiden Männer standen daneben, warfen vor Lachen die Köpfe in den Nacken. Klatschten in die Hände.

Der Griff in ihrem Haar lockerte sich, stattdessen lag die selbe Hand nun auf ihrem Rücken, presste sie auf den Tisch. Eine weitere Hand klatschte durch die zerschlissenen Jeans schmerzhaft hart auf Natsukis Hintern. Finger glitten grob zwischen ihre Beine.

Ein weiterer Blitz aus Panik zuckte durch ihren Geist. Es brauchte nicht viel Fantasie, sich auszumalen, was als Nächstes passieren würde.

Nein. Nein, nein. Nicht. Natsuki bäumte sich auf. Sie stieß sich mit beiden Armen von der Tischplatte ab, schrie ihre ganze Angst, ihre blanke Panik hinaus, dass es in dem gefliesten Schankraum hallte.

Es half nichts. Für einen Augenblick gelang es ihr, den Yakuza zu überraschen, sich ein wenig Freiheit zu erkämpfen, dann schmetterte die Hand sie zurück auf die Tischplatte, hart genug, dass es ihr die Luft aus den Lungen trieb, dass ihr Sterne vor den Augen tanzten.

Sie hörte ein scharfes Schnappen in der Nähe ihres Ohrs. Der Schrei, von dem Aufprall heiser geworden, erstarb auf ihren Lippen. Die flache Seite des Springmessers drückte gegen ihre Kehle. Jemand griff ihren Kopf, presste ihre Wange auf den Tisch. Heißer Atem in ihrem Nacken, drückend und schwer vom Alkohol. Und die Stimme des jüngsten Yakuza, ein bösartiges Flüstern, ganz nah bei ihrem Ohr.

„Sei besser nett zu uns, Kleines, oder dir passiert was. Hier hört dich sowieso niemand schreien."

Zum ersten Mal seit zwei Jahren stiegen Natsuki Tränen in die Augen.

„Doch. Jemand hört sie."

Englisch. Ruhig und nasal. Der Europäer war von seinem Tisch aufgestanden, legte in aller Seelenruhe sein Buch neben die beiden leeren Getränkedosen. Für einen perplexen Moment nahm der Druck in Natsukis Rücken ab, entfernte sich das Messer von ihrer Kehle. Doch sie war sich nicht eben sicher, ob sie dem Mann dankbar sein sollte.

„Du hast keine Ahnung, mit wem Du dich hier anlegst oder, Gaijin?"

Das Englisch des Yakuza war breit und heiser, fast vollkommen unverständlich. Und doch hatte er recht. Der Europäer, so edel sein Anliegen sein mochte, hatte keine Ahnung, mit wem er sich einließ. Schon machte sich einer der beiden Älteren auf, stellte sich dem Gaijin in die Flanke. Und wenn der Junge jetzt irgendeinen Fehler machte, eine Schlägerei anfing, dann würde er sterben. Und Natsuki hatte keinen Zweifel, dass ihr eigenes Leben dann ebenso verwirkt war. Sie wünschte sich inständig, der Tourist würde einfach nur verschwinden, dass es einfach nur alles vorbei wäre.

Aber der Gaijin, aufgerichtet fast einen Kopf größer als die Yakuza, verstand die Zeichen einfach nicht. Und das, obwohl zumindest die beiden, welche Natsuki sehen konnte, inzwischen Messer in den Händen hielten.

Tatsächlich begann der Europäer sogar schwach zu lächeln. Er zog, ohne auch nur eine Miene zu verziehen, die Kopfhörer eines MP3-Spielers aus seinem Hemdkragen, drückte sie sich in die Ohren. Er wechselte fließend ins Japanische, doch seine Stimme war kalt geworden wie Eis.

„Ich könnte dasselbe zu euch sagen."

Was als nächstes passierte, geschah zu schnell, als dass Natsuki wirklich begriff, was vor sich ging. Der eine Yakuza begann sich auf den Gaijin zuzubewegen. Dieser schlug mit einer fast beiläufigen Bewegung sein Jackett zur Seite, zog etwas von der Hüfte.

Die Pistole wirkte klein, fast unscheinbar am Ende seines ausgestreckten Armes, direkt vor dem Gesicht des angreifenden Yakuzas. Ohne eine Spur des Zögerns, ohne seinen Gegner auch nur anzusehen, feuerte der Europäer dem Mafiosi ins Gesicht.

Ein Blitz, hell genug, um jeden Schatten aus der Bar zu vertreiben, hell genug, dass es Natsuki in die Augen schnitt. Der Knall selbst war monströs, von den Fliesen hundertfach zurück geworfen. Laut genug, dass es ihr in den Ohren pfiff, dass sich jeder Muskel in ihrem eben noch schlaffen Leib verkrampfte.

Der Schädel des Yakuza war kaum mehr als eine zerschmetterte, blutige Ruine, als sein Körper schwer hintüber sackte und dumpf auf der Bühne landete.

Der Schütze selbst hatte dabei nicht einmal mit den Wimpern gezuckt. Und seine Miene verzog sich eben so wenig, als er den Arm mit der Waffe herum schwenkte. Es gelang Natsuki noch, instinktiv die Augen zusammen zu kneifen, doch der Knall raubte ihr endgültig das Gehör. Heiße Flüssigkeit spritzte ihr ins Gesicht, eine Erschütterung traf den Tisch. Natsuki biss sich verzweifelt auf die Lippe. Noch immer rannen ihr die Tränen vom Gesicht, doch sie wagte es nicht, die Augen zu öffnen, und sie hörte nichts mehr außer dem gellenden Pfeifton in ihren Ohren und dem frenetischen Stakkato ihres eigenen Herzens.

Das war zu viel. Im eigenen Leib gefangen zu sein, mit nichts als der blanken Todesangst, das ertrug Natsuki nicht. Obwohl ihr Gehör langsam zurückkehrte, riss sie die Augen auf. Oder sie versuchte es wenigstens, blinzelte durch die Schlieren, wo Tränen und Blut sich auf ihrem Gesicht vermischt hatten.

Nicht ihr eigenes. Nicht ihr eigenes Blut. Sie war sich sicher. Sie war unverletzt. Jedenfalls glaubte sie das. Sie hätte es doch spüren müssen, wenn sie getroffen war, oder? Sie hing noch immer auf dem Tisch, den Körper verkrampft, verzweifelt darauf bedacht, regungslos zu bleiben. Nur keine Aufmerksamkeit erregen, und vielleicht würde das alles vorbeigehen wie ein böser Traum. Ein böser Traum...

Der Gaijin stand noch immer, wo sie ihn zuletzt erblickt hatte. Hoch aufgerichtet, den Blick und die Pistole fest auf einen Punkt außerhalb von Natsukis Blickfeld gerichtet. Eine Stimme drang von dort, gedämpft, beinahe fortgerissen von dem Pfeifen in ihren Ohren. Der jüngste der Yakuza. Doch seine Worte hatten ihre Bosheit, ihren Biss verloren. Nur noch Grauen, nur noch Angst blieben zurück.

„... bitte. Ihr wisst nicht, wer mein Vater ist. Tut mir nichts, und er wird..."

Das Lächeln, das die Mundwinkel des Europäers umspielt hatte, weitete sich aus, wurde zu einem Grinsen. Der Art von überlegenem, schadenfrohem Grinsen, wie man es bei einem Shogi-Spieler sah, der seinem Gegner einen Drachen nahm. Allein, seine ruhige, akzentfreie Sprache verriet nichts von derlei Gefühlen.

„Ich weiß, wer Du bist, Sosuke, und ich weiß, wer dein Vater ist. Ich baue fest darauf, dass er dich rächen wird."

Der angesprochene Mafiosi stieß bei diesen Worten einen Laut der Angst aus, irgendwo zwischen Atmen und einem panischen Quieken. Und nun troff der Spott doch in die Stimme des Bewaffneten.

„Hey. Hier hört dich sowieso niemand schreien."

Die Waffe donnerte los. Einmal und noch einmal. Natsuki hörte gar nichts mehr. Selbst der Schrei auf ihren Lippen schien dumpf und fern, erdrückt von brennendem Schmerz in ihren Ohren. Eine Erschütterung, ein Brennen in ihren Knien, als sie von dem Tisch herunter rutschte. Fast von selbst fand sich ihr Körper in einer fetalen Position wieder. Verkrampft, noch immer leicht zitternd, die Knie angezogen, die Hände auf die gemarterten Ohren gepresst. Der Schrei erstarb langsam, wich einem heiseren Wimmern.

Natsuki wartete auf den nächsten Schuss. Auf die Kugel, die ihr Leben nach gerade einmal einundzwanzig Jahren auslöschen sollte.

Und wartete.

Kein weiterer Knall. Kein Blei, das in ihren Körper eindrang, keine Explosion, die sie zerfetzte. Sie lebte noch.

Unmöglich zu sagen, wie lange sie so verharrte. Taub, mit zusammengekniffenen Lidern, fühlte es sich an, als würden Stunden vergehen. Als sie die Augen öffnete, mochten es ebensogut nur Sekunden gewesen sein.

Der Europäer las in diesem Moment mit spitzen Fingern die Patronenhülsen von den Fliesen auf. Natsuki verharrte regungslos. Sie beobachtete, wie der Mann, der letzte Lebende in der Bar, seine Waffe durchlud und dann das beinahe verbrauchte Magazin gegen ein volles austauschte. Der alte Munitionsstreifen wanderte zusammen mit den Hülsen und der ausgeworfenen Patrone in den Rucksack, in dem er auch sein Buch, den MP3-Spieler und die beiden leeren Getränkedosen verstaute.

Erst nachdem die Pistole wieder sicher im Halfter steckte, wandte der Mann sich Natsuki zu. Zwei Schritte und er stand über ihr. Seine Hand glitt zur Brusttasche des Jacketts. Noch während er in die Knie ging, förderte er mit großer Geste ein blütenweißes Taschentuch zu Tage und reichte es vage zu Natsuki herunter.

„Wie geht es deinen Ohren? Verstehst Du schon wieder, was ich sage?"

Natsuki nickte. Schwach, mechanisch. Die Stimme drang von weit her, hallte in ihren Ohren. Doch sie war nicht unfreundlich, nicht bedrohlich. Ganz im Gegenteil. Und bedachte man, dass der Gaijin gerade drei Menschen erschossen hatte, wäre es Natsuki beinah lieber gewesen, der Mann hätte sie angeschrien.

„Es wäre besser, wenn Du dich jetzt abwischst. Das wird nur schwerer, wenn es trocknet."

Natsuki war sich nicht sicher, ob sie Dankbarkeit empfand, als sie den Stoff entgegennahm, als sie sich vorsichtig aufsetzte und begann, sich das verschmierte Blut aus dem Gesicht zu tupfen.

Ihr Blick lag unterdessen fest auf dem Mann. Halb aus Angst, halb, um nicht auf das Blut und die Leichen schauen zu müssen.

Er war um den Tresen herum, suchte etwas. Sie konnte erkennen, wie er ihr Skizzenbuch aufschlug, hindurch blätterte. Da war es wieder, das Lächeln um seine Mundwinkel. Er verstaute das Buch in ihrer Handtasche, trat mit dem Gepäck in der einen und ihrer Jacke in der anderen hinter der Theke hervor, um ihr beides anzureichen.

„Komm, zieh dich an. Ich glaube kaum, dass uns jemand gehört hat, aber wir sollten trotzdem von hier verschwinden."

Der Mann erwartete ganz offensichtlich, dass sie mit ihm kam. Natsuki hätte vermutlich in Panik verfallen sollen. Doch Angst kennt Grenzen. Und ihre Panik war schlicht und einfach erschöpft. Sie fühlte sich müde, benommen. Zu taub, um noch von der Angst überwältigt zu werden. Ihre Stimme kam ihr beinah nüchtern vor.

„Ist das eine Entführung?"

Der Mann kicherte. Es wirkte sogar ehrlich, zumindest auf Natsukis mitgenommene Ohren.

„Entführung? Aber nicht doch. Du kannst gern hier bleiben. Irgendwann wird dann die Polizei auftauchen. Sie werden die Leiche identifizieren, und sie werden wieder gehen, als sei nichts passiert. Zehn Minuten später werden andere Männer kommen. Und die werden dich dann entführen. Du kannst natürlich auch versuchen, allein wegzulaufen. Ich wünsche dir viel Glück dabei."

24

So freundlich, so sachlich, wie der Mann das aufzählte, klang es nicht einmal wie eine Drohung. Er stellte ganz einfach Tatsachen fest. Natsuki zweifelte nicht daran, dass er recht behalten würde. Sie nahm die Jacke entgegen, streifte sie über. Er hielt ihr noch immer geduldig die abgenutzte Handtasche hin. Natsuki blickte zu ihm auf, versuchte seinen Blick mit dem ihren zu fassen. Nicht leicht bei diesen Augen.

„*Und wenn ich mitkomme?*"

Er erwiderte den Blick. Ruhig. Ehrlich. Einer seiner Mundwinkel bewegte sich nach oben.

„*Dann hast Du eine Chance.*"

Er ließ die Tasche in ihren Schoß fallen, stand auf, um seinen Rucksack zu holen, dann begab er sich zur Tür. Seine Stimme hatte noch immer nichts von ihrer Unruhe verloren, als sei dies alles eine völlig normale Situation.

„*Komm jetzt. Und pass auf, dass Du nicht in irgendetwas hinein trittst.*"

Natsuki hängte sich die Tasche um, zog sich an der Tischkante auf die Füße. Ihre Knie zitterten ein wenig, doch zu ihrer eigenen Überraschung trugen sie. Sie zog ihr T-Shirt glatt, schloss den Reißverschluss der dünnen Lederjacke. Zwei lange, vorsichtig Schritte, den Blick auf die Neonröhren an der Decke gerichtet, und sie hatte es irgendwie geschafft, die Tür zu erreichen, ohne ihre Sneaker mit Blut zu besudeln. Der Mann hatte die Glastür gerade einen Spalt geöffnet, spähte hinaus. Natsuki war selbst überrascht, wie fest und sicher ihre Stimme schon wieder klang.

„*Eins noch. Wer bist Du?*"

Er schob die Tür vollends auf, und ein Zug der kalten Nachtluft wehte herein. Er verharrte im Rahmen, legte den Kopf zur Seite, bis ein Auge sie sehen konnte. Als er sprach, klang es mehr, als würde er deklamieren, denn eine Unterhaltung führen.

„Mein Name ist Ozymandias, König aller Könige. Ihr Mächtigen, betrachtet meine Werke und verzweifelt."

Mit diesen Worten wendete er den Blick nach vorn, schritt in die Nacht hinaus. Und Natsuki folgte ihm auf dem Fuß.

*

Die Uhr an der U-Bahnstation zeigte ein Uhr siebzehn. Nach Natsukis Schätzung hatten sie höchstens fünf Minuten für die Strecke gebraucht, die sie sonst gut und gern doppelt so viel Zeit kostete. Der Mann ging schnell, zielstrebig. Zu sicher für einen Ortsfremden und vor allem viel zu sorglos, für jemand, der Minuten zuvor in eine Schießerei verwickelt war.

Natsuki selbst hatte ihre liebe Mühe, überhaupt Schritt zu halten. Als sie endlich die Bahn erreicht hatten, als sie endlich sitzen konnte, dauerte es Minuten, bis Natsuki wieder bei Atem war. Und weitere, in denen sie damit begann, Mut zu sammeln. Bevor es ihr gelang, ergriff der Mann, der ihr nun gegenüber saß, erneut das Wort.

„Hast Du ein Mobiltelefon?"

Sie zuckte zusammen, reichte ihm mit fahrigen Händen das Telefon aus ihrer Jacke. Ein Teil von ihr wollte protestieren, als er das Gerät in einen der vielen kleinen Mülleimer gleiten ließ. Doch sie hütete ihre Zunge. Halb aus Angst, und halb verstand sie sogar, was er tat. Und im Grunde, so sehr ihr Hirn sich dagegen sträubte... ihre Angst begann zu schwinden. Ja, natürlich war der Mann ein wenig seltsam und zweifelsohne gefährlich.

Aber er hatte sie auch davor bewahrt, vergewaltigt zu werden. Vielleicht vor Schlimmerem. Und er hatte sie zu keiner Zeit bedroht. Sie folgte ihm ja aus freien Stücken. Selbst jetzt betrachtete er sie freundlich, lächelte sogar.

Genug Ermutigung für Natsuki, das Wort zu erheben.

„Du hast von einer Chance gesprochen. Was genau hast du gemeint?"

Er grinste, als freue er sich über die Frage, oder als würde sie ihn belustigen.

„Eine Chance, am Leben zu bleiben. Eine Chance, nie wieder kellnern zu müssen. Eine Chance, nie wieder Angst zu haben."

Keine wirklich zufriedenstellende Antwort. Und sie warf in Natsuki bedeutend mehr Fragen auf, als Antworten zu geben. Doch sie kam nicht dazu, weitere Fragen zu stellen. Noch während sie überlegte, welche Frage ihrem seltsamen Begleiter am ehesten eine brauchbare Antwort entlocken konnte, glitt der Zug in eine neue Station ein. Der Mann erhob sich.

Hibiya. Die Haltestelle, im Viertel Chiyoda, in Tokyos Innenstadt gelegen, nahe des gleichnamigen Parks, war sehr viel sauberer als die Haltestelle, an der sie die Bahn betreten hatten. Von der Gegend, in die Natsuki dem Mann hinauf folgte, ganz zu schweigen. Früher war sie ein paar Mal hier gewesen, wo es Parks gab, Statuen, historische Gebäude. Wo es unendlich hohe Wolkenkratzer gab. Verflucht, war das lange her.

Und doch, sie erkannte das Gebäude, auf das der Mann zusteuerte, noch während sie den Springbrunnen auf dem gewaltigen Vorplatz passierten.

Ein turmhoher, rötlich grauer Bau. Ein Hotel von der Art, die von Schulklassen besichtigt wurde. Natsuki wurde immer neugieriger auf diese Chance.

Paris, Frankreich. 19. Januar, 02:23 p.m.

„Yikes!"

Ein Ausruf, so durch und durch amerikanisch, dass es Prinz Tariq Ibn al Saud ein Lächeln auf das Gesicht trieb. Die Frau, die da gerufen hatte, hieß Carol. Und der Prinz hatte sie soeben am Handgelenk zurückgezogen, dass sie Mühe hatte, sich auf ihren Stöckelschuhen zu halten. Aber natürlich stand er bereit, ihren Sturz abzufangen.

Bereits an den Dreißig vorbei, fühlte Tariq sich doch wie ein kleiner Junge, als er an die Stellwand gepresst nach oben lugte. Die frei stehende Wendeltreppe hinauf, die das Innere der weltberühmten Glaspyramide des Louvre mit dem Cour Carrée verband.

Dort oben, wo gerade zwei Männer in dunklen Anzügen im Begriff waren, eine Frau gen Ausgang zu schieben. Die Frau ihrerseits bemühte sich darum, an den Männern vorbei einen guten Blick nach unten zu erhaschen, und wenn möglich einen Schnappschuss mit der Kamera zu machen, die sie zweifellos irgendwo an ihrem Körper versteckt hatte.

Tariq kannte die Frau, wenigstens vom Sehen. Hatte gelernt, sie zu hassen. Mit einer Penetranz, zu der nur Reporter fähig waren, war die Frau ihm gefolgt. Von seiner Heimat im Emirat bis hierher ins ferne Europa. Bevor er mit dem begonnen hatte, was er inzwischen als seine Mission betrachtete, war ihm klar gewesen, dass die Presse sich auf ihn stürzen würde. Aber er hatte sich dann doch nicht ausgemalt, dass man ihm ganz so hartnäckig nachstellen würde. Als verstünden sie nicht, was er versuchte, als wollten sie es nicht verstehen. Aber viel schlimmer war es an Tagen wie diesem. Tage, die er fern des Rampenlichts verbringen wollte, fern von Politik und Öl und dem Gewitter der Kameras.

In seiner Heimat hätte er die Reporterin einfach ins Gefängnis werfen lassen können. Ein wirklich verlockender Gedanke, das musste er zugeben. Aber diesem Weg hatte Tariq abgeschworen. Ganz gleich wie ermüdend das manchmal sein mochte.

Erst als er sich vergewissert hatte, dass sie unbeobachtet waren, stellte er Carol wieder auf die Beine, die bis dahin geduldig in seinem Arm gehangen hatte.

Vorsichtig strich er der Amerikanerin einige der blonden Strähnen aus dem Gesicht, beugte sich nach unten und drückte ihr einen liebevollen Kuss auf.

Carol ließ es geschehen, doch die Besorgnis stand ebenso auf ihr Gesicht geschrieben, wie sie in ihrer Stimme mitschwang.

„Ist alles in Ordnung?"

Tariq zog die Stirn kraus, blickte ihr in die Augen, bemühte sich zu lächeln.

„Wann ist es das je? Aber keine Sorge. Ich will nicht, dass wir uns auch noch heute damit belasten. Ich hatte dir einen freien Tag versprochen, oder nicht?"

Sie nickte. Dankbarkeit und Vorwurf vermischten sich in ihrem Blick. Tariq hatte seine liebe Mühe, den Blick nicht schuldbewusst auf seine Schuhe zu richten. Zu oft hatte er ihr eine solche Auszeit schon versprochen, und zu oft war irgendetwas dazwischen geraten, wo ihm niemand hätte wichtiger sein sollen.

Sie waren gerade vier Monate verlobt, und sie hatten die meisten Nächte nicht teilen können, von den Abenden ganz zu schweigen. Heute wollte Tariq nun wirklich nicht daran denken, wieviel er ihr zumutete. Nicht mehr lang. Einen Monat noch, nicht einmal mehr ganz, und sie hätten das Gröbste überstanden. Dann sollten andere sich um seine Ideen sorgen. Eine kindische Vorstellung natürlich, er hatte noch einen langen Weg vor sich. Aber wenn die Messe erst überstanden war, würde er sich, nein, ihnen beiden, einen langen Urlaub gönnen.

Er legte seinen Arm um die Schultern der sehr viel kleineren Amerikanerin, und sie machten sich auf den Weg, dem Museumsführer hinterher. Es war gar nicht nötig, noch mehr Worte zu machen. Carol war eine der wenigen Frauen, mit denen Tariq komfortabel schweigen konnte. Sie verstanden sich dennoch.

In den eigens für den Besuch geräumten Hallen des Louvre war es dadurch beinah gespenstisch still. Nur ihrer beider Schritte, fast im Gleichklang. Obwohl er sein ganzes Leben lang Zeit gehabt hatte, sich an derlei Pomp zu gewöhnen, war es Tariq doch noch immer ein bisschen peinlich, den Luxus in Anspruch zu nehmen. Wäre Carol nicht bei ihm gewesen, er hätte vermutlich ganz darauf verzichtet.

Der Kunstverständige schritt keine zehn Meter vor dem Pärchen, doch der Klang seiner Schuhe, seiner Ausführungen, verlor sich unter den hohen Decken. Nicht, dass Tariq den Worten gelauscht hätte. Nicht, dass er die Kunstschätze um ihn her auch nur beachtet hätte. Seine Augen ruhten fest auf dem blonden Schopf, der sich an seine Schulter schmiegte.

Bei allem, was er ihr abverlangte, bei allem, was es für sie bedeuten musste, sich mit einem arabischen Prinzen einzulassen... sie hielt zu ihm.

Zum ersten Mal, nach Monaten, Jahren des Ringens mit alten Männern und neuen Gesetzen, fühlte sich Tariq ganz und gar glücklich.

*

Die Führung durch die Wunder des Museums dauerte für Tariqs Geschmack nicht annähernd lang genug. Und schon auf dem Weg zum Wagen winkte sein Referent ihm aufgeregt zu, wedelte mit einem Mobiltelefon. Tariq hatte sein eigenes in weiser Voraussicht gar nicht erst eingeschaltet. Und er hatte auch jetzt nicht vor, sich den Rest des Tages auf diese Art verderben zu lassen.

Er schenkte dem Mann keinerlei Beachtung. Stattdessen hielt er Carol galant die hintere Tür des schwarzen Bentley auf, ließ die kleine Amerikanerin einsteigen und folgte ihr dann auf die bequeme Lederbank.

Noch während Tariq die Knöpfe seines Anzugs löste, setzte der Wagen sich in Bewegung. Er hob beinah automatisch die Hand, und die beiden Männer auf den Vordersitzen erwiderten seinen Gruß.

Natürlich fiel die Kolonne der drei schwarzen, teuren Wagen im Verkehrsgedränge der Pariser Innenstadt weit weniger auf als auf dem Wüstensand seiner Heimat. Und doch war es Tariq ein wenig unangenehm. Nicht so unangenehm wie die Waffen, die Fahrer und Beifahrer bei sich trugen, genau wie die Insassen der Geleitwagen.

Unangenehm, aber sein Stab hatte Tariq von der Notwendigkeit derart schweren Schutzes überzeugen können. Er hatte für Wirbel gesorgt, für viel Wirbel. Amerikaner, Russen, seine eigenen Landsleute... er war jedem ein Dorn im Auge, der sein Geld mit dem schwarzen Gold verdiente. Und darunter waren vermutlich genug, die um ihres Profits willen nicht vor Mord zurück geschreckt hätten.

So sehr er Waffen verabscheute, es war vermutlich klüger, ein paar davon um sich zu haben, als alles, wofür er gerungen hatte, sein Leben und vor allem Carols, allein in Allahs Hände zu legen.

Es würde ja nicht lange nötig sein, so hoffte er wenigstens. Und überdies war Tariq fest entschlossen, das Beste aus der Situation zu machen, egal was seine Wächter davon hielten.

Das „Chevalière et Corbeau" war eins der unzähligen Restaurants im Herzen von Paris. Auf der Isle de Saint Louis gelegen, mit Blick über das Wasser und auf die Kathedrale, war dieses hier so teuer, wie seine Lage vermuten ließ.

Nach Tariqs Erfahrung war eine Mahlzeit am eigenen Herd zubereitet schmackhafter als alles, was einem andere servieren konnten, und die Portionen waren bedeutend größer. Doch Carol liebte es, auswärts zu essen, und er machte ihr die Freude gern, nach allem, auf das sie sich für ihn eingelassen hatte.

Das Innere des „Chevalière" war klein und altmodisch. Die Wände mit dem gleichen edlen Holz getäfelt, aus dem die wenigen schweren Tische bestanden. Es war bei weitem nicht ihr erster Besuch, und der Kellner an der Tür erkannte sie sofort, bedeutete ihnen, dass der übliche Tisch für sie bereit stand.

Also zwängte Tariq sich, mit Carol an der Hand und einem Tross von Leibwächtern im Schlepptau, an den belegten Tischen und der altertümlichen Theke vorbei und die schmale Wendeltreppe hinauf. Hier oben gab es nur zwei Tische, und man konnte über ein niedriges Geländer in den Schankraum sehen. Und hier waren die Holzvertäfelungen alten Regalen gewichen, bis zum Rand gefüllt mit vermutlich noch älteren Büchern.

Tariq zog Carol den Stuhl zurecht und scheuchte einen der Leibwächter fort, als dieser ihm den selben Dienst erweisen wollte. Er warf das Jackett über die Lehne des weichen, lederbezogenen Stuhls und ließ sich darauf fallen.

Sein Blick schweifte kurz über den Schankraum, um dann unwillkürlich wieder auf Carols Gesicht zu landen. Ihre Blicke fanden sich, ihre Finger berührten sich unter der Tischplatte.

Und für einen Augenblick, über das Leuchten in ihrem Blick, vergaß er all die Sorgen, war ihm alles Öl der Welt gleichgültig.

Ein flüchtiger Augenblick, zerrissen von der Hand, die sich mit nervenaufreibender Penetranz auf Tariqs Schulter legte. Worte, nervös in sein Ohr geflüstert.

„Mein Prinz. Der Norweger. Er sagt, es sei dringend."

Er seufzte, von tiefstem Herzen. Nicht ein Mal, nicht ein einziges Mal. Die verschlungenen Finger unter dem Tisch lösten sich, der Moment war davon. Er sandte Carol einen flehentlichen, schuldbewussten Blick, und es fühlte sich an, als lastete die ganze Welt auf seinen Schultern, als er sich von dem Stuhl erhob, um das Mobiltelefon seines Leibwächters entgegen zu nehmen.

*

Carol blickte ihrem Verlobten sehnsüchtig hinterher. Ihr Blick hing fest zwischen den kräftigen Schulterblättern des Prinzen, der mit dem Telefon am Ohr in einer Ecke des Raumes stand, ganz in seine Arbeit versunken. Das Mobiltelefon war kaum zu erkennen zwischen dem kurzen, krausen Haar.

Und sie spürte einen Stich, wie so oft. Es war nicht so, dass sie seine Bemühungen nicht guthieß. Sie achtete, liebte ihn für das, was er tat. Für die Prinzipien, für die er eintrat, besonders in einem Teil der Welt, in dem Prinzipien so wenig bedeuteten wie in Tariqs Heimat.

Und ohne seine Arbeit wären sie sich schließlich nie begegnet. Sie wollte ihn in seinem Tun unterstützen, wirklich, ihm wenigstens nicht zur Last fallen. Und doch, es wäre schön gewesen, wenn sie etwas mehr von seiner Zeit hätte in Anspruch nehmen können. Wenn sie nicht ganz so oft mit seiner Arbeit um seine Aufmerksamkeit hätte buhlen müssen.

Ihr Blick schweifte zusammen mit ihren Gedanken ab, hinunter in den Schankraum. Wenn man verliebt ist, dann ist die Welt voller Paare, so hieß es doch? Das traf doppelt und dreifach zu, wenn man begann, am eigenen Glück zu zweifeln.

Es war noch früh am Abend, dazu außerhalb der Saison. So klein das Lokal sein mochte, es war nicht voll besetzt. Und doch konnte Carol wenigstens zwei Pärchen ausmachen, eins an der Bar und ein weiteres unten am Ecktisch, einen großen, blonden Europäer und eine junge Asiatin, die sich gerade durch die Vorspeise arbeiteten.

Der Kleidung nach hätten die beiden ebensogut Geschäftspartner sein können, aber Carol glaubte den Blick des Mädchens erkennen zu können, die Bewunderung in ihren Augen. Carol wusste nur allzu gut, wie man sich fühlte, wenn man jemanden so ansah. Wenn man jemanden so…

Tariq ließ sich schwer auf seinen Stuhl fallen, stieß einen weiteren Seufzer aus. Sein Blick fing den ihren, und die Welt war wieder heil. Die Zweifel, die Eifersucht, erschienen ihr nichtig und kindisch. Daheim in Wisconsin hatte sie sich die eine oder andere Beziehung auf diese Weise ruiniert. Nicht hier, nicht das hier. Mit ihr und Tariq, das war etwas anderes als ein Highschool-Flirt. Es war etwas Besonderes. Nicht immer einfach, ganz und gar nicht. Aber zu gut, zu echt, um nicht dafür zu kämpfen.

Ihrer beider Finger suchten sich unter dem Tisch, vereinigten sich erneut.

Tokyo, Japan. 3 Jahre zuvor. 20. Oktober, 05:48 a.m.

„Mach schon. Nur Mut."

Natsuki schluckte schwer. Der Zuspruch der Frau mochte ehrlich sein, doch ihre Erscheinung war nicht gerade ermutigend. Sie saß auf dem Fahrersitz des dunklen Mietwagens, die Knie angezogen, gegen das Lenkrad des Mitsubishi gedrückt. Quer im Schoß hielt sie ein langes, bösartig aussehendes Gewehr, das ihre rechte Hand im Augenblick mit großen roten Patronen aus einem Karton fütterte.

Die Frau war Europäerin, höchstens vier oder fünf Jahre älter als Natsuki selbst. Ihr seltsamer Retter hatte die Brünette als seine Schwester vorgestellt, sie sich selbst als Lara. Schwer zu sagen, ob auch nur eins von beidem stimmte.

Der Geländewagen, mit Natsuki auf dem Rücksitz, stand in einem Wohngebiet geparkt, gegenüber der unscheinbaren grauen Wohnbaracke, in der Natsuki die letzten paar einsamen Jahre ihres Lebens verbracht hatte.

Vier Stockwerke, ein Dutzend Eingänge pro Block. Ein Dutzend identischer Gebäude pro Straßenzug. Früher einmal Werkswohnungen, doch die dazugehörige Fabrik hatte schon vor Natsukis Geburt ihre Pforten geschlossen.

Sie wäre nicht soweit gegangen, diese Gegend ihr Zuhause zu nennen, aber in all der Zeit, seit ihr Vater eine Schlinge in den Aokigahara getragen hatte, war ihr die Wohnung zumindest zu einem Zufluchtsort geworden.

Aber selbst wenn sie sich mehr als einmal hierher geflüchtet hatte, viel zu lange hier gelebt hatte, sie gehörte nicht länger an diesen Ort. Das war vorbei, abgestreift wie die Kleidung der letzten Nacht, längst zu Asche verbrannt.

Sie verstand nicht recht, warum ihre neuen... Freunde?, Weggefährten? darauf bestanden hatten, dass sie zurückkehrte. Vor allem bei dem Risiko, dem sie sich damit aussetzten. Schließlich suchte man vermutlich nach ihr. Die Yakuza.

Natsuki schauderte. Nicht vor Angst. Furcht wäre in ihrer Situation wohl angemessen gewesen. Die Yakuza waren gefährlich, das lernte man vor allem in den ärmlicheren Stadtteilen sehr schnell. Und ihre neuen Begleiter waren alles andere als harmlos. Es war noch nicht ganz zwei Tage her, da hatte sie selbst mitangesehen, wie ihr neuer 'Arbeitgeber', ohne mit der Wimper zu zucken, drei Männer erschossen hatte. Doch weder das eine, noch das andere bereitete ihr besondere Sorgen. Vielleicht ging all das einfach zu schnell, vielleicht würde die Angst noch kommen.

Natsuki schob die Wagentür auf, kletterte hinaus auf den Bordstein. Die erste Welle des Berufsverkehrs war bereits vorüber, die zweite nicht heran, die Straße ließ sich gefahrlos überqueren. Die Worte ihres mehr als seltsamen Retters klangen in Natsukis Kopf.

„Komm, folge unserem dunklen Pfad, und Du wirst nie wieder Mangel leiden. Und nie wieder Angst haben. Nicht vor Göttern und schon gar nicht vor Menschen."

Ein Hang zur Theatralik war dem Mann nicht abzusprechen. Doch auf seine eigene, verworrene Art und Weise schien er recht zu behalten. Wenn Natsuki in diesem Augenblick fröstelte, dann ob der Winterkälte, die an der dunklen, neuen Kostümjacke riss.

Der Mann lehnte seitlich neben dem Eingang zum Treppenhaus, den Mantel zugeknöpft und den Hut tief ins Gesicht gezogen, die Hände in den Taschen. Er bedachte Natsuki mit einem langen Blick. Nicht unfreundlich, aber forschend, interessiert.

Vermutlich war er ganz einfach neugierig, wie Natsuki bisher gelebt hatte, wie sie den Abschied von ihrem alten Leben aufnahm.

Das Treppenhaus war eng und schmal, nicht einmal breit genug, um nebeneinander zu gehen. Sechs lange, in gebrochenes Zwielicht getauchte Treppen, und sie schritten auf die Tür zu. Die schlichte weiße Tür am Ende des Ganges, die Tür mit der Nummer 1138. Der Gang war so eng wie das Treppenhaus und schmutzig, voll mit Unrat und Müll. Natsuki selbst hatte den Weg in den vergangenen Jahren so oft beschritten, dass sie den Weg auch in fast völliger Dunkelheit bewältigte. Ein Segen, denn das elektrische Licht funktionierte meist sowieso nicht. Doch zu ihrer eigenen Überraschung schien ihr Begleiter des Lichtes eben so wenig zu bedürfen, suchte nicht einmal nach dem Schalter.

Er bewahrte Schweigen auf dem ganzen Weg. Erst als Natsuki bereits im Begriff war, den Schlüssel ins Türschloss zu schieben, ließ eine Hand auf ihrer Schulter sie innehalten. Während sie verharrte, konnte sie sehen, wie der Mann neben ihr seine Pistole aus der Manteltasche zog, und wie er mit präzisen, gelassenen Bewegungen einen Schalldämpfer darauf schraubte. Danach beugte er sich vor, ließ zwei Finger der behandschuhten Linken über den Rahmen auf Höhe des Schlosses gleiten.

Erst als ihn diese Untersuchung zufrieden stellte, nickte er Natsuki zu, und sie öffnete die Pforte zu ihrer Heimstatt.

Das kaum gedämpfte Licht der Straßenlaternen drang durch die geöffnete Tür herein, denn alte Zeitungen und Klebeband waren kein besonders guter Ersatz für Vorhänge. Drinnen gab es nicht allzuviel, auf das der Mann seine Pistole hätte richten können. Die Wohnungen teilten sich eine Reihe von Nasszellen auf dem Flur. Die rechte Wand des kleinen Raumes wurde von einer Kochzeile und den dazugehörigen Wandschränken dominiert.

In der Ecke, links neben dem Eingang, lag eine dünne Matratze mit zerwühlten Laken, unter dem notdürftig bedeckten Fenster stand ein behelfsmäßiger Tisch. Eine Holzplatte, auf der einen Seite auf ein paar Kisten und auf der anderen auf die Kommode gestützt. Die ansonsten nackten Wände waren an einigen Stellen mit Zeichnungen beklebt, den wenigen, die ihr gut genug gelungen waren. Natsuki ließ die schlaffe, schwarze Sporttasche von ihrer Schulter auf den Boden gleiten. Ihr erster Instinkt ließ sie nach der Wäsche in der Kommode greifen. Lächerlich natürlich. Das Hemd, das Anzugkostüm, das sie in diesem Augenblick trug, waren bequemer, hatten mehr gekostet, als alles, was sie in den Schubladen aufbewahrte. Kein Grund, an Dingen festzuhalten, die sich so leicht ersetzen ließen. Also bewegte sie sich zielstrebig auf den Tisch zu, begann die eingestaubten Kabel ihres Laptops zu entfernen. Ein Relikt aus besseren Zeiten, doch eines, das sie nicht missen wollte. Nicht nachdem der Computer ihr für so lange Zeit der einzige wirkliche Gefährte, das einzige echte Fenster zur Welt gewesen war. Der Mann hatte unterdessen die Wohnungstür geschlossen, lehnte sich nun an die Wand neben dem Fenster. Sein Blick ruhte abwechselnd auf Natsuki und schweifte nach draußen. Keine besonders erbauliche Aussicht. Selbst vom Sonnenaufgang würde man nur einen Schimmer erkennen, weit zur Rechten, zwischen den anderen Häusern. Vermutlich behielt er den Wagen unten auf der Straße im Auge, obwohl Natsuki ihm zugetraut hätte, dass er die Artikel auf den verblichenen Zeitungen überflog. Sie alle berichteten von dem Unfall im Kraftwerk - natürlich kannte Natsuki sie längst auswendig.

Doch sie ertappte sich selbst dabei, wie sie ihrem Begleiter mehr Aufmerksamkeit schenkte als ihrer Tätigkeit. Auch wenn sie sich den Hals verrenken musste, um ihn im Auge zu behalten, während sie unter der Tischplatte nach Kabeln tauchte. Sie hatte jeden wachen Augenblick der letzten paar Tage damit verbracht, mit dem Mann zu reden, doch sie war weit davon entfernt, ihn wirklich einschätzen zu können. Es war nicht so, dass er ihre Fragen nicht beantwortet hätte, es war nicht einmal so, dass sie ihm unterstellte, er würde lügen. Was er sagte, ergab durchaus Sinn, für sich betrachtet. Auch wenn das nicht unbedingt bedeutete, dass sie alle seine Ausführungen verstand. Er hatte sie hierher zurückgebracht, um sie zu beobachten, um mehr über sie heraus zu finden als Worte preisgeben mochten. Warum sollte sie den Spieß nicht umdrehen?

Doch setzte das voraus, dass sie im Stande war, im Gesicht des anderen zu lesen. Keine leichte Aufgabe, beim besten Willen nicht, und das, obwohl Natsuki sich nach all der Zeit in der Bar durchaus zutraute, in Gesichtern lesen zu können.

Er erwiderte ihren Blick direkt. Freundlich, warm, interessiert. Und sie hätte nicht sagen können, welche Reaktion sie erwartete. Mitleid? Wohl kaum. Aber es wäre ein Anfang gewesen, irgendeine Reaktion zu bekommen. Vielleicht einen Hinweis auf die Vergangenheit des Mannes, darauf, ob er mit derartiger Armut vertraut war, oder ob er sein ganzes Leben in Luxus verbracht hatte, wie ihn das Hotel bot, in dem er in Tokio logierte.

Doch sein Gesicht blieb eine Maske, hätte ebensogut Porzellan sein können. Er sprach nicht ein Mal. Allein, einer seiner Mundwinkel verzog sich unmerklich, stieg, je länger Natsuki den Blickkontakt aufrecht erhielt.

Nur mit Mühe riss sie sich los. Die Elektronik war inzwischen sicher verstaut, und sie zog eine abgegriffene Mappe aus der obersten Schublade der Kommode. Mit verbissener Systematik begab Natsuki sich daran, ihre Zeichnungen von den Wänden zu lösen. Keine ganz leichte Aufgabe, wollte man das abgenutzte Papier nicht beschädigen. Sie fand nichts Besonderes an den Bildern, hatte sie ihre Talente doch allzu lange brach liegen lassen. Doch sie wusste, dass ihr neuer Gefährte Gefallen an der Kunst fand.

Tatsächlich hatte der Mann es nicht einmal für nötig gehalten, ihr zu verschweigen, dass Natsuki ihrer Kunst tatsächlich das nackte Leben verdankte. Ein Umstand, der Natsuki vermutlich wesentlich mehr Sorgen bereiten sollte.

Und doch, in gewisser Weise fühlte es sich richtig an, die Wohnung derart zu säubern. All das auszulöschen, was den Raum zu ihrer Heimat gemacht haben mochte. Viel war es ja nicht.

Einige Minuten konzentrierter Arbeit, und die Wände waren so jungfräulich wie am Tag ihres Einzugs. Vermutlich sauberer.

Und damit wanderte ihr Blick, ohne dass sie es verhindern konnte, in die letzte Ecke des Raumes, zu ihrer Schlafstatt, wenn man die durchgelegene Matratze denn so nennen wollte.

Die Bettwäsche war verschwitzt und zerwühlt, kaum wertvoll genug, um daran zu denken, sie einzupacken. Es war etwas anderes, mit dem, der, nein: mit dem, *was* auf dem Kopfkissen lag.

Kuma-san.

Der Stoffbär blickte sie mit trüben Knopfaugen an. Ein Relikt aus Kindertagen, längst zu zerrupft, zu beansprucht, um noch wirklich seinen Zweck zu erfüllen. Er war der erste gewesen und lange Zeit einer von vielen. Erst bei ihrem überstürzten Aufbruch, bei ihrer Flucht vor der Verzweiflung ihrer Mutter, war der Bär wieder zu Natsukis einzigem Begleiter geworden. Der einzigen wirklichen Konstante in ihrem Leben. Bis jetzt.

Natsuki hatte ihre Hand schon halb ausgestreckt, als sie ihren Körper zur Ordnung rief. Der Mann und die Frau, denen sie in ein neues Leben zu folgen gedachte, hatten keinen Zweifel an ihrer Profession gelassen. An der Natur dessen, was sie taten. Was Natsuki mit ziemlicher Sicherheit tun würde.

Attentäter. Auftragsmörder.

Selbst wenn man sie nicht wirklich bedroht hatte, konnte sie es sich erlauben, sich vor solchen Menschen dermaßen lächerlich, dermaßen zum Gespött zu machen? Und überhaupt – sie hatte mit ihrem alten Leben abschließen, alles hinter sich lassen wollen, oder nicht?

Ihre Gedanken wurden einem Schleier gleich zerrissen. Der Mann bewegte sich, trat an Natsuki vorbei, leise wie eine Katze, die Rechte mit der Pistole locker an der Seite. Er trat an die Matratze heran, ging in die Knie, ohne Natsuki eines Blickes zu würdigen. Es erschien ihr fast, als fixierte er das Stofftier mit demselben festen Blick, der vorhin noch Natsuki gegolten hatte.

Und sie ertappte sich selbst, wie sie die Luft anhielt. Wie sie um das fürchtete, wovon sie sich zwingen musste, als Ding zu denken. Der Mann hatte ihr Zögern, ihre Schwäche bemerkt. Und was er jetzt tun mochte, das bereitete Natsuki Angst. Zum ersten Mal, seit der einseitigen Schießerei in der Bar, fürchtete sie den Mann wirklich.

Seine Linke bewegte sich zielsicher. Die behandschuhten Finger griffen vorsichtig unter den Bären, sorgsam darauf bedacht, dem ramponierten Spielzeug keinen weiteren Schaden zuzufügen. Zwei Schritte durch den Raum, und er bettete das Tier nicht weniger behutsam in die Tasche. Der Mann richtete sich auf, sein Blick schweifte durch den Raum.

„Gehen wir."

Der selbe unbestimmt freundliche, geschäftsmäßige Ton, den er zuvor gebraucht hatte. Als erschien ihm nichts an seinem Verhalten außergewöhnlich, als spüre er keinerlei Anspannung. Doch seine Ruhe war ansteckend.

Als Natsuki sich die Tasche über die Schulter warf und dem Mann die Treppen hinunter folgte, war ihre Angst verflogen. So gefährlich er sein mochte, so undurchschaubar seine Gründe sein mochten, er würde ihr kein Leid zufügen, davon war Natsuki überzeugt.

Erst als sie wieder in der Sicherheit des Wagens saß, als sie auf dem Weg zur Schnellstraße eine Kolonne aus vier Streifenwagen passierten, unter vollem Blaulicht in die andere Richtung unterwegs – da lief ihr dann doch noch ein Schauer über den Rücken.

Paris, Frankreich. 23. Januar, 07:46 p.m.

„Ober! Ich möchte..."

Es war nicht weniger als das vierte Mal, dass Carol versuchte, des Kellners Aufmerksamkeit zu erregen, der hinter der Bar des Chevalière seinen Dienst tat. Vergeblich. War es unter der Woche oft gemütlich, so war das Lokal im Augenblick bis zum Bersten gefüllt. Und zu allem Überfluss reichte Carols Französisch gerade, um der Weinkarte Herr zu werden.

Sie war allein zum Chevalière gegangen. War vor dem leeren Haus geflohen, in der Hoffnung, dass sie in der Öffentlichkeit, in der Gesellschaft einen Trost fand, den leere Zimmer ihr verwehrten. Vergeblich. An das Haus in der Vorstadt hatte sie sich immerhin gewöhnen können. Hier, unter Menschen, unfähig sich zu verständigen, unfähig, sich auch nur bemerkbar zu machen, fühlte sie sich fremder, einsamer denn je.

Der Kellner glitt ein weiteres Mal an ihr vorbei, balancierte ein Tablett mit unmöglich vielen Gläsern. Carol ertappte sich dabei, wie sie schon gar nicht mehr versuchte, Aufmerksamkeit zu erregen, wie ihre Ellenbogen auf den Tresen sanken und ihr Kinn in die gefalteten Hände.

Eine Hand im schwarzen Lederhandschuh tauchte in ihrem Sichtfeld auf, packte den Barmann an der Schulter. Die Berührung war leicht, doch genug, um den Mann anzuhalten, seine Fracht gefährlich ins Wanken zu bringen. Ein Mann ließ sich auf den soeben frei gewordenen Hocker neben Carol gleiten, sprach in schnellem, routiniertem Französisch auf den Barmann ein, den er noch immer am Hemd hielt.

Der Mann wandte sich zu Carol um, wechselte übergangslos ins Englische.

„Und Sie möchten?"

Die Frage riss sie aus ihrer Lethargie, überrumpelte sie zugleich vollends. Es dauerte eine oder zwei Sekunden, bis sie es schaffte, hastig etwas von einem Glas jungen Rotweins zu nuscheln.

Erst nachdem der Mann die Bestellung im Französischen weitergegeben hatte, ließ er den Kellner los, lehnte sich zurück und rückte sich auf dem Barhocker zurecht.

Carol musterte ihn von der Seite. Der Mann sah gar nicht mal schlecht aus, wenn auch nicht eben außergewöhnlich. Ein sauber rasiertes, blasses Allerweltsgesicht, die nussbraunen Haare zurückgegelt, vielleicht schulterlang, wobei die Spitzen im Kragen des schwarzen Jacketts verschwanden.

Der Mann bemerkte ihren Blick, folgte ihm. Blickte ihr über die Ränder seiner modischen Brille direkt in die Augen. Unvermittelt streckte er die Rechte zu Carol hinüber.

„Bateman. Christian Bateman, sehr erfreut."

Carol zögerte für einen Augenblick, doch sie mochte die unverhoffte Freundlichkeit nicht mit Unhöflichkeit vergelten. Sie ergriff die Hand fest, schüttelte sie.

„Carol Summers. Ganz meinerseits."

Technisch gesehen stimmte das ja – sie war mit Tariq verlobt, nicht verheiratet. Dennoch hatte sie den Namen ihrer Mutter schon derart lange nicht mehr verwenden müssen, dass es sich beinah wie ein Verrat anfühlte, ihn nun zu gebrauchen.

„Amerikanerin?"

Für einen kurzen Augenblick fragte Carol sich, wo der Akzent des Mannes herkommen mochte. Großbritannien, vermutlich.

Sie rief sich zur Ordnung. So sehr sie sich nach Gesellschaft sehnte, die Situation war schon gefährlich genug. Besser gleich klaren Tisch machen. Ihr Gesicht musste ihrem inneren Zwiespalt als Leinwand dienen, denn der Mann zog die Augenbrauen hoch, sprach sie rundheraus darauf an.

„Ist alles in Ordnung?"

Carol schüttelte den Kopf, bemühte sich um ein Lächeln.

„Nichts für ungut, aber... Ich bin vergeben, und..."

Die Miene des Mannes entspannte sich, er begann zu grinsen. Ohne ein Wort zog er sich den Handschuh von der linken Hand, offenbarte den dünnen Goldring an seinem Finger.

„Nichts für ungut... aber mein Interesse ist unschuldig. Nur ein bisschen Smalltalk, weit weg von zu Haus. Ich mache mir den Mund nur ungern schmutzig, und die Sprache dieses Landes liegt noch bitterer auf der Zunge als der Käse."

Carol konnte sich ein Kichern nicht verkneifen, wollte es gar nicht. Harmlos. Der Mann war harmlos, und seine Intentionen waren es ebenso. Es konnte nichts schaden, wenn sie sich ein wenig Spaß gönnte. Ein wenig Gesellschaft.

Vielleicht war der Abend ja doch nicht verloren.

Man hatte Gläser vor ihnen abgestellt, und der Duft des frischen Weines lockte Carol. Der Mann hob sein Glas, und ohne zu zögern stieß sie mit ihm an.

*

Es war spät oder wenigstens sehr viel später, als Carol die marmornen Stufen zur Haustür ihres Pariser Domizils hinauf taumelte. Dem einen Glas waren unzählige weitere gefolgt, einige Flaschen mindestens. Inzwischen protestierte ihr malträtierter Schädel bei jedem einzelnen Schritt, und es verlangte alle Konzentration, zu der sie noch fähig war, die Tür zu öffnen.

Immerhin, die Zeit war verflogen. Doch als sie es endlich geschafft hatte, sich selbst hineinzubugsieren, sich ihres Mantels zu entledigen, fand sie das Haus noch immer kalt und leer vor.

Das grüne Display der Digitaluhr in der dunklen Küche stand auf weit nach drei Uhr in der Nacht. Natürlich, von Tariq war weit und breit keine Spur.

Carol konnte förmlich spüren, wie die Weinseligkeit der alkoholisierten Wut wich. Nein, nicht Wut. Unsicherheit. Angst.

Die luftigen Treppenfluchten, welche zu den Mansarden, zum Schlafzimmer hinauf führten, rochen nach Gefahr. Burgen aus Schatten, Löcher aus Schwärze.

Die Glasfront, die Trennwand zwischen Wohnzimmer und Garten, schien sich zu wölben, eingedrückt von der Kälte, der Dunkelheit, dem Zweifel, die unermüdlich das Haus bestürmten. Die mit langen Klauenfingern am Glas kratzten, einen Weg ins Innere suchten. Einen Weg in Carols Herz.

Und sie fanden ihren Weg. Der Kamin, den Carol so liebte, vor dem sie mehr als einen glücklichen Abend verbracht hatte, spie eine Flut der Schatten in den Raum. Carol entfuhr ein kleiner, spitzer Schrei. Tariqs Name? Wo war er? Warum half er ihr nicht?

Sie wich zurück, floh von dem bösartigen klaffenden Maul in der Wand. Die Hacken ihrer Schuhe glitten aus, stolperten über die Falten des Kunstfells auf dem Boden. Carol ruderte wild, ziellos mit den Armen, stürzte.

Die weiche, weiße Couch fing Carol auf. Umfing sie, einem alten Freund gleich. Weich. Warm. Die unwirklichen, unendlich weit entfernten Lichter der Stadt, das leise Rauschen der Straße trugen ihren Geist davon.

Sie versank in den Kissen, versank in der gnädigen Schwärze der Bewusstlosigkeit.

*

Ein Hemd, dünn und etliche Nummern zu groß, war - von dem Halsband abgesehen - das Einzige, was Natsukis nackten Körper bedeckte. Und dennoch war ihre Haut in Schweiß gebadet.

Die Luft in dem Hotelzimmer war brütend heiß, angefeuert von dem aufgedrehten Thermostat, ebenso wie von nicht weniger als drei laufenden Notebooks. Die Fenster waren dagegen fest verrammelt, versagten die Erleichterung der frisch kalten Frühjahresluft.

Bis jetzt.

Das stetige Rauschen des Duschkopfes aus dem Badezimmer brach abrupt ab. Die hölzerne Tür wurde gewaltsam aufgestoßen, und der Mann fegte einem Wirbelsturm gleich durch das geräumige Zimmer. Er schritt auf bloßen Sohlen, trug noch immer eine mit Spritzern besudelte Anzughose. Darüber war sein Körper haarlos und nackt, sein langes pechschwarzes Haar eine wilde, nasse Fahne um sein Haupt.

Er lief zielstrebig zu einem der Fenster, riss die beiden Flügel auf, lehnte sich hinaus. Er badete in der kalten Luft, sog sie geräuschvoll ein.

Natsuki betrachtete das Schauspiel von ihrer Position auf dem weichen Teppich, den Rücken an das Bett gelehnt. Ihr Blick glitt von dem glitzernden Schopf das feuchte, hagere Rückgrat hinab. Verweilte tiefer.

Es dauerte vielleicht eine oder zwei Minuten, lange nicht genug, um Natsuki zum Frösteln zu bringen, bis der Mann sich umdrehte, das Fenster wieder zuschlug.

„Ich hasse Alkohol."

Seine Stimme war noch immer heiser und rau, während er mit geschickten Fingern einen der Rucksäcke durchsuchte, nacheinander ein Tablettenröhrchen und eine Dose Soda zu Tage fördernd. Erst nach einer Tagesdosis Kopfschmerztabletten, nachdem er die Dose in zwei Zügen geleert hatte, ließ er sich rücklings auf das Bett fallen.

Natsuki zog sich vorsichtig auf das Bett, lehnte sich an die Schulter des Anderen, bevor sie zu sprechen begann.

„Wie ist es gelaufen?"

„Na, was glaubst Du wohl?"

Seine Stimme war zu ihrem üblichen Tonfall zurück gekehrt. Spöttisch, doch ohne besondere Häme. Der Spott eines Wissenden, der einen Narren anleitet. Der es genoss zu lehren.

Natsuki ihrerseits genoss die Wärme seines Leibs, die seltene Ruhe, während Alkohol und Erschöpfung einen Tribut vom Körper ihres sonst so unermüdlichen Lehrmeisters forderten. Die Erfahrung verriet ihr, dass es nicht allzu lange dauern würde, bis das Auge des Sturms vorüber gezogen war, bis er seine gewohnte Energie zurück gewann.

„Es wird funktionieren, genau wie geplant."

Ein Teil von Natsuki wollte ihre Zweifel geltend machen, und sie wusste, dass der Andere den Widerspruch bisweilen sogar schätzte. Aber einen Zweck hatte das selten. Ob es Genie war oder pures Glück – der Mann wusste, was er tat, und Natsuki fühlte sich in seiner Gegenwart weit mehr wie eine Schülerin, denn wie seine Partnerin.

Nicht dass sie mit diesem Zustand unzufrieden gewesen wäre.

Und noch in diesem Moment verflog die Stille, so kurz sie nur gewährt hatte. Mit einer einzigen Bewegung zog der Mann sich auf die Füße, durchmaß den Raum. Der Sturm war zurückgekehrt. Routinierte Finger flochten das Haar zu einem Knoten, förderten ein frisches, eingeschweißtes Hemd aus einem Rucksack zu Tage. Das Plastik verblieb achtlos auf dem Boden, während er das blütenweiße Kleidungsstück überstreifte.

Seine Finger glitten bereits mechanisch auf das Halfter mit den Pistolen zu, das auf dem Tisch aufgebahrt lag, hielten jedoch auf halbem Weg inne, und er wandte sich zu Natsuki um.

„Ich hab die letzten paar Stunden mit nichts als Wein und Oliven durchbringen müssen. Was meinst Du, wie weit müssen wir in dieser Stadt laufen, um zu der Zeit noch vernünftige Nahrung zu finden?"

Natsuki seufzte gespielt betont, bevor sie sich selbst aufsetzte, den Kopf schief legte, die Lippen zum Schmollmund gespitzt.

„Business or pleasure?"

Der Mann, im Begriff sein Hemd zuzuknöpfen, lachte auf. Leise, doch ehrlich.

„Na, komm schon. Gibt es da denn irgendeinen Unterschied?"

Sie hatte kaum eine andere Antwort erwartet. Also zurück, hinaus in die Nacht. Noch immer spielerisch schmollend, verließ sie die Wärme des Bettes und begann, frische Kleidung zusammen zu suchen.

*

Es war spät, als Tariq die Haustür aufsperrte. Viel zu spät. Er wagte es kaum, das beleuchtete Display seiner Armbanduhr zu Rate zu ziehen, schämte sich fast schon. Vielleicht hätte er Stolz verspüren sollen, bedachte man, was er erreichte, wofür er hier kämpfte.

Doch mochten die Auswirkungen seiner Arbeit auch noch so weltumspannend sein, in Zeiten wie diesen fragte er sich ernsthaft, ob der Preis, den er, der Preis, den Carol dafür zahlen musste, es wirklich wert sein konnte.

Wäre es nicht tiefster Winter gewesen, hätte die Sonne vermutlich schon durch die Fensterfront ins Wohnzimmer geschienen. Die Müdigkeit von endlosen Meetings, Telefonkonferenzen, Planungssitzungen forderte einen harschen Preis von Tariq.

Es brauchte einen zweiten, einen dritten Blick, bis er Carol entdeckte. Die Frisur ruiniert, in zerknitterter Straßenkleidung auf der Couch zusammengesunken. Ein erbarmungswürdiger Anblick. Und er konnte den schweren, bitteren Geruch des Alkohols selbst aus einigen Metern Entfernung wahrnehmen.

Für einen Sekundenbruchteil flammte missionarische Missbilligung in ihm auf, doch noch im selben Moment schalt er sich dafür selbst. Er hatte sie schließlich allein gelassen, er war es, der es versäumt hatte, den Abend mit ihr zu verbringen. Nichts von alledem hätte passieren müssen.

Der Preis, den sie zahlten...

Ohne zu zögern, setzte er den Aktenkoffer mit dem Notebook ab, ließ sein Gepäck unbeachtet in der Garderobe zurück. Stattdessen machte er sich daran, Carols Pumps zu entfernen. Dann hob er die junge Amerikanerin vorsichtig, zärtlich an. Vermutlich hätte er sich um einiges mehr sputen können, denn der Alkohol hatte ihren

Schlaf tief, beinah eisern gemacht. Dennoch, er verwendete mehr als eine Viertelstunde darauf, seine Verlobte die kaum zwei Dutzend Stufen hinauf zu bugsieren.

Oben in dem geräumigen Schlafzimmer angekommen, begann er vorsichtig damit, sie zu entkleiden, sie zu betten. Er konnte sein Versäumnis nicht ungeschehen machen, aber er konnte es wenigstens versuchen.

*

Carols Schädel hämmerte, als hätten sie die allgegenwärtigen Baustellen von der Autobahn bis hinein in ihr Schlafzimmer verfolgt. Ihre Lider waren schwer und verquollen, die dünnen Lichtfinger, welche durch die Vorhänge drangen, waren weitere gleißende Lanzen in ihrem malträtierten Hirn.

Der Preis des Weines. Immerhin hatte sie es geschafft sich auszuziehen, sich ins Bett zu tragen, auch wenn sie sich daran nicht mehr recht erinnern konnte. Tatsächlich war der größte Teil des gestrigen Abends nicht mehr als eine ferne Erinnerung im Nebel.

Sie unternahm einen schwachen Versuch, sich aus ihrer Bauchlage aufzurichten, doch stechender Kopfschmerz belehrte sie umgehend eines Besseren. Stattdessen gelang es ihr gerade eben, sich auf den Rücken zu rollen, ihr Haupt von der kaum gedämpften Wintersonne abzuwenden.

Noch immer vorsichtig blinzelnd, tastete sie auf dem Nachttisch nach einer Uhr. Ein reiner Reflex natürlich. Sie hatte ihren Job daheim in den USA gelassen, und sie hatte keine Verabredungen, die man hätte verpassen können. Jedenfalls keine, an die sie sich erinnern konnte.

Zu allem Überfluss spürte sie, wie ihre tauben, ungeschickten Finger den kleinen Tisch verwüsteten, Papier, irgendein Glas und schließlich die Lampe umwarfen. Kein guter Start in den Morgen hinein. Wenn man zwei Uhr am Nachmittag denn noch Morgen nennen wollte. Kein Wunder, dass von Tariq jede Spur fehlte. In diesem Augenblick war sie ausnahmsweise geneigt, Gott für die Abwesenheit ihres Verlobten zu danken.

Sie wollte nicht, dass er sie in einem so entwürdigenden Zustand sah. Die Spitze der Scham stach mehr als die des Alkohols. Carol stöhnte, würgte. Nur mit Mühe konnte sie die brennende Galle in ihrer Kehle zurückhalten.

Ein Segen, dass sie allein war, ein wahrer Segen. Sie fiel mehr aus dem Bett als dass sie stieg, taumelte mehr als dass sie lief. Aber immerhin gelang es ihr, den Alkohol bis zu den rettenden Fliesen des Badezimmers bei sich zu behalten.

Den Haag, Holland. 26. Januar, 10:39 a.m.

Nicolas O'Donnel zog die Stirn kraus. Die müden Augen des Europol-Verbindungsbeamten wanderten im Dreieck. Von dem Stapel Papier in seinen Händen, zu den langen Listen, die auf seinem Computer-Monitor flimmerten. Und jedes Mal hielten seine Augen am Ende ihres Wegs inne, verweilten, fixierten über die Ränder seiner Brille hinweg die Frau auf der anderen Seite des Schreibtisches.

Michelle Deprés wartete bedächtig, schweigend, erwartungsvoll. Die Mittdreißigerin hatte sich im Stuhl zurück gelehnt, die Hände im Nacken verschränkt, wo sie mit dem langen schwarzen Zopf spielten.

Nicolas kannte die Frau schon fast ihr ganzes Leben. Um so mehr schmerzte es ihn, was er ihr sagen musste. Er legte das Papier ab, setzte zu sprechen an. Strich sich mit der Linken über seine Glatze, um noch etwas mehr Zeit zu schinden. Aber was half es schon, um den heißen Brei herum zu reden? Besser man sprach die Dinge an, wie sie waren.

„Du bist verrückt."

Die Interpol-Datenanalystin stieß einen gequälten Seufzer aus, setzte umgehend zu einem Einwand an.

„Mein Chef hat..."

Nicolas ignorierte die Unterbrechung, sprach sachlich und gelassen weiter.

„Dein Chef hat dasselbe gesagt, was meiner sagen würde, wenn ich ihm mit dieser Sache käme, dasselbe, was ich dir sagen muss. Eure Computer irren sich, da ist kein Muster. Da ist gar nichts."

Die Enttäuschung in Michelles Augen schmerzte ihn, mehr als er erwartet hatte. Er konnte durchaus nachvollziehen, wie sie sich fühlte. Nach Nicolas' Erfahrung sehnte sich jeder, der Recht und Ordnung vom Schreibtisch aus verteidigte, insgeheim nach einem

Durchbruch, dem ganz großen Fang, dem ganz großen Coup. Die junge Französin machte da keinen Unterschied, und offensichtlich glaubte sie, den ihren gefunden zu haben. Er hatte so etwas befürchtet, schon weil sie den weiten Weg von Lyon auf sich gemacht hatte, darauf bestanden hatte, ihm ihren 'Fund' persönlich vorzustellen.

Nicolas selbst wäre kaum soweit gegangen, die endlosen Listen als Fund zu bezeichnen. Listen, Querverweise, Aktenzeichen. Jahre der Abhörarbeit, Jahre der Ermittlungen gegen die verschiedensten Blüten des organisierten Verbrechens, in Europa und außerhalb. Listen mit den Namen von Menschen, von denen Interpol vermutete, vermutet hatte, dass irgendjemand sie tot sehen wollte. Listen mit den Namen von Menschen, die gestorben waren.

Wenn es einen Zusammenhang zwischen den beiden gegeben hätte, Nicolas war sich sicher, dass eines der zahlreichen Suchprogramme, einer der unzähligen Datenanalysten, schon lange zuvor Alarm geschlagen hätte. Doch bei dem, was er vor sich hatte, war er sich nicht einmal sicher, ob die Computer irgendetwas gemeldet hatten. Ob die Verbindungen nicht allein in Michelles Einbildung existierten.

„Ich gebe ja zu, dass es nicht ganz einfach zu sehen ist, aber glaub mir. Die Namen..."

Da war er, dieser Eifer. Aber Eifer stand jemandem in ihrem Berufsstand nicht gut zu Gesicht. Weder im Außendienst, noch als Ermittler. Nicolas hatte in Sierra Leone gesehen, wohin Eifer einen brachte.

„Ein paar Namen stimmten überein, ja. Einige wenige. Menschen sterben. Und manchmal profitieren andere Menschen vom Tod. Aber wir ermitteln nur, wenn tatsächlich ein Verbrechen vorliegt. Wenn wenigstens Grund zu der Annahme besteht. Die meisten dieser Todesfälle sind schon seit Jahren bei den Akten und das mit gutem Grund. Jeder einzelne ist untersucht worden."

Michelle lehnte sich im Stuhl zurück, massierte wieder ihren Nacken. Sie war offensichtlich noch nicht bereit, sich so leicht entmutigen zu lassen.

„Du weißt so gut wie ich, dass die allermeisten nicht aufgeklärten Morde als Unfälle abgetan werden, statistisch gesehen."

„Und Du weißt, dass diese Statistik von irgendwelchen kranken Großeltern spricht, die der Hausarzt für tot erklärt. Keine Mafia-Attentate."

„Die Namen auf dieser Liste sind nicht die von Kranken oder Alten. Das sind Menschen, deren Tod irgendjemand verdammt viel Geld wert war."

Sie beruhigte sich ein wenig, nahm das Engagement aus ihrer Rede. Stattdessen schlich sich eine kalte, entschlossene Härte in ihre Stimme.

„Keine Sorge, ich habe damit gerechnet, dass Du mir nicht glaubst. Aber ich kann beweisen, dass ich recht habe."

Sie fixierte Nicolas, während ihre Finger aus dem Wust von Papier ein einzelnes Blatt fischten, auf einigen Einträgen verweilten.

„Ich weiß, wer als nächstes sterben wird."

*

Carol warf der Weinflasche auf dem Tisch einen langen, beinahe sehnsüchtigen Blick zu. Ihr eigenes Glas war noch immer befüllt, unberührt. Zu frisch die Erinnerung an die Scham, an den Schmerz, den der Morgen ihr gebracht hatte.

Und doch, der Durst, das Kratzen im Hals waren da, nagten an ihrem Hirn und ihrer Kehle gleichermaßen. Und was immer man dem Alkohol noch nachsagen mochte, er hätte diese ganze Geschichte vermutlich bedeutend weniger peinlich gemacht. Genug davon, und sie hätte sich vielleicht nicht mehr so sehnlich gewünscht, im Boden zu versinken.

Sie war mit Tariq zum Abendessen im Chevalière verabredet gewesen. Und tatsächlich, trotz seiner Arbeit hatte er es geschafft, beinah pünktlich zu erscheinen. Soweit war der Abend erfreulich gelaufen.

Aber nicht fünf Minuten danach, noch während Tariq ihnen einen Tisch besorgte, war Christian in das Lokal gekommen. Und natürlich hatte er sie sofort erkannt, hatte sie gegrüßt, war zielstrebig zu ihr herüber gegangen. Da waren die Dinge außer Kontrolle geraten.

Und jetzt saßen sie zu dritt an einem kleinen Tisch im ersten Stock des gerammelt vollen Schankraumes. Immerhin. Die pure Masse der Gäste und der damit verbundene Lärmpegel erschwerten die Kommunikation, machten eine beiläufige Unterhaltung so gut wie unmöglich. Auf ihre Mahlzeit konnte Carol sich freilich ebensowenig konzentrieren. Zu sehr schlug ihr die ganze Situation auf den Magen.

Im Grunde hatte sie sich ja nichts vorzuwerfen. Christian hatte sich als flüchtiger Bekannter vorgestellt, war darauf bedacht gewesen, die Unschuld des gestrigen Abends zu betonen. Und tatsächlich entsprach diese Darstellung der Dinge ja voll und ganz der Wahrheit.

Dennoch kam Carol nicht umhin, sich vorzustellen, wie sie sich fühlen würde, säßen sie mit einer jungen Arbeitskollegin Tariqs am Tisch. Es würde ein verflucht langer Abend werden, und das Filet auf ihrem Teller wurde auch nicht wärmer oder frischer. Wein, nur einen kleinen Schluck Wein.

*

Vertrauen war nicht immer einfach. Tariq musterte den Mann, der ihm gegenüber saß, beinah verstohlen. Jung, jünger als er selbst es war vermutlich, und bedeutend blasser. Gut gekleidet oder zumindest teuer.

Nach eigener Aussage war dieser Christian Bateman frisch verheiratet, drüben in den Staaten. Nach eigener Aussage war am gestrigen Abend absolut nichts Romantisches geschehen. Nach eigener Aussage.

Der Mann sah sich während des Essens interessiert in dem Lokal um, betrachtete die anderen Gäste, die verzierten Bücherregale.

Gelegentlich trafen sich ihre Blicke, und er hielt Tariqs Augen freundlich, doch bestimmt stand. Gelegentlich ruhte Christians Blick auf Carol, die angestrengt auf ihren Teller hinab starrte, langsam und konzentriert auf ihrem Fisch herumkaute. Verweilte sein Blick vielleicht zu lange? Länger, als auf anderen Frauen im Restaurant? Länger, als für einen verheirateten Mann angemessen gewesen wäre? Erwiderte Carol die Blicke vielleicht verstohlen?

Tariq schalt sich einen Trottel. Vertrauen, das war, was er jetzt brauchte, mehr als alles andere.

Dasselbe Vertrauen, das Carol aufbringen musste, jedes Mal, wenn er bis spät in die Nacht arbeitete. Dasselbe Vertrauen, das sie gebraucht hatte, um einem beinah Fremden in ein völlig fremdes Land zu folgen.

Wenn sie das schaffte, schuldete er es ihr da nicht, diesen Dienst zu erwidern? Sie hatte einfach einen Landsmann getroffen, der in der Fremde ein paar Worte in ihrer Muttersprache geredet hatte. Das Ganze war komplett unschuldig, und er tat Carol mit seinen kindischen Verdächtigungen Unrecht.

Als hätte sie seine Gedanken gehört, als hätte sie nur darauf gewartet, dass er zur Vernunft kam, sah Carol zu ihm auf. Vorsichtig, unsicher.

Tariq hätte das Lächeln, das sich auf seinem Gesicht ausbreitete, nicht einmal aufhalten können, wenn er gewollt hätte. Und mit dem Lächeln stieg die Wärme wieder in ihm auf. Aus dem Augenwinkel, mehr beiläufig als alles andere, bemerkte er, dass Christian genügend Taktgefühl besaß, sich in diesem Augenblick ganz auf seine Mahlzeit zu konzentrieren.

Tariqs Hand glitt unter den Tisch, und Carols Finger fanden die seinen, drückten zu. Er beugte sich vornüber, und ihre Lippen fanden sich ebenso. Da war er. Einer der Momente, die es in letzter Zeit viel zu wenig gegeben hatte. Einer der Momente, von denen sich Tariq wünschte, sie würden nicht annähernd so schnell vorbeiziehen.

Der Moment blieb ihnen nicht einmal zwei Minuten. Tariq erkannte das unverkennbare Klingeln, selbst durch all den Lärm hindurch. Als er die Hand seines Leibwächters auf der Schulter spürte, schloss er die Augen und stieß einen langen, tiefen Seufzer aus.

*

Natsuki ließ sich etwa eine halbe Minute, um das Erdgeschoss des Hauses zu begutachten, während sie die dünnen Einweghandschuhe überstreifte. Die kleine Küche, das Wohnzimmer. Ein winziges Gästebad, ein einzelner verschlossener Raum. Das Arbeitszimmer vermutlich.

Sie warf einen flüchtigen Blick über die Schulter, um sicher zu gehen, dass die Haustür geschlossen war und der Wachmann seinen Platz im Garten wieder eingenommen hatte. Soweit man das durch den schmalen Glasstreifen erkennen konnte, lehnte der Mann am Gartentor und rauchte.

An die Arbeit. Schnelle Schritte trugen sie die Treppe hinauf. Bade- und Schlafzimmer lagen, wo sie auf ihrem Plan eingezeichnet waren. Natsuki hielt zielstrebig auf den kleinen, verspiegelten Medizinschrank zu, ging mit dem Finger durch die verschiedenen Kartons und Fläschchen. Sie erschuf eine Lücke, in der hintersten Ecke des unteren Fachs. Mit der anderen Hand griff sie in ihre Umhängetasche und zog einen kleinen Medikamentenkarton hervor. Mit äußerster Vorsicht wanderte das präparierte Päckchen in den Schrank.

Natsuki trat ein paar Schritte zurück, begutachtete ihr Werk. Bei flüchtiger Betrachtung war der Karton unsichtbar, und das Bild, welches der Schrank bot, hatte sich nicht merkbar verändert. Zufrieden machte Natsuki sich auf den Weg die Treppe hinab.

Jetzt zum schwierigen Teil. Sie kehrte in den Eingangsbereich zurück, sorgsam darauf bedacht, dass sie vom Garten aus nicht zu erkennen war.

Die Garderobe war unordentlich und zum Bersten gefüllt. Das war nicht gut, erschwerte ihre Aufgabe. Und all zu viel Zeit durfte sie sich nicht mehr lassen, bevor der Mann im Garten mit seiner Zigarette fertig war und am Ende gar auf die Idee kam, ihr ins Haus zu folgen.

Das Telefon stand auf einem kleinen Beistelltisch, halb begraben unter den Säumen aufgehängter Mäntel und Jacken. Ein Ort, so gut wie jeder andere. Damit ließ sich zumindest arbeiten. Sie öffnete die Schublade mit den Telefonbüchern und griff erneut in ihre Tasche. Mit schnellen, hundertfach geübten Handgriffen zog sie die einzelnen Teile aus ihren Verstecken und setzte die kleine Pistole zusammen.

Einmal geladen und entsichert, steckte sie die Pistole tief in das Schubfach. Der Staub auf den Telefonbüchern verriet ihr, dass sie ein gutes Versteck gewählt hatte. So gut es den Umständen entsprechend möglich war jedenfalls. Den Rest würde der Mann schon selbst erledigen müssen, und Natsuki zweifelte keinen Augenblick, dass es ihm gelingen würde.

Sie schloss die Schublade wieder und ließ die dünnen Plastikhandschuhe in ihrer Tasche verschwinden.

Ohne einen weiteren Blick verließ Natsuki das Haus. Sie hatte die Schirmmütze mit dem Logo irgendeiner Stromgesellschaft tief ins Gesicht gezogen, als sie sich an dem Wachmann vorbeidrückte, ihm ein Danke, einen Abschied zumurmelte. Ihr Französisch war inzwischen gar nicht so schlecht.

Die Steine waren nun alle im Spiel, so hätte ihr Mentor es vermutlich ausgedrückt. Zeit für das Finale, Zeit für das Crescendo.

Washington, USA. Drei Jahre zuvor. 07. Dezember, 03:09 p.m.

Dreizehn Grad unter Null, wenn Natsuki dem Thermometer im Armaturenbrett des Chevrolet glauben mochte. Dreizehn Grad unter Null, und doch lief ihr unter all den Schichten Kleidung der Schweiß in Strömen am Leib hinunter.

Sie waren noch keine volle Stunde unterwegs, und jeder ihrer Muskeln glühte. Doch das wahre Feuer brannte in ihrer Lunge. Sie hatte sich für durchaus gut in Form gehalten – schließlich hatte sie in den letzten Jahren jeden einzelnen Weg zu Fuß bewältigen müssen. Aber die Straßen von Tokio hatten sie nicht im Mindesten auf eine Wanderung wie diese hier vorbereiten können.

Der Waldboden war zerklüftet und uneben, noch dazu in dem knöcheltiefen Schnee praktisch unsichtbar. Äste und Farne, Wurzeln und Schlamm machten jeden einzelnen Schritt zu einem Glücksspiel, jede Bewegung ihrer Füße zu einem Kampf. Die schwere Winterkleidung mochte der Kälte zwar standhalten, aber sie erleichterten ihr das Fortkommen nicht eben. Hinzu kam das Gewicht ihres Rucksackes. Und natürlich das des Gewehrs auf ihrem Rücken. Ein langes, klobiges Ding, mit einem Gurt festgeschnallt. Schwer und sperrig.

Es wäre für Natsuki kaum zu entscheiden gewesen, was ihr mehr Angst einjagte. Die geladene Waffe auf ihrem Rücken oder der Wald um sie herum. Ein scheinbar endloses, verworrenes Dickicht, getaucht in unberührtes Weiß. Eine Welt, die kaum weiter von ihrer Heimat entfernt sein könnte. Selbst geographisch.

Eine Welt, in der man leicht, allzuleicht verschwinden konnte. Eine Welt, die immer lebte, sich immer bewegte. Natsuki hatte stets geglaubt, in Wäldern sei es still. Wenigstens verglichen mit den nimmermüden Straßen, der allgegenwärtigen Neonbeleuchtung Tokios. Das Gegenteil war der Fall. An das monotone Rauschen der Autoströme konnte man sich gewöhnen. Selbst der Klang der Menschenmassen wurde gleichmäßig, schmolz zusammen, wenn man ihm nur lang genug lauschte.

Nicht so dieser Wald. Alles hier lebte, trotz der Eiseskälte. Alles bewegte sich. Äste knackten. Zweige brachen unter der Schneelast oder ließen die ihre zu Boden gleiten. Tausend weitere Geräusche, tausend weitere Bewegungen. Und es gelang Natsuki nicht, etwas von all dem jemals zu erfassen. Alles schien immer knapp außerhalb ihres Blickfeldes zu passieren, so als hielt der ganze Wald den Atem an und umlauerte sie. Wartete nur auf den richtigen Moment um zuzuschlagen, um sie auf Nimmerwiedersehen zu verschlucken.

Und bedachte man ihre Gesellschaft, dann war das gar nicht mal so unwahrscheinlich. Über einen vollen Monat war sie jetzt dabei, und sie hatte nicht einmal angefangen, das Spiel zu begreifen, auf das sie sich eingelassen hatte. Und es war nicht einmal so, dass ihre neuen Kameraden nicht mit ihr sprachen. Aber die Antworten, die sie bekam, waren nicht immer eben ermutigend. Wenn sie sie überhaupt verstand.

Immerhin. Keiner der beiden Geschwister schien auch nur im Mindesten um ihre Umgebung besorgt zu sein, doch die Kälte und die körperliche Anstrengung schienen den beiden genauso zuzusetzen wie Natsuki. Mit Schweiß auf der Stirn, die Wangen gerötet, wirkten die beiden sehr viel jünger. Und beinahe menschlich.

Der Mann schritt vorneweg, die Augen fest auf das Display eines Mobiltelefons gerichtet, als kümmerten ihn die hundert Stolperfallen nicht, welche die Schneedecke verbarg. Er atmete schwer, und doch hatte Natsuki ihre liebe Mühe, mit ihm Schritt zu halten, so sehr sie sich bemühte, in seine Fußstapfen zu treten. Seine Schwester schritt neben ihnen, ihr Blick irgendwo in den Tiefen des Waldes versunken. Auch sie trug ein Gewehr über der Schulter, länger und schlanker als die Waffe auf Natsukis Rücken. Vermutlich konnte sie außerdem besser damit umgehen. Die Frau schien die Wanderung beinah zu genießen.

Das war es, was Natsuki an ihren Begleitern am meisten verstörte. Die Leichtigkeit, mit der die beiden durch ihr Leben gingen. Alles andere konnte sie verstehen. Selbst die Tätigkeit, den Beruf selbst. Zumindest dafür hatte sie genug von der Welt gesehen. Mehr als ihr lieb war. Wenn man ihre Nachtschichten bedachte und die Gegend, in der die Bar lag, vermutlich hatte sie schon dem einen oder anderen Mörder eingeschenkt, in die Augen gesehen, die Hände geschüttelt. Aber selbst vor jener Nacht, bevor sie ihre Heimat endgültig verlassen hatte... sogar bevor ihr junges Leben aus den Fugen geraten und sie in winzige Wohnungen und Nachtschichten verschlagen hatte, waren da immer Sorgen gewesen.

Um die Zukunft, um die nächsten Schulnoten, um Kleider oder gefälschte Ausweise für Alkohol. Um hundert Nichtigkeiten.

Und Angst. Blanke, profane Angst. Vor dem Nachhauseweg zu später Stunde, vor großen Hunden, vor irgendeiner bedrohlichen Gestalt in der U-Bahn.

Die Geschwister andererseits schienen sich völlig außerhalb solcher Sphären zu bewegen. Ganz gleich, ob Auge in Auge mit den Yakuza-Schlägern, bei der Einreise in die USA mit Pässen, die ganz sicher nicht echt gewesen waren, oder als sie sich in einer Garage zur Selbsteinlagerung am helllichten Tag bewaffnet hatten.

Entweder die beiden waren längst so abgehärtet, dass die Gefahr sie nicht länger berührte, oder sie waren wirklich und wahrhaftig frei von solchen Sorgen.

Natsuki lief ein Schauer das Rückgrat hinunter, kälter als alles Eis um sie herum. Wann immer sie in den letzten Wochen genug Atem gefunden hatte, um ihre Gedanken lange genug schweifen zu lassen, gelangte sie hier an diesen Punkt.

An das, was ihr tatsächlich am meisten Angst einflößte. Das Verstehen. Jeder Augenblick, den sie damit verbrachte, diesen neuen Weg in ihrem Leben zu beschreiten, fühlte sich an, als sei sie irgendeiner tieferen, grausamen Wahrheit auf der Spur.

Als sei dies tatsächlich der Weg zur Freiheit, zur Sorglosigkeit. Und in gewisser Weise stimmte das ja sogar. Zumindest hatte sie ihre alten Sorgen eingetauscht. Statt sich den Kopf darüber zu zerbrechen, wie sie die Miete für einen neuen Monat aufbringen sollte, ging sie nun zu Bett und wunderte sich, ob sie den Morgen erlebte. Im Augenblick fragte sie sich ja schon, ob sie es überhaupt bis zur Nacht schaffte.

„Ist alles in Ordnung?"

Die Stimme des Mannes war... sie klang wenigstens warm. Er hatte angehalten, durchwühlte seinen Rucksack. Förderte ein eingeschweißtes Sandwich zu Tage. Seine Augen lagen dagegen fest auf Natsukis Gesicht gerichtet. Und trotz all der Schichten dicker, warmer Kleidung fühlte sie sich nackt. So schlug sie die Augen nieder, nur um diesem Blick nicht Stand halten zu müssen.

Natsuki hatte begonnen, ihre Worte sehr viel sorgfältiger zu erwägen, seit sie ihre Heimat verlassen hatte. Wir werden dich niemals anlügen, und Du solltest uns ebensowenig belügen. Das waren die Regeln. Die Regeln waren einfach und zugleich unendlich schwer. So weit Natsuki das beurteilen konnte, hielten die Geschwister sich an ihre Regeln. Aber Natsuki hatte auch viel zu viel Angst gehabt, um die entscheidenden Fragen zu stellen. Und erst recht, um sie selbst zu brechen.

„Ich habe Angst."

Ein Lächeln umspielte seine Lippen, ein Lächeln, das die Augen nie erreichte. Wer mochte sagen, ob das ein gutes oder schlechtes Zeichen war. Der Mann biss einen herzhaften Bissen von dem Brot ab, kaute ausgiebig, schluckte.

„Angst? Wovor? Es gibt hier seit etlichen Jahren keine Wölfe mehr. Die Bären halten Winterschlaf, und Kojoten und Pumas greifen keine Menschen an, höchstens Aas. Außerdem hast Du ein Gewehr."

Der Mann wählte seine Worte nicht mit weniger Bedacht. Und Natsuki entging nicht, was er nicht gesagt hatte. Er hatte ihre Motive hinterfragt, hatte Dinge aufgezählt, die sie nicht zu fürchten brauchte. Er hatte mit keiner Silbe erwähnt, dass sie sich keine Sorgen machen musste.

„Die Tiere machen mir auch keine Angst. Nicht die vierbeinigen jedenfalls."

Er beschäftigte sich mit einem weiteren Bissen. Und Natsuki hätte nicht sagen können, ob er tatsächlich überlegte, ob er es genoss, sie auf die Folter zu spannen, oder ob seine Gedanken gerade schweiften. Doch seine Antwort kam.

„Das ist weise. Aber ich denke, wir sind heute Nachmittag die einzigen Raubtiere hier draußen."

Halb war Natsuki versucht nachzuhaken, ob das „Wir", von dem der Mann gesprochen hatte, sie selbst einschloss. Sie wagte es nicht. Andererseits hatten die Geschwister bisher viel Wert darauf gelegt, dass sie Natsuki keine einzige Frage übelnahmen. Tatsächlich hatte nichts, was Natsuki versucht hatte, in Erfahrung zu bringen, je eine andere Regung als Belustigung ausgelöst.

„Warum sind wir dann hier draußen? Wir sind doch hier nicht nur für eine Wanderung?"

Er hatte sein Mahl beendet, verstaute die Plastikfolie sorgfältig wieder in seinem Rucksack.

„Nein. Natürlich nicht. Wir sind auf der Jagd. Auf die einzige Beute, die zu jagen, die Mühe wert ist. Und wir sind für einen kleinen Test hier. Einen Test für dich."

Natsuki zuckte unwillkürlich zusammen. Sie konnte spüren, wie ihr Herz zu pochen begann. Schneller und schneller. Es war das erste Mal, in fast zwei Monaten, dass einer der beiden von dergleichen gesprochen hatte. Und welche Angst sie auch zuvor verspürt hatte, jetzt begann es, gefährlich nach Panik zu schmecken. Es gab in diesem Augenblick nur eine einzige Frage, um die Natsukis Geist sich drehte. Eine Frage, zu dringlich, als dass sie es verhindern konnte, die Worte auszusprechen.

„Und was, wenn ich diese Prüfung... nicht bestehe?"

Der Mann überbrückte die vier oder fünf Schritte Distanz zwischen ihnen, streckte den Arm aus. Seine Hand legte sich schwer auf Natsukis Schulter, und er beugte sich nach vorn, um ihr direkt ins Auge sehen zu können. Und jetzt erreichte das Lächeln tatsächlich seine Augen.

„Natsuki, glaube mir, ich habe vollstes Vertrauen in deine Fähigkeiten. Sonst hätte ich dich nicht ausgewählt. Und wenn ich dieses Vertrauen habe, dann solltest Du es auch haben."

Seine Finger drückten ihre Schulter einmal fest, dann drehte er sich um und nahm erneut Tempo auf. Natsuki glaubte ihm ohne weiteres, dass er jedes einzelne Wort ernst gemeint hatte. Aber er hatte ihre Frage auch mit keiner Silbe beantwortet. Nicht eben beruhigend, nicht in einem einsamen Wald voller Aasfresser.

Doch offenbar betrachtete der andere ihre Unterhaltung und auch die Ruhepause als beendet. Sie versuchte, Schritt zu halten, was blieb ihr anderes übrig? Wenigstens die Sorge vor der urwüchsigen Natur war ihr fürs Erste genommen. Zu sehr beschäftigte sie der Gedanke an diese Prüfung. Kein guter Tausch.

Sie mochte sich nicht vorstellen, welche Art von Prüfung es erforderte, so weit hier heraus zu wandern. Dagegen konnte sie sich nur allzu lebhaft vorstellen, von welcher Art von Jagd der Mann sprach.

Ja, Natsuki ertappte sich sogar dabei, sich ernsthaft zu wundern, ob sie das in sie gesetzte Vertrauen erfüllen konnte. In Anbetracht der Umstände kam ihr der Gedanke selbst ein wenig lächerlich vor. Die Konsequenzen im Falle ihres Versagens andererseits mochten alles andere als zum Lachen sein.

„Okay, wir sind da. Noch vielleicht zweihundert Meter geradeaus. Sollte nicht mehr schwer zu finden sein. Versuch es links den Hügel hinauf."

Natsuki war zurück aus ihren Gedanken, konzentrierte sich wieder auf die Realität. Der Mann ließ sein Mobiltelefon in der Jackentasche verschwinden und öffnete den Reißverschluss. Seine Schwester hatte sich unterdessen das Gewehr von der Schulter geschwungen und begann, sich seitlich ihrer bisherigen Richtung ins Gebüsch zu schlagen.

Der Mann sah ihr nach. Erst als die Frau außer Sicht gepirscht war, wagte Natsuki es, auf sich aufmerksam zu machen.

„Soll ich... auch?"

Ihre Finger deuteten auf die Waffe, die über ihre Schulter hinausragte, ihre freie Hand nestelte an dem Gurt, der das Gewehr festhielt.

Der Mann nickte ihr zu, beugte sich vor und löste den Verschluss mit einer raschen Bewegung.

Die Waffe war schwer. Schwerer als ein Baseballschläger. Ein großer, fremdartiger Gegenstand. Und doch fanden ihre Hände wie von selbst die richtige Position, ihr Finger wie von selbst den Abzug. Der Mann lächelte, lehrerhaft, beinahe missbilligend.

„Na, na, nicht so eilig. Halt die Waffe einfach ganz locker. Wenn ich ziehe, richte sie auf dasselbe Ziel. Und versuch, weniger verängstigt auszusehen."

Er setzte sich wieder in Bewegung, arbeitete sich weiter durch Schnee und Unterholz. Noch in der Bewegung ließ er den Rucksack von der Schulter gleiten und zog ein ledernes Klemmbrett aus der Seitentasche. Und bevor er die Tasche wieder vollends auf seinem Rücken hatte, trat er auf eine kleine Lichtung hinaus, während Natsuki sich beeilte, zu ihm aufzuschließen.

Sie trat an ein kleines Lager heran. Eine kleiner, längst erloschener Gaskocher, ein zerwühlter Schlafsack. Ein bauchiger, untersetzter Mann mit akkurat gestutztem Vollbart in einem Campingstuhl. Vielleicht in der Mitte oder am Ende der Fünfzig. Er ließ sein Buch sinken, musterte die Neuankömmlinge. Er lächelte, hob die Hand zum Gruß.

Der Alte schien genauso überrascht von dem Zusammentreffen, wie Natsuki es war. Wie groß konnte die Wahrscheinlichkeit schon sein, hier draußen auf jemand zu treffen. Nicht klein genug, um nicht manipuliert zu werden, offensichtlich. Natsuki kannte ihren Begleiter gut genug, konnte sein verhaltenes Grinsen wenigstens gut genug lesen, um nicht an Zufälle zu glauben.

„Doktor Scott Corvin, nehme ich an?"

Der Alte verzog die Augen zu Schlitzen, als ihm aufging, dass etwas nicht stimmte, dass etwas nicht so war, wie wie es sein sollte. Im nächsten Augenblick wurden seine Augen rund und groß. Sein Blick konzentrierte sich jetzt völlig auf den rechten Arm des jüngeren Mannes. Den Arm, der aus der Jacke hervor geschwungen kam. Den Arm, der eine lange, silbrig glänzende Pistole hielt.

Für einen Augenblick oder zwei ertappte Natsuki sich, wie sie selbst auf die Pistole starrte. Sie hatte nun schon einige Zeit in der Nähe von Waffen verbracht... aber es war eine Sache, eine Pistole bloß anzusehen. Eine Waffe, entsichert und auf einen Menschen gerichtet, flößte noch einen ganz anderen Respekt ein.

Und sie hatte selbst eine Waffe in der Hand. Sie hatte ihre Befehle. Sie spürte das Schulterstück am Arm, spürte das Metall des Abzugs, irgendwie kühl selbst durch ihre Handschuhe hindurch. Der Lauf wanderte nach oben, in ihr Blickfeld hinein. Richtete sich auf Dr. Corvin. Doch der Alte schien das schon gar nicht mehr wahrzunehmen. Stammelte beinah zusammenhanglos vor sich hin.

„Wer sind... was wollen Sie von mir? Ich hab nicht viel Geld, aber..."

Der Jüngere tolerierte das Brabbeln eine Weile, beinahe so, als genoss er die Angst. Dann wedelte er verächtlich mit der Pistole und fiel seinem Gegenüber ohne Zögern ins Wort. Seine Stimme war kalt geworden. Laut und geschäftsmäßig.

„Maul halten. Sie müssen gar nichts verstehen. Einfach nur gehorchen, und dann wird niemand verletzt. Brieftasche, Mobiltelefon, Radio und Armbanduhr. Da auf den Baumstumpf legen, ganz vorsichtig. Keine raschen Bewegungen."

Natsuki verstand nicht im Mindesten, was dieser Spuk bezwecken sollte. Bedachte man die Hotels, in denen sie in den letzten Wochen übernachtet hatte, konnte sie sich kaum vorstellen, dass dies hier ein gewöhnlicher Raubüberfall war.

Die Geschehnisse liefen unterdessen nahtlos weiter. Der Doktor schien noch immer verwirrt, doch er hatte sich ein wenig gesammelt, genug, um seine Wertgegenstände ordentlich aufzustapeln und sich ein paar Schritte zu entfernen. Er hielt die Hände auf Schulterhöhe erhoben, sein Blick wanderte jetzt stetig zwischen Natsuki und dem Mann mit der Pistole hin und her. Er versuchte erneut, etwas zu sagen, doch bevor es dazu kam, fuhr der Jüngere ihm über den Mund.

„Zwei Dinge noch. Zuerst einmal hier unterschreiben. Nicht lesen, einfach nur unterschreiben. Ihre echte Unterschrift, bitte."

Das Klemmbrett wechselte die Hände, und Scott Corvin begann, sich mit einem Stift durch die Blätter zu arbeiten. Er kam offensichtlich nicht umhin, wenigstens Teile dessen zu überfliegen, was er da unterzeichnete. Der Alte runzelte die Stirn, doch was immer ihm durch den Kopf ging, er zog es vor, es erst auszusprechen, als er die Akten zurück gab.

„Wenn... wenn es um einen meiner Patienten geht, dann..."

Er fand kein Gehör. Obwohl Natsuki das Gewehr noch immer auf Corvin gerichtet hatte, ruhte ihr Blick fest auf ihrem Begleiter. Und als dieser von den Akten aufblickte, erwiderte er Natsukis Blick über seine Schulter hinweg. Blickte ihr tief in die Augen. Sprach.

„Nur eins noch, Natsuki. Drück ab."

Ihr brach kalter Schweiß aus, und ihre Gedanken begannen sich zu überschlagen. Ihr erster, vollkommen paranoider Gedanke galt dem Umstand, dass der Doktor nun ihren Namen kannte. Erst dann ging ihr die volle Tragweite ihrer Order auf. Ihr und Corvin.

Der Alte drehte sich zu ihr um, versuchte ihren Blick mit dem seinen einzufangen. Er machte einen Schritt, auf Natsuki zu. Öffnete den Mund.

„Natsuki, nicht wahr? Du zögerst, das ist gut. Du willst doch sicher keinen Mord begehen. Schau in dich hinein, das willst Du gar nicht. Ich habe zwei Kinder zu Hause. Eine Tochter. Sie heißt Sarah. Sie ist vielleicht in deinem Alter und..."

Seine Stimme klang warm. Einfühlsam. Den Umständen entsprechend sogar ruhig. Ein krasser Gegensatz zu dem kalten, spöttischen Ton, mit dem der Jüngere ihm ins Wort fiel.

„Für einen Psychiater lügt er ziemlich schlecht, oder? Unser Freund Scott hier ist zweimal geschieden und kinderlos. Seine erste Frau hieß Sarah, wenn ich mich recht erinnere. Aber andererseits... vielleicht hat er ja Recht. Vielleicht habe ich mich in dir getäuscht, und er ist es, der dein wahres Ich erkennt?"

Natsuki war heiß und kalt zugleich. Beide Männer sahen sie jetzt an, beide Männer versuchten, ihr in die Augen zu sehen, der eine interessiert, der andere flehentlich. Das Gewehr hatte sie noch immer geradeaus gerichtet, doch sie hatte das Gefühl, als würde die Waffe mit jeder Sekunde um Zentner schwerer.

Corvin hatte einen weiteren Schritt auf sie zu getan. Er redete noch immer auf sie ein, beinah so, als hätte er die Unterbrechung gar nicht wahrgenommen.

„Samuel. Mein Sohn heißt Samuel. Er ist gerade letzte Woche vierzehn Jahre alt geworden. Er steht total auf..."

Der Jüngere hatte aufgehört, mit der Pistole auf Corvin zu zielen, doch er hielt noch immer Schritt mit ihm und mischte sich in den Austausch ein.

„Er nennt dir Namen, viele Namen. Alles, was er dir sagt, soll eine Beziehung herstellen. Es ist schwerer, jemand zu töten, wenn man seine fiktiven Kinder kennt. So etwas lernt man im Psychologiestudium, denke ich. Aber es steht dir natürlich frei zu glauben, wem du willst, Du hast das Gewehr."

Doktor Corvin hatte sich einen weiteren, vorsichtigen Schritt auf Natsuki zugetastet. Hätte er die Arme ausgestreckt, hätte er vermutlich den Gewehrlauf packen können. Und er bewegte sich schon wieder.

Für den Bruchteil eines Herzschlags fragte Natsuki sich, ob ihre Reaktion instinktiv war, oder ob sie in ihrem Inneren tatsächlich eine Entscheidung getroffen hatte.

Als die beiden Läufe des Gewehrs sich entluden, traf der Rückstoß ihre Schulter mit der Kraft eines Trucks. Die Waffe wurde ihr gewaltsam aus der Hand gerissen, und ihr Leib wurde herum geschleudert. Sie stieß hart gegen einen Baum...

Der Abhang! Sie waren einen Abhang hinauf geklettert, um bis hierhin zu kommen, und Natsuki hatte sich nach dem Aufstieg keinen Zentimeter von der Kante entfernt. Für einen einzelnen, scheinbar unendlich langen Augenblick befand sie sich in freiem Fall.

Ihr Sturz endete abrupt, als die Jacke sich vor ihrer Brust spannte und sie mit einem Ruck abbremste. Im nächsten Augenblick schlang sich ein Arm von hinten um ihren Bauch und zog sie zurück. Der zweite Arm kam und legte sich um ihre Brust. Natsuki stand still. Spürte, wie sich ihre Hose im Schnee aufweichte, in dem sie kniete.

Sie spürte eine kühle Wange an ihrem Ohr und heißen Atem auf ihrer Wange. Der Mann flüsterte, doch in seiner Stimme lag eine Wärme, eine Ehrlichkeit, die alles an Gefühlsregungen übertraf, was sie bisher von ihm erlebt hatte.

„Natsuki. Ich bin stolz auf dich."

Ein Mensch. Sie hatte gerade einen Menschen getötet. Wenigstens glaubte sie das. Ein echter, lebender, atmender Mensch und sie hatte ihn aus nächster Nähe erschossen. Sie sollte sich vermutlich grauenhaft fühlen. Schuldig.

Doch obwohl sie noch immer am ganzen Körper zitterte, breitete sich langsam aber sicher Wärme in ihrem Körper aus. Wohlige, tröstliche Wärme. Vielleicht war sie schlicht zu müde, zu erschöpft, zu ausgelaugt von den Ereignissen, um jetzt zu verzweifeln. Vielleicht, der Gedanke blieb hartnäckig in ihrem Kopf, hatte sie ihre Entscheidung schon lange getroffen. Vielleicht war die Erleichterung, die sie spürte, tatsächlich echt. Das würde sich vermutlich zeigen. Hoffentlich.

Doch später. Im Augenblick verspürte sie eine merkwürdige, beinah tagträumerische Abgeklärtheit. Und Müdigkeit. Tiefe, bleierne Erschöpfung, die sie bis in die Knochen durchdrang.

Natsuki hätte nicht sagen können, wieviel Zeit so verging. Wie lange sie so verharrten. Doch es musste eine ganze Weile sein. Über den gesamten Zeitraum hinweg hielt der Mann sie sanft in seinen Armen und schwieg. Dafür war Natsuki ihm beinah noch dankbarer, als dafür, dass er ihren Sturz verhindert hatte.

Je länger sie verharrte, in sich hinein horchte, um so mehr begriff sie. Die Bedeutung der Geste. Die Wärme in ihrem Inneren, die der umgebenden Eiseskälte trotzte.

Sie war nicht länger einsam, nicht mehr allein. Zum ersten Mal seit Jahren. In all der Zeit, die sie in der Bar und anderswo arbeitete, hatte es bestenfalls flüchtige Bekanntschaften gegeben, doch schlussendlich war sie immer in die kalte Einsamkeit einer leeren Wohnung zurückgekehrt. Nicht mehr. Nie mehr.

Natsuki öffnete die Augen, sammelte sich. Sie verbrachte noch einen oder zwei Herzschläge damit zu beobachten, wie die Frau, die offenbar wieder zu ihnen gestoßen war, einen Feldstein in einen Beutel gleiten ließ.

Natsukis eigene Stimme klang fern, ein wenig heiser. Doch ruhiger, als sie in Anbetracht der Umstände erwartet hätte.

„War das jetzt so ein Mafiading, wo ich euch jetzt nicht mehr verraten kann, weil ich dann selbst mit dran wäre?"

Die Umarmung war eng genug, dass sie sein Kichern mehr spürte als hörte.

„Nein, nichts dergleichen. Ich bezweifle, dass sie unseren Freund Scott hier vor dem Frühling finden. Und wenn dann überhaupt noch genug übrig ist... die Strafen für Wilderei sind ziemlich hart. Bei einer Schusswunde von einem Schrotgewehr und wo man den armen Doktor doch offensichtlich ausgeraubt hat, ist der Gedanke nicht abwegig."

Natsuki drehte ihren Kopf zur Seite, so gut es eben ging, und versuchte, dem anderen in die Augen zu sehen. Aus nächster Nähe schienen die türkisen Sprenkel in seiner Iris beinah von innen heraus zu leuchten.

„Warum haben wir... habe ich ihn dann umgebracht?"

„Wir haben seine Unterschrift gebraucht, und jemand musste sicherstellen, dass er von der Bildfläche verschwindet. Abgesehen davon ein Test so gut wie jeder andere. Besser vermutlich, weil die Umstände unsere Arbeit begünstigen."

Natsuki wandte sich ab, schloss die Augen und nickte. Ein Test, so gut wie jeder andere.

Paris, Frankreich. 29. Januar, 04:28 p.m.

Carol war es heiß. Unendlich heiß. Sie fühlte sich, als könnte das Feuer in ihren Eingeweiden jeden Moment nach außen dringen und sie zerfetzen. Und doch, trotz der unerträglichen Hitze zitterte und schwankte sie am ganzen Leib.

Ein Strom, eine Lanze glühender Lava kroch ihre Kehle hinauf. Sie wollte schreien, wollte den Mund aufreißen und der Hitze freien Lauf lassen, doch ihr Hals war wie zugeschnürt. Zu eng. Zu heiß. Sie hustete, röchelte, rang um Luft. Doch als sie den Mund endlich weit genug aufbekam, um ein wenig kühle, rettende Luft einzulassen, war das Feuer bereits in ihren Bauch gekrochen und hatte nichts als schmerzhafte Furchen und einen beißend bitteren Geschmack im Rachen zurück gelassen.

Das war nicht richtig. Nichts von alledem war richtig. Die Dinge sollten still stehen, die Dinge sollten sich nicht bewegen. Aber um Carol herum drehte sich alles.

Ein Tanz. Ein lustiger, bunter Reigen aus Lichtern und Bewegung. Sie hätte gelacht, wenn ihre Atemwege nicht so geschmerzt hätten. Und sie wusste nicht einmal, wieso. Wieso nichts und niemand still halten wollte. Warum sie nichts mehr verstand, nichts als Rauschen und Nebel.

Ein greller, scharfer Schmerz auf ihrer Wange. Christian Batemans Kopf tauchte in ihrem Blickfeld auf. Im Vergleich zu dem bunten Karussell im Hintergrund stand sein Gesicht beinah still, auch wenn die Ränder und das Haar verschwammen wie von Zauberhand beleuchtet. Seine Stimme war laut und fern zugleich, als schrie er vom Boden eines Brunnens zu ihr herauf.

„Wie fühlst Du dich? Ist alles in Ordnung?"

Carol öffnete den Mund mechanisch. Sie spie ein Krächzen aus, begleitet von Messerstichen in der Kehle. Um der Wahrheit die Ehre zu geben, hätte sie nicht einmal sagen können, welche Antwort sie hatte geben wollen. Welche Antwort sie hätte geben können. Doch Christian verstand sie. Verstand genug. Er sprach nun langsamer. Nachdrücklicher.

„Du musst nach Hause. Du musst dich ausruhen. Versuch nicht weiter, dich zu übergeben. Nicht übergeben, verstehst Du? Das ist wichtig. Verstehst Du mich?"

Carol nickte schwächlich. Sie verstand die Worte, die Anweisungen, auch wenn sie ihren Sinn nicht begriff. Im Augenblick begriff sie überhaupt keinen Sinn mehr. Sie registrierte aber sehr wohl, dass sie sich bewegte. Dass man sie in eine aufrechte oder wenigstens eine vergleichbare Haltung brachte. Sie bewegte sich, auch wenn es nicht ihre eigene Kraft und ihre eigenen Beine waren, die sie trugen.

Die Geräuschkulisse schwoll ab und an. Schemen, Umrisse von Menschen tauchten aus dem Nebel auf, nur um genauso schnell wieder zu verschwinden.

So heiß, so furchtbar heiß. Carol versuchte noch immer zu verstehen, was mit ihr geschah. Versuchte, die bittere Übelkeit in Schach zu halten, welche ihre Eingeweide fest umklammert hielt. Irgendjemand hielt sie unter den Armen, trug sie vorwärts. Hin zu einer Wand aus diffusem Licht, die langsam aber sicher näherkam.

Sie brachen durch den Vorhang, und die Welt wurde hell. Die warmen, dezenten Lichter, die zuvor getanzt hatten, wichen einem schmerzlich grellen, alles überstrahlenden Schein. Doch zugleich wehte ein kühler Windhauch über Carol hinweg.

Ihre Lungen sogen den Sauerstoff gierig auf, auch wenn das fast unmittelbar einen weiteren Würgeanfall nach sich zog. Nur mit Mühe gelang es ihr, den Mund ein weiteres Mal geschlossen zu halten, und die bittere Fracht im Rachen zu behalten.

Immerhin, ihr Blick klärte sich ein wenig. Nicht genug, damit die Welt still hielt, aber sie begann langsam, mehr als nur Lichter zu erkennen. Sie stand auf der Straße, vor dem Chevalière. So glaubte sie wenigstens. Auch wenn die Gebäude noch immer wirbelten wie Blätter in einem Sturm, sie konnte doch zumindest einzelne vertraute Formen ausmachen. Konnte die Schatten, die durch das grelle Sonnenlicht tanzten, als Autos oder Passanten identifizieren.

Die Welt drehte sich ein weiteres Mal, diesmal schnell und ruckartig, dann stand sie still. Carol konnte den Rinnstein durch ihren dünnen Rock hindurch spüren. Ein rauer, kühler Fixpunkt, der ein wenig Solidität spendete. Sie unternahm einen weiteren Versuch sich zu sammeln, dem nur wenig mehr Erfolg beschieden war.

Christian beugte sich über sie, ein weiteres Mal. Er hielt einen kleinen Gegenstand in der Hand, ein Mobiltelefon vielleicht. Oder einen Ziegelstein, so genau konnte Carol das nicht sagen. Er sprach zu ihr, mit der selben nachdrücklichen Gründlichkeit, mit der man einen Schwachsinnigen oder ein Kleinkind ansprechen würde.

„Die Nummer unter seinem Namen, ist das Tariqs Privatnummer? Soll ich ihn anrufen?"

Tariq. Ja, ja, das war gut. Sie wollte, dass er kam, dass er bei ihr war. Bevor sie dazu kam, den Mund zu öffnen, kündigte sich bereits der nächste Schwall von Hitze in ihrem Hals an. Stattdessen begnügte sie sich mit einem schwachen Nicken.

Christians Gesicht entfernte sich, auch wenn seine Hand weiterhin auf ihrer Schulter ruhte. Seine Stimme klang nun weit entfernt, zu weit, um einzelne Worte ausmachen zu können.

Obwohl das Gespräch kaum allzu lang dauern konnte, drohte Carol bereits wieder, in die Wirbel abzugleiten, als Christian sich erneut zu ihr hinab beugte. Sie spürte jetzt zwei Hände an den Schultern, die sie behutsam, doch bestimmt, wieder auf die Beine zogen.

„Okay Carol, hör mir genau zu. Tariq kann jetzt nicht kommen, aber ich bin mir sicher, er wird bei dir sein, sobald er kann. Er will, dass Du ins Krankenhaus gehst, aber ich glaube nicht, dass das gut wäre. Ich hab dir ein Taxi gerufen, das dich nach Hause bringt. Ruh dich aus. Aber Du musst auf jeden Fall wach bleiben und dich nicht übergeben. Wenn es

schlimmer wird, wenn irgendetwas passiert, kannst Du mich anrufen. Ich wohne im Hotel Duvalle, das steht im Telefonbuch."

Er blickte ihr direkt in die Augen, und es fühlte sich beinahe so an, als schüttelte er sie ein wenig, doch das mochte genauso gut der Schwindel sein, der ihre Sinne durchrüttelte.

„Hast Du mich verstanden? Sprich mir nach, das ist wichtig."

Dieses Mal gelang es ihr, ein paar Worte hervorzupressen, ohne dass sich gleich ein Unglück anbahnte. Doch was sie hervor bekam, klang rau, wie die Stimme einer Fremden, die aus unendlicher Ferne zu ihr sprach.

„... nach Hause. Wach bleiben. Nicht übergeben. Hotel du.. Duvalle. Telefonbuch."

Wenn Carol das unscharfe Bild von dem Gesichtsausdruck vor sich richtig deutete, dann war Christian zufrieden. Sie selbst war sich nicht einmal sicher, was sie empfand. Seine Worte ergaben Sinn, alles was er tat, ergab einen Sinn. Sie würde nach Hause gehen, sie würde auf Tariq warten. Warten... Warum warten?

Sie war allein. Sie war krank, oder wusste der Himmel, was gerade mit ihr passierte, und ihr Verlobter, ihr zukünftiger Ehemann... konnte sich nicht freinehmen? Das war nicht fair, das war nicht recht. Und trotz des schneidenden Feuers, das sich nach wie vor durch ihre Innereien fraß, begann Carol zu frösteln.

Als Christians Hände ihre Schultern nicht mehr hielten, hatten sie all die gute, wohlige Wärme ihres Körpers fortgenommen, aus ihr heraus gesaugt. Als das Taxi sich in Bewegung setzte, war Carol fast nur noch kalt.

*

Natsuki lehnte am Rahmen der Badezimmertür und beobachtete, wie ihr Lehrmeister sich mit routinierter Eile wusch und abschminkte. Eben richtete er sich auf, das Gesicht noch immer tropfnass, und rieb sich die Kontaktlinsen aus den geröteten Augen. Sie landeten bei den anderen Accessoires dieser besonderen Verkleidung, in einem Plastikbeutel auf dem Boden. Sie wurden nicht länger benötigt. Es kam Natsuki beinah vor, als verschwand da eine Person im Abfall. Eine merkwürdige Vorstellung.

Sie schüttelte leicht den Kopf. Ein Gedanke für einen anderen Tag, im Augenblick mussten sie sich alle konzentrieren. Es wenigstens versuchen. Dennoch kam sie nicht umhin, ihren Zweifeln Ausdruck zu verleihen.

„Du weißt schon, dass es nicht funktionieren wird, wie wir es uns vorstellen, oder?"

Der Mann rollte die Schultern, rückte das frische Hemd zurecht. Er warf Natsuki einen langen Blick zu und grinste schief.

„Die Spielsteine sind auf dem Feld. Es wird laufen. Ein bisschen Vertrauen."

Vertrauen. Wenn Natsuki eines gelernt hatte in den Jahren, seit sie ihr altes Leben zurück gelassen hatte, dann war es, auf die Pläne, nein, auf die schwarze Magie, die dieser Mann beherrschte, zu vertrauen.

Und doch, sie hatte es sich längst zur Gewohnheit gemacht, an seinen Planungen zu zweifeln. Nicht einmal nur, weil manche Gedanken dem gesunden Menschenverstand spotteten. Es gefiel dem Mann, wenn die Pläne, die er und seine Schwester entwarfen, in Frage gestellt und auf Lücken abgeklopft wurden. Natsuki hatte diese Rolle bereitwillig eingenommen. Ihr Beitrag zu dem, was sie alle taten.

Das Hotelzimmer war abgedunkelt. Zusätzlich zu den geschlossenen Vorhängen sorgten schwere, schwarze Planen dafür, dass die Nacht verfrüht in den Raum gekommen war. Jetzt, wo die Badezimmerbeleuchtung abgeschaltet war, hing nur noch ein schwacher, diffuser Schein in dem Raum. Das Licht ging von den Bildschirmen aus, die in der Arbeitsnische des Zimmers aufgebaut waren. Drei Laptops und zwei Tablet-Computern. Alle fünf Bildschirme zeigten ähnliche Szenen in statischem Grau. Verkehrs-Überwachungskameras. Der Eingang eines Kongresszentrums, die

Ausfahrt einer Tiefgarage. Frontale und Schrägansicht eines Vorgartens mit hohen Hecken, vor einem modernen, kleinen Haus in der Vorstadt. Eine Ausfahrt der Ringautobahn um Paris.

Wie jeder im Raum, genoss auch Natsuki die süße Ironie, die darin lag. Man mochte meinen, dass die unzähligen Augen, die der „große Bruder" auf die Straßen der Großstädte richtete, ihre Arbeit erschwerte. Immerhin dienten sie ja dazu, die Straßen sicherer zu machen. Aber tatsächlich waren solche Dinge ungemein nützlich, wenn man damit umzugehen wusste.

Von den anderen Insassen des Zimmers waren nur Schemen zu erkennen, Umrisse in dem schwachen Schein, den die grauen Bilder warfen. Zwei männliche und drei weibliche Schatten.

Zwei saßen auf dem Bett, eine weitere in dem Sessel, auf dessen Lehne Natsuki sich gehockt hatte. Allein ihr Anführer stand breitbeinig in der Mitte des Raumes.

Sie alle verharrten, hielten still und konzentrierten sich. Es hieß, ein Krieg bestünde zu neunzig Prozent aus Warterei. Natsuki glaubte das zwar nicht, aber dennoch – Geduld war auch in dem Kampf, den sie führten, wichtig. Im Augenblick brauchten sie Geduld. Geduld und Timing.

Es kam Bewegung in die Bilder der Kameras. Ein dunkler Wagen tauchte in der Ausfahrt der Tiefgarage auf. Hielt an der kleinen Wachstation, wo eins der hinteren Fenster aufglitt, und der Passagier des Wagens dem Wachhabenden etwas reichte. Die Schranke hob sich und ließ das Auto passieren. Ein paar Mausklicks, und zwei der Kamerabilder wechselten zu Aufnahmen der Autobahn. Etwa fünf Minuten konzentrierten Schweigens, und dasselbe Auto war erneut für ein Paar Sekunden sichtbar.

Der Stehende nickte dem Schatten auf dem Bett zu, dem mit den Kopfhörern.

„Irgendwas in den Verkehrsnachrichten?"

Kopfschütteln.

„Okay, mach den Anruf."

*

Es ging Carol tatsächlich besser. Ein kleines Bisschen zumindest. Aber beileibe nicht genug. Sie hatte alles getan, was Christian ihr gesagt hatte, aber die Welt wollte einfach nicht stillstehen. Sie drehte sich. Alles drehte sich.

Und was viel schlimmer war, sie wusste nicht, wohin. Sie sollte warten, aber niemand hatte ihr sagen können, wie. Sie hatte daran gedacht, sich aufs Bett zu legen, hatte sich ein paar Minuten auf der Couch ausgestreckt.

Aber das war gefährlich. Sie war erschöpft, war unendlich müde. Wenige Minuten im Liegen hatten ausgereicht, dass ihr die Lieder und Glieder gleichermaßen schwer wurden, Und sie durfte nicht einschlafen. Christian hatte es ihr wieder und wieder eingebläut. Wer konnte wissen, was passierte, wenn sie einschlief. Und ob sie wieder aufwachen würde.

Hinlegen war also zu gefährlich. Die Sessel im Wohnzimmer und selbst die Küchenstühle waren so bequem, dass sie über kurz oder lang dasselbe Risiko boten.

Zum Herumstehen, zum Hin-und-her-Taumeln zwischen den Wänden verdammt, hatte Carol versucht, zumindest ein wenig zu trinken, ein bisschen von dem Salat zu essen, der vom Frühstück übrig geblieben war. Aber das hatte alles nur noch schlimmer gemacht.

Selbst kühles Mineralwasser hatte ihr nicht im Magen bleiben wollen, und es hatte ihre gesamte Selbstbeherrschung erfordert, sich nicht an Ort und Stelle zu übergeben. So war es dabei geblieben, dass sie sich die Stirn benetzt hatte und wie ein angestochenes Tier im Erdgeschoss des Hauses herumtigerte. Vielleicht hätte es andere Formen der Ablenkung gegeben, aber Carol hätte nicht gewusst, welche das sein könnten. Es fiel ihr unendlich schwer, sich zu konzentrieren, so etwas wie Lesen kam nicht in Frage.

Und das Letzte, was sie im Augenblick brauchte, waren der Lärm und das Geflacker eines Fernsehers. Also blieb sie allein, in der relativen Stille ihrer verwirrten Gedanken. Und mit jeder Minute, die verging, mit jeder Sekunde, die sie so dahin vegetierte, sank die Hoffnung, dass Tariq endlich auftauchen würde. Mit jedem Augenblick, der verstrich, stieg die Versuchung, nach dem Telefonbuch zu suchen und Christian zu belästigen.

Bis die Hoffnung ganz erloschen war. Die Versuchung übermächtig wurde. Der Uhr in der Küche nach war gerade eine Stunde vergangen. Aber das stimmte ganz sicher nicht. Das Ding war noch nie besonders zuverlässig gewesen. Carol wartete ganz sicher schon etliche Stunden, wenn nicht gar einen ganzen Tag, da war sie sich gewiss. So lange, so unerträglich lange, wie sie nun schon wartete, konnte es ihr doch sicher niemand übelnehmen, wenn sie Christian anrief. Immerhin hatte er ihr ja gesagt, sie könne sich bei ihm melden. Er hatte mit Sicherheit nichts dagegen, wenn sie...

Moment. Sie hatte etwas gehört, laut genug, um den Schleier auf ihrem Hirn zumindest kurzzeitig zu zerreißen. Das kam nicht von der Zufahrtsstraße, und es war auch nicht das dumpfe Hämmern in ihrem Hinterkopf. Das war ganz in der Nähe! Hier vor dem Haus! Eine Autotür... Stimmen...

Tariq. Er war es, er musste es einfach sein. Er war endlich gekommen. Es würde schon alles wieder gut werden. Ganz bestimmt.

*

Tariq machte sich fürchterliche Sorgen. Er war gerade in einer Besprechung gewesen, als die Anrufe von Carol gekommen waren. Drei Mal hatte sie angerufen, und jedes Mal hatte sie nach ein paar Sekunden wieder aufgelegt, noch bevor die Sekretärin den Hörer hatte abnehmen können.

Irgendetwas stimmte nicht mit ihr, und jetzt konnte er ihr Mobiltelefon nicht mehr erreichen. Er hatte in ihrem Stammlokal angerufen, doch was der Barkeeper des Chevalière ihm berichtet hatte, beunruhigte Tariq nur um so mehr. Es war gut gewesen, dass Christian das Lokal ebenfalls mit solcher Regelmäßigkeit besuchte. In Anbetracht der Situation verbat Tariq sich jede Eifersucht. Es ging Carol schlecht, vielleicht war sie sogar ernsthaft krank, und er sollte bei ihr sein.

Im Restaurant hatte man ihm nicht sagen können, wohin Carol mit dem Taxi gefahren war. Also telefonierte seine Sekretärin in diesem Augenblick die Notaufnahmen der Pariser Krankenhäuser ab, während Tariq selbst sich auf dem schnellsten Weg nach Hause fahren ließ.

Er wartete nicht einmal, bis sein Leibwächter in dem Wohngebiet eine Parklücke gefunden hatte, sondern verließ den Wagen, sowie er in die richtige Straße einbog. Selbst zu dieser Jahreszeit war es noch zu früh am Tag, um anhand der Lichter feststellen zu können, ob jemand zu Hause war.

Tariq hätte es nicht für möglich gehalten, aber es war der Moment gekommen, da er es bereute, umfassenden Wachschutz abgelehnt zu haben. Natürlich gab es Wachleute am Eingang des Wohngebiets, aber es behielt niemand speziell dies Gebäude im Auge – und natürlich hatte er sich bisher rundheraus geweigert, in seiner Abwesenheit einem Leibwächter Zutritt zum Haus zu gewähren, genau wie er kein anderes Hauspersonal beschäftigte.

Aber in diesem Augenblick... In diesem Moment wünschte er sich, dass jemand, irgendjemand, vor Ort gewesen wäre, der ihr hätte helfen können. Wenn Carol hier war und es ihr schlecht ging... er wollte sich nicht vorstellen, was sein mochte. Und ungefragt stiegen die Bilder in seinem Kopf auf von Carol, wie sie allein und verlassen auf dem Teppich lag und...

„Heeeey, Süßer."

Die Frau war derart unzüchtig gekleidet, dass ihr Kopftuch einfach nur lächerlich deplatziert wirkte. Ihre Haut, von der Tariq nicht eben wenig erkennen konnte, war dunkelbraun und sie sprach das Französisch mit schwerem Akzent. Algerisch, wenn er hätte raten müssen.

Aber noch viel nervtötender als ihre Aufmachung war die penetrante Aufdringlichkeit der Frau. Sie hatte das Grundstück nicht nur ohne Einladung betreten, sie warf sich ihm geradezu um den Hals, und er musste sie hart an den Schultern packen, um zu verhindern, dass sie ihm einen Kuss aufdrückte. Ihr Atem stank vor Alkohol und mochte der Himmel wissen, was noch.

„Hey, was wollen Sie von mir? Was soll denn das?"

Tariq hatte seine liebe Mühe, die Frau nicht durchzuschütteln, sie nicht gröber wegzustoßen, als es angebracht gewesen wäre. Aber seine Geduld näherte sich mit fliegenden Schritten dem Ende. Was immer diese seltsame Frau von ihm wollte, er hatte keine Zeit dafür. Er musste ins Haus und nachsehen, ob Carol hier war, ob es ihr gut ging.

Doch die Frau ließ nicht locker, wand sich nachgerade schlangenhaft aus seinem Griff, nur um sich ihm erneut an den Hals zu werfen. Sie lachte beinah, voll der trunkenen Koketterie.

„Dein Freund hat mir schon gesagt, dass Du schüchtern bist. Keine Sorge, ich bin dein Geburtstagsgeschenk."

*

Carol war bereits an der Tür gewesen, ihre Hand hatte bereits auf der Klinke gelegen. Ein letzter Blick durch den Türspion, nur der Vorsicht halber, und ihre ganze Welt war zusammengebrochen. Zerschmettert wie ein Kartenhaus im Sturm.

Was sie da sah, war unmissverständlich. Die Welt, die sich beinahe beruhigt hatte, die beinah zum Stillstand gekommen war, die nahm wieder Fahrt auf. Drehte sich, rotierte. Schneller und immer schneller. Sie musste sich an der Wand festhalten, taumelte zur Seite und rutschte nach unten auf die Fußmatte. Die Übelkeit kam mit ebensolcher Macht zurück, verbrannte ihren Bauch, ihren Hals, ihren Mund.

Mit einem würgenden, erstickten Laut übergab sie sich auf den Perserteppich. Das machte jetzt auch keinen Unterschied. Es war egal. Kaputt. Es war alles kaputt. Jedes Mal, wenn sie allein zu Abend gegessen hatte, jedes Mal, wenn sie allein zu Bett gegangen war, jedes einzelne Mal hatte sie so etwas insgeheim befürchtet. Irgendwo, tief in ihrem Inneren. Und sie hatte sich dafür gehasst, dass sie ihm misstraut hatte.

Und jetzt das. Er hatte sie abgeschoben, hatte sie in ein Krankenhaus schicken wollen, während er mit dieser Frau in ihrem gemeinsamen Haus...

Das war zu viel für Carol, das war einfach zu viel. Das konnte sie nicht ertragen, nicht allein. Ihre tauben, ungeschickten Finger ertasteten das kleine Schränkchen mit dem Telefon. Hilfe war nur einen Anruf entfernt. Christian hatte es versprochen. Sie klammerte sich an das Tischchen, dass es ins Wanken geriet.

Ein hastiger Ruck, und die Schublade lag auf dem Fußboden. Der Inhalt ergoss sich auf den Boden. Telefonbücher und ein Schwung von Krimskrams flossen hinaus. Kleine Zettel, Stifte, ein paar Schlüssel. Das Telefonbuch lag schwer in ihrer Hand. Die Seiten dagegen waren klamm und klein, unmöglich, sie vernünftig zu greifen, gerade so, als würde das Papier sich vor ihren Fingern verstecken. Die Buchstaben waren sogar noch kleiner. Winzig. Ein Wirbel von Zeichen, die vor ihren Augen tanzten.

Am liebsten hätte sie vor Frustration geheult, getobt. Das nutzlose Stück Papier klatschte gegen die Wand, und Carol vergrub das Gesicht in den Händen. Nichts. Keine Hilfe, keine Erlösung.

Aber da war etwas. Ein kleiner schwarzer Gegenstand auf dem Teppich, ein Fremdkörper in dem Sammelsurium alltäglichen Kleinkrams. Ein Gegenstand, wie sie ihn seit Jahren, seit sie die USA verlassen hatte, nicht mehr in der Hand gehalten hatte. Ein Gegenstand, der einen schnellen, kalten Ausweg bot.

Ein Gegenstand, der Erlösung versprach.

*

Natsuki langweilte sich inzwischen fürchterlich. So wichtig die Geduld in ihrem Gewerbe war, an die endlose Warterei hatte sie sich nie so recht gewöhnen können. Es war seit einer ganzen Weile nichts Besonderes mehr auf den Kameras passiert, und vermutlich würde auch nichts mehr kommen. Ein Mann und eine Frau, die sich in dem Vorgarten stritten, aber das war zu erwarten gewesen. Viel interessanter als die Bildschirme fand die junge Asiatin die spärlich beleuchteten Gesichter ihrer Partner. Vor allem das Antlitz ihres Meisters.

Der Mann stand kerzengerade im Zimmer, die Arme vor der Brust verschränkt, die Augen starr auf die Behelfsmonitore gerichtet. Bei flüchtiger Betrachtung hatte er, seit er seinen Kommandoposten bezogen hatte, keinen Muskel mehr gerührt.

Doch da war Bewegung zu sehen, zumindest für den erfahrenen Zuschauer. Seine Augen waren starr, erwartungsvoll. Sein Mund war dünn wie ein Strich, und seine Kiefer mahlten beinahe unmerklich. Doch da war ein einziges, verräterisches Zeichen. Nicht oft, und nie für lang – doch hin und wieder schoss seine Zunge hervor, glitt für Sekundenbruchteile über seine Lippen. Ein Reptil, das auf Beute lauerte.

Er selbst war es gewesen, der Natsuki gelehrt hatte, so in Gesichtern zu lesen. Irgendwie fand sie es beruhigend, dass sogar er solche kleinen Zeichen besaß. Dass er tatsächlich ein Teil der Menschheit war, die zu beobachten er lehrte.

In diesem Moment ging eine Veränderung durch seine Züge. Die Anspannung floss aus seinem Antlitz. Seine Mundwinkel glitten auseinander. Er schloss die Augen und neigte den Kopf ein wenig nach vorn. Eine Geste, eine Haltung, die bei den meisten Menschen demütig gewirkt hätte und nicht selbstzufrieden.

Natsuki warf einen schnellen Seitenblick auf die Monitore, und ein Schauer rann ihr die Wirbelsäule hinunter. Sie glaubte nicht an schwarze Magie, an Voodoo, die Kraft der Oni, oder wie immer man es sonst nennen wollte. Aber so oft sie dieses Spiel auch miterlebte, es war ihr jedes Mal aufs Neue unheimlich.

Die Tür des Hauses war aufgegangen, eine zweite Frau war im Blickfeld der Kamera erschienen. Eine Frau, deren Absicht unzweifelhaft war.

Die Verkehrskameras nahmen keine Geräusche wahr. Während die grellen Lichtblitze in schneller Abfolge das Zimmer erleuchteten, war es völlig still. Der einzige Laut waren die Finger des Mannes. Er hatte die Rechte ans Ohr gehoben, schnippte wie ein Musiker, der einer unhörbaren Melodie lauschte.

Obwohl er die Augen nach wie vor geschlossen hielt, bildete Natsuki sich für einen irren Augenblick ein, dass die Schnipser in perfekter Synchronizität mit den Schüssen fielen. Doch die Magie des Augenblicks verflog schnell wieder. Auf dem Bildschirm blitzte es noch weiter, doch darauf achtete inzwischen niemand mehr. Ihre Arbeit hier war getan, und jeder weitere Augenblick, den sie hier verweilten, war verschwendet. Die Vorhänge wurden aufgezogen, die Bildschirme wurden abgebaut. Das Wenige, was noch an Kleidung und Utensilien im Zimmer verteilt lag, wurde aufgelesen und wanderte in die fein säuberlich gestapelten Taschen und Rucksäcke, die sie schon zuvor an einer Zimmerwand aufgereiht hatten. Während zwei Paar Hände mit Packen beschäftigt waren, säuberten zwei weitere den Raum. Die Handtücher und Bettbezüge wanderten in einen Plastiksack, genau wie die leeren Flaschen aus der Minibar und der Inhalt des Papierkorbs. Zur selben Zeit wurden all die glatten Oberflächen, die Stühle, die Fenstergriffe und die Armaturen im Badezimmer sorgfältig abgewischt und mit einer dünnen Schicht Ammoniak eingesprüht. Es war nicht so, als wenn sie verfolgt würden, als wenn man nach ihnen suchte, als wenn die Welt auch nur von der Existenz ihrer kleinen, verschworenen Gemeinschaft wusste. Und dennoch, als der Mann seinen Rucksack schulterte und sie hinausführte, hinterließen sie nichts als ein nacktes, sauberes Zimmer.

Ozymandias
(Percy Bysshe Shelley)

I met a traveler from an antique land
Who said: Two vast and trunkless legs of stone
Stand in the desert. Near them, on the sand,
Half sunk, a shattered visage lies, whose frown,
And wrinkled lip, and sneer of cold command,
Tell that its sculptor well those passions read
Which yet survive, stamped on these lifeless things,
The hand that mocked them, and the heart that fed;
And on the pedestal these words appear:
"My name is Ozymandias, king of kings:
Look on my works, ye Mighty, and despair!"
Nothing beside remains. Round the decay
Of that colossal wreck, boundless and bare
The lone and level sands stretch far away.

Den Haag, Holland. 02. Februar, 08:26 a.m.

Halb Neun in der Früh, und Nicolas O'Donnel fühlte sich bereits unendlich müde. Nach seiner Unterredung mit Michelle hatte er ein paar alte Freunde in anderen Vollzugsbehörden angerufen. Damit sie die Augen offen hielten. Nur für den Fall.

Es war gestern in den Abendnachrichten gekommen und heute morgen in den Zeitungen. Länger hatte die Pariser Polizei nicht verhindern können, dass alles herauskam. Es bekannt wurde, dass ein saudischer Prinz, der „Fortschrittsprinz", das Lieblingskind der Medien, in seinem eigenen Vorgarten erschossen worden war. Von seiner eigenen Verlobten.

Michelle hatte Nicolas die Kopien all der Zettel dagelassen, die sie vor weniger als zehn Tagen mitgebracht hatte. Über zwei Dutzend Zettel, mehr schlecht als recht sortiert. Und zuoberst die Liste. Hunderte von Namen, sechs davon in sattem, fettem Orange unterstrichen. Doch im Augenblick, da Nicolas die Zettel erneut in der Hand hielt, schien vor allem ein Name hervor zu stechen, ja geradezu in Flammen zu stehen. Ein Name, der im Augenblick allerorts in Europa für Schlagzeilen sorgte.

Sie hatte es gewusst. Sie hatte es irgendwie kommen sehen. Das Muster, welches ihr Computer ausgespuckt hatte, war tatsächlich vorhanden. So sehr Nicolas sich gegen den Gedanken sträubte. Statistisch etablierte eine richtige Vorhersage beileibe keinen Trend, und schließlich hatte die ganze Liste ja aus gefährdeten Zielen bestanden. Aber einer von gerade mal sechs, aus Tausenden von Namen... und das in weniger als zwei Wochen. Nein, das passte viel zu gut, um noch als Zufall durchzugehen.

Doch damit kam gänzlich ungebeten die Frage auf. Eine Frage, die ihn in der Vergangenheit viel zu lang geplagt hatte. Was wäre gewesen, wenn? Was wäre gewesen, wenn er mehr getan hätte, als nur seine sprichwörtlichen Fühler auszustrecken? Wenn er oder Michelles Vorgesetzter ihr Glauben geschenkt hätten und jemand die Personen auf der Liste informiert hätte. Vielleicht wären drei unschuldige Menschen noch am Leben.

Gottverfluchter Mist das Ganze. Für einen Augenblick wünschte er sich, Michelle hätte ihm ganz einfach nichts erzählt, hätte ihn aus der ganzen Sache herausgehalten. Aber das war nun nicht mehr möglich.

Also griff der in die Jahre gekommene Europol-Analyst mit einem tiefen Seufzer zum Telefonhörer.

*

Es gab keine Direktverbindung, daher brauchte man selbst mit dem Schnellzug von Lyon nach Den Haag etwa sechs Stunden. Michelles alter Renault schaffte die fast neunhundertfünfzig Kilometer in siebeneinhalb Stunden und einer halben Packung Luckies.

Ihr Rücken schmerzte, und trotz mehrerer Sitzkissen brannte ihr Gesäß. Ihre Finger waren so klamm wie ihr Rückgrat. Der Wagen war älter als sie selbst, und die Heizung hatte auf der langen Fahrt kaum mehr ausgerichtet als die Zigaretten.

Aber in dem Augenblick, da sie den Kiesweg zu dem kleinen Reihenhaus überquerte, war all diese Ungemach fort und vergessen. Sie fühlte sich... sie konnte es nicht genau in Worte fassen. Aufregung. Erwartung. Vorfreude. Und ein Stachel von Schuld, so klein er auch sein mochte. Es ging um echte Leben, um echte Menschen. Es kam ihr wenigstens so vor, als wenn sie nicht diese Art von Freude spüren sollte. Doch der treffendste Begriff, der ihr in den Sinn kam, war schlicht und einfach „Jagdfieber".

Vielleicht war es ganz gut, dass die Tür aufging, noch bevor sie den Gedankengang vertiefen konnte. Nicolas O'Donnel hatte seinen Anzug gegen Jeans und Rollkragenpullover getauscht und stand mit einer Tasse in der Hand in der Eingangstür. Der alte Brite wirkte müde, geradezu übernächtigt, aber dennoch schenkte er Michelle ein warmes Lächeln, als er sie hereinbat.

„Ist es wirklich in Ordnung, wenn Du mitten unter der Woche verschwindest?"

Michelle wedelte abfällig mit der Hand, bevor sie die Sorge des Älteren doch noch mit einer Antwort quittierte.

„Mach dir mal keinen Kopf. Ich hab nach den letzten Monaten einiges an Überstunden abzufeiern. Das geht schon in Ordnung."

„Überstunden, die Du wie genau angesammelt hast?"

Sie grinste nur schief und schob sich vollends durch die Eingangstür.

*

Das Wohnzimmer war, wie das gesamte Reihenhaus, von eben jener Winzigkeit, die beinah allen holländischen Gebäuden zu eigen ist. Die französische Polizistin kam kaum an die einsfünfundsiebzig heran, und doch hatte sie jedes Mal, wenn sie hier war, das Gefühl, die Decke würde ihr gleich auf den Kopf fallen.

Doch das war bei weitem nicht der einzige Grund, warum es Michelle schier unbegreiflich war, wie der gut zwanzig Zentimeter größere Brite es in dem Reihenhaus aushielt. Viel schlimmer wog die erdrückende Unpersönlichkeit der Räumlichkeiten. Keine Fotos, keinerlei Memorabilien, wo man auch hinschaute. Nicht einmal Staub oder Unordnung, irgendetwas, das darauf hindeutete, dass hier überhaupt jemand lebte. Die einzige Dekoration im ganzen Haus waren drei kleine Ölgemälde. Allesamt Segelschiffe und allesamt von Ikea.

Zumindest für gewöhnlich. Im Augenblick waren der hölzerne Tisch und ein beträchtlicher Teil der Eckbank mit Papier und Fotografien bedeckt. Selbstverständlich in frische Aktenordner gesteckt und von penibler Hand sortiert.

Es verwunderte Michelle fast schon ein wenig. Natürlich hatte sie nach dem Anruf heute Morgen mit etwas Derartigem gerechnet, doch sie hatte nicht erwartet, dass Nicolas in der kurzen Zeit so viel zusammentragen würde. Dass er sich auf Papier und Polaroid verließ, anstelle von Computerbildschirmen, war dagegen nicht im Mindesten eine Überraschung. Selbst in diesem Moment konnte sie hören, wie im Nebenzimmer ein antiker Drucker ratterte.

„Und ich dachte, ich wäre in dieser Sache fleißig gewesen."

Immerhin – das rang dem Briten einen Lacher ab, bevor seine Miene wieder ernst wurde.

„Ich habe bei weitem noch nicht alles durchgesehen, und das ist nur das Material aus Paris, aus den letzten Tagen. Deine Kollegen sind ausnahmsweise mal sehr gründlich."

Es gefiel der Europol-Agentin nicht gerade, derart mit gewöhnlichen Polizisten gemein gemacht zu werden, aber ihre Aufmerksamkeit war bereits zu sehr von den Papieren eingenommen, als dass ihr Stolz ernsthaften Schaden nahm.

„Kann man ihnen ja kaum übel nehmen. Bei einem Fall von der Tragweite dürften die ganz schön ins Rotieren gekommen sein."

Sie streckte sich, bis ihre Schulterblätter schmerzhaft knackten. Nicolas hatte sich bereits wieder auf die Bank gleiten lassen, doch nach fast acht Stunden in den Renault gezwängt, war ihr nicht eben nach dem unbequemen Holzmöbel zumute.

Stattdessen bediente sie sich bei der halbleeren Teekanne in der kleinen, zum Wohnzimmer offenen Küche. Michelle mochte Tee nicht besonders, noch dazu stark und lauwarm, aber ihre Kehle hatte seit Stunden nur Rauch bekommen, also leerte sie die erste Tasse in einem einzigen, gierigen Zug.

„Also gut, Nic, gib mir die Kurzfassung."

*

Nicolas O'Donnel sah von dem Aktenordner in seiner Hand auf und versuchte den Seufzer zu unterdrücken. Er mochte die Französin, und nicht nur als Tochter eines guten Freundes. Er hatte die junge Frau bald schätzen gelernt, aber bisweilen zehrte ihre Ungeduld dann doch an seinen Nerven. Den Umständen entsprechend verhielt sie sich geradezu ruhig. Also kein Grund, sie noch länger warten zu lassen.

„Am Neunundzwanzigsten des letzten Monats ist die große Hoffnung auf soziale Gerechtigkeit im nahen Osten in einem Pariser Vorort erschossen worden. Von seiner Verlobten."

Michelle war, eine Tasse in der Hand, an den Tisch zurückgetreten, und Nicolas reichte ihr eines der Tatortfotos. Die Aufnahme eines kleinen, ordentlichen Vorgartens. Die Aufnahme von drei zerschlagenen, blutenden Körpern. Die Französin verzog für einen Augenblick den Mund, wandte sich ab und gab die Fotografie zurück.

„Was ist mit der Schützin passiert? Und wer ist die andere Frau?"

„Der Bodyguard des Prinzen hat spät reagiert und nicht besonders professionell. Hat die Frau abgeknallt, als er gemerkt hat, was los war. Als der Notarzt eingetroffen ist, war ihre Lunge schon kollabiert. Die andere Frau ist, soweit wir wissen, irgendeine Hostess. Ausländerin, kein Pass, nicht von den Behörden erfasst."

Michelle verzog den Mund.

„Also hat seine Verlobte ihn mit einer Nutte erwischt und abgeknallt? Das wäre auf jeden Fall ein Motiv, Und das heißt vermutlich auch, dass die Schlagzeilen noch um einiges hässlicher werden, wenn das herauskommt, oder?"

Nicolas wusste, dass sich sein Gesicht bei diesem Gedankengang verziehen würde. Für gewöhnlich hatte er seine Emotionen ganz gut unter Kontrolle – aber er hatte erlebt, welchen Schaden die viel beschworene vierte Gewalt anrichtete, wann immer man sie ließ. Am liebsten hätte er hier und jetzt ausgespuckt, und er konnte nicht verhindern, dass sich ein bisschen von seiner Galle in seine Stimme schlich.

„Die Kollegen tun alles, um die Sache unter Verschluss zu halten. Aber ja, wenn die Identität des zweiten Opfers bekannt wird, können wir eine mediale Schlammschlacht sondergleichen erwarten."

Nicolas ertappte sich dabei, wie er diesen Umstand auf eine Art bedauerte, die über die pure Ablehnung von solchem Verhalten hinausging. Er war kein politischer Mensch, und er hatte den politischen Aufstieg des Prinzen nicht wirklich verfolgt. Aber nach allem, was er von dem Mann wusste, war der Araber durchaus kein unsympathischer Mensch gewesen und hatte durchaus keine schlechten Ideen vertreten. Aber das Wenige von diesen Ideen, was die Kugeln nicht hatten töten können, würde in dem unweigerlichen Skandal untergehen.

Michelle erschien indes noch immer weit mehr am Mord als an dem Menschen interessiert. Wenn sie ähnlich wie Nicolas empfand, so gaben ihre Miene und ihre Stimme zumindest keine Hinweise darauf.

„Wo hatte sie die Waffe her? Sowas liegt in in Frankreich nicht gerade auf der Straße. Und hat sie irgendeine Vorgeschichte mit Gewalttätigkeit?"

Nicolas wollte wirklich nicht darüber nachdenken, ob die Distanz seiner Freundin nun ein Ausdruck von Professionalität oder von unkontrolliertem Jagdfieber war. Ganz gleich, ob man in einer Ermittlungsbehörde am Schreibtisch oder mit irgend einer Spezialeinheit hinter feindlichen Linien lag – Nicolas hatte die Erfahrung gemacht, dass zu viel von beidem einem gefährlich werden konnte. Aber er bezweifelte genauso stark, dass die französische Polizistin im Augenblick besonders offen für solche Belehrungen war. Stattdessen reichte er ihr einen weiteren Auszug aus den forensischen Berichten.

„Die Waffe stammt aus dem Fundus der Sicherheitsfirma, die den Prinzen bewacht. Ist angeblich vor Wochen 'verloren' gemeldet worden. Mrs. Carol Summers hat, soweit wir herausgefunden haben, keine kriminelle Vorgeschichte. Aber durchaus einige in den USA aktenkundige Fälle von Rauschmittelmissbrauch. Und zum Zeitpunkt ihres Todes hatte sie fast Einskommafünf Promille und dazu einige mit Sicherheit nicht legale Substanzen im Blut. Und man hat einen ganzen Vorrat von dem Zeug im Medizinschrank des Hauses gefunden."

Michelle überflog den forensischen Bericht und pfiff leise durch die Zähne, als sie beim Blutbild angekommen war. Sie warf die

Mappe zurück auf den Tisch und ließ sich Nicolas gegenüber auf einen der Holzstühle fallen.

„Also hat einer der Wachmänner seine Pistole herumliegen lassen, an einem Ort, wo sie wochenlang nicht aufgefallen ist, bis eine Frau, die betrunken und high ist, sie findet, in genau dem Moment, wo sie ihren Verlobten mit einer Nutte im Vorgarten erwischt? Eine ganze Menge unglücklicher Zufälle, oder nicht?

Nicolas begegnete ihrem Blick, ruhig und konzentriert.

„Eine tragische Verkettung von Ereignissen, die zu einem Affekt-Mord geführt haben, ist zumindest das offizielle Statement der Pariser Polizei."

Sie hielt stand, sah ihm direkt in die Augen.

„Und, glaubst Du daran?"

Das war die Frage, die entscheidende. Die, mit der Nicolas gerechnet hatte, und die, vor der er sich gefürchtet hatte. Denn wenn er ehrlich mit sich war, hätte er nicht sagen können, welche Antwort er Michelle geben sollte. Er hielt sich durchaus für einen rationalen Menschen – und all die Indizien, anhand derer die Pariser Kollegen den Tathergang rekonstruiert hatten, erschienen ihm schlüssig. Aber andererseits... das alles passte zu gut, erschien arrangiert zufällig und gleichzeitig zu günstig, zumindest für bestimmte Interessen. Und dann war da natürlich der Umstand, dass Michelle ihm nicht mal eine Woche zuvor prophezeit hatte, der Prinz werde einen scheinbar willkürlichen oder zufälligen Tod sterben. Von dem schalen Gefühl, dass er, Nicolas, das alles vielleicht hätte verhindern können, einmal abgesehen – solche Zufälle gab es einfach nicht. Und selbst wenn doch – konnte er das Risiko eingehen, darauf zu vertrauen, dass es sich nur um einen Zufall handelte, und vielleicht zuschauen, wie weitere Menschen durch unglückliche Umstände und höhere Gewalt ums Leben kamen?

Nein, er hatte keine Wahl. Und das bedeutete, dass er Michelle glauben und sich mit ihr auf die Jagd nach Geistern begeben würde. Er musste es wenigstens versuchen.

*

Michelle streckte sich, schob ihr Gesäß unruhig auf dem kleinen Sofa hin und her, um eine bequeme Position zu finden. Natürlich verfügte das winzige Haus des Briten nicht über einen Luxus, wie ihn ein Gästezimmer bereitet hätte. Und nachdem sie beide bis spät in die Nacht über den Akten gegrübelt hatten, stand ihr nicht eben der Sinn nach einer stundenlangen Rückfahrt, oder danach, sich um diese Zeit eine Herberge oder ein Hotel zu suchen.

Selbst jetzt, da der letzte Tee längst aufgebraucht war, und die Müdigkeit auf ihre Schultern und auf ihren Geist drückte, hätte sie am liebsten weiter gearbeitet. Das Feuer, das Fieber, welches in ihr köchelte, seit sie... das Muster zum ersten Mal entdeckt hatte, war endlich entflammt. Und sie hatte endlich zumindest einen Menschen gefunden, der ihr Glauben schenkte. Nur war ein einziger Interpol-Agent, ganz gleich, wie fähig Nicolas sein mochte, beileibe keine internationale Task-Force.

Und bisher hatte Michelle das dumpfe Gefühl, dass sie die Ressourcen einer ganzen Behörde brauchen würden, um diesem Feind beizukommen. Der Mörder... der Geist, den sie jagten, arbeitete mit einer Gründlichkeit, die Michelle fast schon so etwas wie professionellen Respekt abnötigte. Sie und Nicolas waren in der Lage gewesen, fast jede Minute im Tagesablauf der beiden Mordopfer und der vorgeblichen Täterin nachzuvollziehen. Und es gab nicht einmal Indizien, dass sie an irgendeinem Punkt des Tages Kontakt zu Fremden gehabt hatten, geschweige denn, dass irgendjemand die Ereignisse mit solcher Präzision hätte manipulieren können. Es gab Momente, da erschien es Michelle fast schon leichter, an einen Zufall zu glauben, wäre da nicht ihre eigene Vorhersage gewesen.

Aber sie hatte ein Verbrechen prophezeit, und es war geschehen. Mit einer Perversion, einer Brutalität, die sie selbst überrascht hatte. Also musste sie weitermachen. Und das allein war auch der einzige Vorteil der Jäger in diesem Spiel. Ganz gleich, wie gut diese Verbrecher ihre Schritte verschleierten, Michelle konnte ihre Opfer mit einer gewissen Präzision vorherbestimmen. Und das bedeutete, früher oder später würde sie ihrem unsichtbaren Feind nah genug kommen, um einen Blick zu riskieren.

Der Gedanke verschaffte Michelle eine gewisse grimmige Befriedigung. Genug, um ihren Geist zu beruhigen, genug, dass sie das Licht löschen konnte und sich auf dem kleinen Polstermöbel ausstreckte, um den Schlaf willkommen zu heißen.

Regen. Kalt und nass und unerbittlich. Scheiß Regen. Anton konnte es seinem Enkel nicht verdenken, dass er bei diesem Dreckswetter lieber das Haus hütete. Auch wenn es ihm ein gewisses Unbehagen bereitete, dass der Junge offenbar sehr viel mehr Gefallen an seinen Videospielkonsolen fand als am Familiengeschäft.

Und das, wo der Junge sich bereits den Zwanzig näherte. Wenn Anton daran dachte, was er in diesem Alter getan hatte... hatte tun müssen... selbst jetzt hockte sein Enkel Zlatan kaum drei Meter entfernt, ohne jede Haltung auf eine Couch gefläzt, die Augen starr auf den Bildschirm gerichtet, die Hände fest um ein kleineres Gerät gekrallt. Regte sich kaum, fluchte nur gelegentlich leise.

Anton selbst stand am Fenster des ausladenden Raumes, der fast das gesamte erste Stockwerk des alten Bauwerkes einnahm. Früher einmal war das hier ein echter Prachtbau gewesen. Vor, mochte der Himmel wissen, wie viel Jahren. Dann waren die Sowjets gekommen. Und die Kapitalisten. Und hundert Jahre Dreckswetter, vermutete Anton. Aber es war geräumig, die Lage war gut. Nur selten, zu einem Anlass wie heute etwa, wünschte er sich, er hätte seine Zelte an einem etwas mehr repräsentativen Ort aufgeschlagen. Vielleicht einem großen Anwesen auf dem Land, wo er seine Hunde in einem hektargroßen Garten halten konnte, statt in einem winzigen Hinterhof.

Aber es war nun einmal, wie es war. Nervös strich er sich den teuren, seidenen Trainingsanzug glatt. Er betrachtete sein alterndes Gesicht in der Fensterscheibe, stellte noch einmal sicher, dass die Rolex und die Goldketten um Hals und Handgelenk gut sichtbar waren.

Ein Klopfen an der Tür.

Das war es. Er war da.

„Zlatan, na los. Geh auf dein Zimmer, ich rufe dich, wenn..."

„Das wird nicht nötig sein. Er kann ruhig hier bleiben. Die Familie ist sehr wichtig."

Die Stimme, die Anton in akzentfreiem Russisch ins Wort gefallen war, klang ruhig, freundlich und unerwartet hell. Der Mann, dem diese Stimme gehörte, war allerdings ganz und gar nicht, was der rumänische Mafioso erwartet hatte.

Hochgewachsen und gertenschlank, in tadellos akkuratem Einreiher, darunter ein blütenweißes Hemd. Keine Krawatte. Ein altmodischer Hut in der Rechten und langes, pechschwarzes Haar, das über die Schultern hinweg außer Sicht floss, eine leichte Brille mit rotem Rand auf der Nase. Vor allem aber sah der Mann nicht aus, als wäre er mehr als ein paar Jahre älter als Zlatan.

Das hier war nicht der erste Profikiller, mit dem Anton sich auseinander setzte, aber mit Sicherheit der jüngste. Am Rande bemerkte er, dass weder Haar noch Jackett des Mannes vom Wasser berührt worden waren. Wie immer der Kerl das bei diesem Wetter geschafft haben mochte. Wichtiger aber war, was der Auftragsmörder gesagt hatte. Die scheinbar harmlose Freundlichkeit ließ tief blicken. Nicht viele Menschen auf der Welt wussten, dass Zlatan sein Enkel war, und eigentlich vertraute Anton denen. Den Jungen mit einzubeziehen, ihn Familie zu nennen und zum Mitwisser zu machen, sagte nicht nur: „Ich weiß, wer er ist", sondern auch: „Wenn irgendetwas nicht klappt, stirbt er ebenso". Anton sah es dem Killer nach, dass er sich absicherte. So funktionierte dieses Geschäft eben. Aber Anton war nicht so alt und so erfolgreich geworden, weil er gefährliche Männer nicht erkannt hätte, wenn sie ihm begegneten.

„Ihr seid nicht einfach zu erreichen.", eröffnete der Rumäne grußlos.

„Und ich bin auch nicht billig. Aber ich denke, das wissen Sie schon."

In der Tat wusste Anton das. Die Dienste dieses speziellen Killers waren sogar unverschämt teuer, selbst wenn man die Art seines Gewerbes mit in Betracht zog. Aber Anton hatte sich auch versichern lassen, dass der Mann seinen Preis wert war. Nicht, dass man in diesem Geschäft jemals echte Garantien hatte.

„Dürfte ich dann erfahren, wieso ich hier bin?"

Die Stimme des Mannes war noch immer freundlich. Wenn er Ungeduld empfand oder Unbehagen aufgrund eines unvertrauten Gebäudes voller bewaffneter Männer, dann verbarg er es weit besser, als die meisten seiner Berufsgenossen. Er schien sogar beinah ein wenig gelangweilt. Wenn er nicht gerade sprach, zuckte sein Blick rastlos im Raum herum, zwischen Enkel und Großvater hin und her, zu dem Bildschirm, zu den Fenstern, sogar zu den Deckenlampen.

Unterdessen sah Anton keinen weiteren Grund, den Mann im Unklaren zu lassen. Für Rückzieher oder Bedenken war es ohnehin viel zu spät.

„Ist Ihnen Don Mario Basini ein Begriff?"

Anton glaubte, eine Regung auf dem Gesicht des Mörders zu erkennen. Ein Flackern hinter den Brillengläsern, ein Zucken der Mundwinkel. Doch es ging so schnell wie es kam, und der Mann nickte lediglich.

„Sein Sohn muss sterben."

Eine kalte, unumstößliche Feststellung. Anton zweifelte nicht an der Notwendigkeit, ganz gleich welches Risiko das bedeutete. Da standen wichtigere Dinge auf dem Spiel. Die wichtigsten überhaupt.

„Warum?"

Eine seltsame Frage in Anbetracht der Umstände, doch Anton antwortete ohne zu zögern.

„Meine Familie hat mit der seinen zusammengearbeitet. Für beinahe zwanzig Jahre. Wir haben große Mengen geliefert, und sie haben es weiterverkauft, haben immer pünktlich und gut bezahlt. Aber die letzte Lieferung vor einigen Jahren... die Küstenwache hat am Übergabe-Ort

auf unsere Boote gewartet. Und jetzt verrottet mein einziger Sohn, der Vater des armen Zlatan hier, in irgendeinem italienischen Knast."

Der Fremde hatte ungerührt zugehört, auch wenn sein Blick inzwischen fest auf Anton ruhte.

„Und Ihr wollt von mir, dass ich ihn räche?"

Der rumänische Drogenbaron nickte bedächtig. Doch der andere Mann schien noch immer nicht überzeugt zu sein.

„Warum holt Ihr dafür mich? Ich bin auf dem Weg hierher an wenigstens einem Dutzend bewaffneter Männer vorbeigekommen. Und ich gehe davon aus, dass der eine oder andere von ihnen für weit weniger töten würde als ich. Und die sind vermutlich auch besser als ich, um eine Rachebotschaft zu überbringen."

Für jemand, der eine Dienstleistung verkaufen wollte, machte der Mann seine Sache nicht besonders gut. Aber er bot ja auch kein Produkt an, das jemals Nachfrage-Schwierigkeiten hatte. Mord hatte immer Konjunktur. Und in gewisser Weise war es auch berechtigt, in diesem Fall nachzuhaken. Und so war Anton sogar bereit sich zu erklären.

„Ich will, dass Don Basini meinen Schmerz, meinen Verlust nachempfindet. Ich will keinen Krieg mit ihm anfangen. Und wenn ein paar Männer slawischer Herkunft seinen Sohn aus einem Auto heraus erschießen, dann wird der Don mit Sicherheit zu mir kommen, und meine Familie wird noch mehr bluten."

Anton war sich noch immer nicht sicher, was hinter der Stirn des jüngeren Mannes vor ging. Es gab Momente, da glaubte er, Belustigung im Gesicht des anderen zu sehen. So wie jetzt.

„Ihr habt mir gesagt, euer Sohn sitzt im Gefängnis. Wenn ich den Italiener töte, ist sein Verlust dann nicht größer als eurer?"

Vor allem war Anton sich nicht sicher, ob sein Gast ihn selbst belustigte, oder ob er ihm den letzten Nerv raubte. Er konnte jedenfalls eine gewisse Härte nicht mehr aus seiner Stimme heraushalten.

„Vielleicht will ich ja auch, dass sein Schmerz noch größer ist als meiner. Wenn der verfluchte Makkaronifresser an der Trauer erstickt, werde ich mit Sicherheit keine Tränen vergießen."

Und im übrigen hat meine Familie nicht viele Freunde im Gefängnis, hätte Anton beinah hinzugefügt. In einem Gefängnis, das ohnehin kein sicherer Ort ist. Und jeder Tag, den mein Sohn darin überlebt, ist ein Geschenk Gottes.

Aber natürlich konnte er das nicht aussprechen, nicht solange der arme Zlatan mit im Raum saß. Der Junge hatte genug Angst um seinen Vater, ohne solche Dinge zu hören. Doch jetzt lächelte der Auftragsmörder wirklich. Ein helles, freundliches, dezentes Lächeln.

„Rache. Und ein gewisses Maß an Ehrlichkeit. Ich denke, wir werden ins Geschäft kommen, Ihr und ich. Ihr kennt den Preis. Meine Partner und ich werden uns in Bewegung setzen, sowie das Geld überwiesen wurde. Abgesehen davon kann ich vorerst keine andere Garantie geben als meinen Ruf.

Das Lächeln wurde breiter. Weiße Zähne blitzten auf, und das Gesicht gewann etwas Wölfisches.

Im nächsten Augenblick setzte sich der Mann den Hut wieder auf den Kopf und wandte sich wortlos zum Gehen. Halb abgewandt fixierte sein Blick für Sekundenbruchteile Zlatan auf dem Sofa, zwei Finger tippten wie zum Gruß gegen die Hutkrempe.

Einen Augenblick später war der Mann verschwunden und ließ die beiden Rumänen in Schweigen zurück.

Es dauerte fast fünf Minuten, bis Zlatan sich aus der unbequemen Stellung zurückzog, in der er bisher verharrt hatte, den Hals verdreht, um ja nichts zu verpassen, was in dem Raum hinter ihm passierte. Der Junge sprach fast zaghaft in die Stille hinein.

„Großvater? Warum hast Du einem Fremden so viel erzählt? Das war doch ein Fremder, oder nicht?"

Anton betrachtete seinen Enkel, musterte den Jungen. Zlatan war längst älter, als Anton gewesen war, damals, als er in dieses

Gewerbe eingestiegen war. Und da sein Vater höchstwahrscheinlich noch eine ganze Weile verhindert sein dürfte, konnte er genauso gut jetzt damit anfangen, Zlatan ins Familiengeschäft einzuführen. Also bemühte er sich, so großväterlich und lehrreich wie möglich zu klingen, als er vorsichtig und überlegt zu sprechen begann.

„Der Mann war ein Fremder für mich, ja, auch wenn sein Ruf tadellos ist. Die Leute, die mir von diesem Mann erzählt und den Kontakt hergestellt haben, das waren keine Fremden."

Wenn auch bei weitem keine Männer, denen Anton vertraut hätte. Aber eine Lektion nach der anderen. Es war ja nicht gerade so, als wenn er hier Mathematik oder dergleichen vermittelte.

„Aber vor allen Dingen... in Geschäften wie diesen gibt es unzählige Söldner. Männer, die alles für den richtigen Preis tun, und sonst für gar nichts. Und solche Männer fragen nicht nach dem Warum oder nach Hintergründen, nur nach Dingen, die für ihre Aufgabe wichtig sind. Auf solche Männer kannst Du dich verlassen, wenn Du am meisten zahlst, und nur dann."

Er fixierte seinen Enkel erneut, suchte nach Aufmerksamkeit und Erkenntnis im Blick des Jüngeren. Und mit einiger Befriedigung stellte er fest, dass der andere ihm an den Lippen hing und mit rotglühenden Wangen jedes Wort aufsog. Der Junge nutzte die Pause seines Großvaters, um selbst das Wort zu ergreifen.

„Aber der da gerade, das war kein solcher Mann?"

Anton hörte die Faszination, die da aus Zlatan sprach. In gewisser Weise war das in Ordnung, sogar verständlich. Er wollte dem Auftragskiller zugestehen, dass er mehr hermachte als die Schläger-Typen, die das Haus bewachten und normalerweise die Muskelarbeit übernahmen.

„Nein, das war kein Söldner. Ein Mann wie der tötet aus Überzeugung. Weil er an irgendeinen Ehrenkodex oder an irgendeine Ideologie glaubt. Es ist schwerer, so jemanden zu überzeugen, dass er für dich arbeitet, ganz gleich, ob er auch dein Geld nimmt. Aber dafür wird er dich nicht einfach verkaufen, nur weil jemand anderes mehr bietet. Und abge-

sehen davon – mit dem Wissen, wen er für uns töten soll, könnte dieser Mann uns schaden. Mit dem Wissen, warum er es tun soll, eher nicht"

Jedenfalls hoffte Anton das. Tatsächlich war er sich, was den Besucher anging, nicht halb so sicher, wie er sich vor seinem Enkel gab. Er konnte Vermutungen anstellen, ja. Und er war auch durchaus zuversichtlich, dass langjährige Erfahrung ihn in die richtige Richtung leitete. Aber in über fünfzig Jahren in einem Gewerbe, das man gut und gern als schiefe Bahn bezeichnen mochte, war ihm noch kein Profikiller begegnet, der ernsthaft nach dem Motiv für einen Mord fragte.

Washington State, USA.
Drei Jahre zuvor. 17. Dezember, 05:03 p.m.

In der Ferne, irgendwo hinter den kahlen, nackten Bäumen und der hohen Mauer, da konnte Lindsay das Licht erkennen. Warmes Licht, von Straßenlaternen und Schaufenstern. Von geschmückten Bäumen und vorbeiziehenden Automobilen.

Das Licht des Lebens.

Hätte man nachgemessen, vielleicht hätten sie weniger als dreißig Meter von dem Leben getrennt, das sie vor so unendlich langer Zeit verloren hatte. Aber natürlich war das nicht alles. Mehr als ein paar Meter, mehr als die eisig kalte Glasscheibe, an der sie sich die Nase plattdrückte. Da war die Mauer und Draht darauf. Waren Kameras und Lichtschranken. Und natürlich die Männer, die sie hier gefangen hielten. Die Männer, die sie verhörten, wieder und wieder und wieder. Die ihr Drogen gaben, wenn sie nicht gehorchte. Drogen, die einen langsam und dumm und gefügig machten.

Und Lindsay hatte in Jahren der Gefangenschaft schon längst die Kraft verloren, sie noch dafür zu hassen. Das war ganz einfach das, was diese Menschen taten. Ihre Natur. Sie stellten immer und immer wieder dieselben Fragen, versuchten immer und immer wieder, Lindsay zu manipulieren, und wenn es ihnen nicht gelang, kamen die Drogen oder die Isolationshaft. Nicht dass sie andernfalls besonders viel Kontakt mit ihren Mitgefangenen hatte. Die meisten waren schon viel länger hier als Lindsay, etliche schon ihr ganzes Leben. Und die endlose Gefangenschaft hatte die meisten bereits so sehr zerrüttet, dass sie kaum noch als Leidensgenossen, geschweige denn als Freunde oder Gesprächspartner taugten. Einige von denen machten Lindsay sogar mehr Angst als ihre Bewacher.

Sie löste sich schwermütig von ihrer Position auf dem Fensterbrett ihrer kleinen Zelle. Der Blick hinaus gab ihr Kraft, erinnerte sie daran, dass es da draußen noch etwas gab, dass nicht die ganze

Welt aus Verhören und Gefangenschaft bestand. Andererseits war es aber auch ein Mahnmal. Die eisernen Gitterstäbe vor dem kleinen Fenster. Die Mauer in so unendlich weiter Ferne. All die verborgenen Sicherheitsmaßnahmen, die man zwischen den Bäumen nur erahnte, wenn man um ihre Existenz wusste. Und vor allem ihr eigenes Spiegelbild. Sie hatte keinen Spiegel in ihrer kargen Zelle, nur ein Bett und nackte Wände. Sie musste sich sogar unter Aufsicht waschen. Aber die Fensterscheiben waren noch nicht stumpf und verdreckt genug, um nicht zumindest ein wenig zu spiegeln. Und ihr Spiegelbild machte Lindsay am meisten Angst.

Das Essen hier war nicht gut. Es roch widerlich, und es schmeckte noch schlimmer. Lindsay war schon immer dürr gewesen, und die Jahre des schlechten Essens hatten ihre Wangen einfallen lassen. Sie schlief schlecht, und die Nächte, unter der Decke zusammen gerollt, hatten Ringe unter ihre Augen gegraben und tiefe Furchen in ihr Gesicht geschnitten. Selbst ihr langes, goldgelbes Haar war ein wenig schütter geworden und verfilzt. Sie hasste derlei Makel mit aller Inbrunst, zu der sie nach so langer Isolation noch fähig war. Sie hatte sie schon immer gehasst, und das wussten ihre Peiniger genau. Man erlaubte ihr nicht einmal, dass sie sich kämmte. Und nur zweimal in der Woche durfte sie duschen. Früher hatte sie in Momenten wie diesen auf den Spitzen ihrer Frisur herumgekaut. Damals, als sie noch so etwas wie eine Frisur besessen hatte. Jetzt erschauderte sie bei dem bloßen Gedanken, den wirren Filz auf ihrem Kopf zu berühren.

Lindsay ließ sich rücklings auf das harte, unbequeme Bett fallen, das doch ihr einziger Zufluchtsort war. Ihr Blick wanderte rastlos die getünchten Holzbohlen der Decke entlang. Da oben kannte sie längst jede Spalte und jeden Kratzer. Zu lange, viel zu lange hatte sie hier gelegen und genau wie jetzt an die Decke gestarrt. Und wie jedes Mal, wenn sie hier lag, versuchte sie, nach Kräften neue Zuversicht herauf zu beschwören. Zuversicht, dass sie, auch wenn sie keine Antworten auf all die Fragen hatte, irgendwann hier herauskommen würde. Sie hätte ihre Hoffnung in ihre Familie, ihre Eltern setzen können. Vermutlich würden andere Mädchen ihres Alters in so einer Situation darauf hoffen, dass Mami oder Papi kommen würden, um sie heim zu holen. Aber Lindsay gab sich diesbezüglich keinen Illusionen hin. Ihre Eltern hassten sie. Es musste so sein. Und selbst wenn es nicht so wäre, sie hatten Jahre gehabt und nichts erreicht. Im übrigen erinnerte sie sich noch genau an den Tag, als man sie verschleppt hatte. An die Abscheu auf den Gesichtern ihrer Eltern. Sie waren nicht anders als die Wachen in diesem Gefängnis. Sie hassten Lindsay, für ihre Gabe.

Denn Lindsay konnte Menschen verändern.

Nicht so, wie andere Mädchen mit Schminke oder Bürsten und Kämmen herumstümperten. Kein unbeholfenes Spiel, das mehr schadete denn half. Tatsächlich war ihr Tun nicht einmal aus dem närrischen Wunsch nach Schönheit geboren. Es war ganz einfach eine Form der Kunst, selbst wenn Lindsay oft selbst nicht erklären konnte, was genau sie da tat. Vielleicht sah sie Gesichter einfach anders, so wie ein talentierter Maler eine Leinwand anders betrachten mochte als gewöhnliche Menschen.

Das Wichtige war – unter ihren Händen veränderten sich Gesichter, veränderten sich Menschen. Alter, Geschlecht, Haarfarbe... nur ein paar Pinselstriche oder Waschgänge, und diese Dinge änderten sich nach Belieben. Alle hatten sie bewundert, hatten sie für talentiert gehalten. Früher, als ihre Eltern sie noch gemocht hatten. Und Lindsay konnte sich noch gut daran erinnern, wie warm dies Lob gewesen war. Wie gern sie sich darin gesonnt hatte, wenn ein Dutzend Mädchen aus der Nachbarschaft zu ihnen gekommen waren.

Aber ihr dummer kleiner Bruder hatte alles verdorben. Sie nahm ihm nicht einmal krumm, wieviel der elterlichen Aufmerksamkeit das kleine schreiende Bündel auf sich gezogen hatte. Aber natürlich hatte sie oft auf den Kleinen aufpassen müssen, wann immer Mutter und Vater ausgingen, wann immer ihre Arbeiten sie nächtelang von zu Hause fernhielten. Aber auch das war in Ordnung. Er spielte ja ohnehin lieber mit ihren Puppen und Kleidern, als draußen, oder mit den anderen Jungen aus der Nachbarschaft. Das konnte er natürlich nur, wenn Mom und Dad nicht zuhause waren, die hätten so etwas niemals erlaubt. Und Lindsay vermutlich die Schuld gegeben. Und eines Tages, als sie auf ihn aufpasste, da hatte der kleine Taylor mit dem Quengeln angefangen. Weil er wollte, dass Lindsay ihn „genauso schön wie sie selbst" machen solle. Genau das waren seine Worte gewesen.

Und sie hatte seiner Bitte damals nur allzu gern Folge geleistet. Es war nicht gerade einfach gewesen. Sie hatte ihm Verlängerungen ins Haar knoten müssen, hatte Stunden damit zugebracht, an seinem Gesicht zu arbeiten. Und an seinem Körper. Sie war damals selbst noch recht flachbrüstig gewesen, und nach einem langen Tag Arbeit hatte Taylor ganz wie eine kleinere Kopie ihrer Selbst ausgesehen.

Nun ja, bis auf ein einzelnes Detail. Zwischen seinen Beinen hatte ein ganz und gar widerliches Stück verschrumpelten Fleisches gehangen. Es war das erste Mal gewesen, das Lindsay so etwas begegnet war. Aber natürlich konnte sie einen solchen Makel, eine solche Imperfektion in ihrem Werk keinesfalls tolerieren. Also war Lindsay genauso damit umgegangen, wie sie mit lästigen Haaren, Fingernägeln oder ähnlichem verfahren wäre. Hatte eine ihrer Scheren zu Hilfe genommen und den Makel beseitigt. Aber Taylor war nicht zufrieden gewesen, hatte kein Wort des Dankes oder der Bewunderung für ihre Mühen erübrigt.

Stattdessen hatte er grauenhaft angefangen zu schreien und zu weinen, war fortgelaufen, hatte all ihre Arbeit mit ungeschickten Fingern zunichte gemacht, und war splitternackt und brüllend zu den Nachbarn gerannt. Und das alles nur, weil er dort unten ein wenig geblutet hatte.

Es konnte ja nichts Schlimmes gewesen sein – Lindsay blutete inzwischen selbst regelmäßig an diesem Ort, also war es doch nur ein weiteres Merkmal ihres Talentes, oder nicht? Aber ihre Eltern waren viel früher als sonst nach Hause gekommen, und sie waren schrecklich böse gewesen. Lindsay erinnerte sich noch gut, wie jede einzelne unverdiente Ohrfeige auf ihrem Gesicht gebrannt hatte. Wie sie angefangen hatten, gemeine Lügen zu erzählen. Wie die Polizisten gekommen waren, um sie abzuholen. Aber vor allen Dingen erinnerte Lindsay sich an die Blicke. Von Nachbarn, von Polizisten, von Wärtern... von ihren Eltern. Sie alle hatten auf Lindsay herabgeschaut, als wäre sie irgendein Ungeheuer. Zerfressen vom Neid auf ihr Talent, auf ihre Gabe.

Damals war sie hierher gekommen, in das große Haus fernab vom Leben. Damals hatten die Verhöre angefangen. Und seitdem hatte man ihr nicht mehr erlaubt, ihre Gabe auszuleben. Man hatte sie nicht einmal in die Nähe der Produkte gelassen, mit denen sie sich früher umgeben hatte.

Sie durfte nicht einmal malen oder zeichnen, was zu den wenigen Zerstreuungen gehörte, die man ihren Mitgefangenen gestattete. Und seitdem verbrachte sie ihre Tage und einen großen Teil ihrer Nächte damit, aus den Fenstern ihres Gefängnisses nach draußen zu starren. Immer in der Hoffnung, einen Blick auf das echte, wirkliche Leben da draußen zu erhaschen. Irgendetwas, das ihren Träumen zur Nahrung verhalf. Aber da gab es nur die Lichter auf der anderen Seite der Mauer. Und die Gesichter der Menschen hier drinnen. Man wollte, dass ihre Gabe verkümmerte, dass sie verlor, was ihre Peiniger ihr neideten. Indem man sie isolierte, indem man sie von jeder Möglichkeit der Übung fernhielt.

Aber das war ihnen bisher nicht gelungen, und es würde ihnen auch niemals gelingen. Denn Lindsays Talent war viel stärker, als ihre Wärter sich vorstellen konnten. Wann immer sie einem von ihnen oder einem der anderen Häftlinge ins Gesicht blickte, dann erledigte ihre Imagination den Rest. Besser als jedes Computerprogramm die Sache simulieren konnte. Es war so einfach, ihre Gesichter zu verändern, so einfach, ein Antlitz gegen das andere zu tauschen. Und sie hätte jede einzelne dieser Veränderungen mit ge-schlossenen Augen vornehmen können, ohne eine Sekunde des Zö-gerns. Natürlich fehlte ihr immer das Material, aber immerhin. In gewisser Weise war das hier fast genauso gut.

Und vielleicht... ja, vielleicht war es diese Gabe, die es Lindsay erlaubte, an einem so grauenhaften Ort bei Verstand zu bleiben, anstatt durchzudrehen, wie es so vielen ihrer Mithäftlinge erging. Und das war nun wirklich ein Trauerspiel, diese Veränderung mit-anzusehen. Auch wenn es Lindsay ein Leichtes gewesen wäre, die offensichtlichen Narben der Gefangenschaft verschwinden zu las-sen. Aber sie bezweifelte doch stark, dass selbst die besten Kontakt-linsen es geschafft hätten, in die von Schwachsinn abgestumpften oder vom Irrsinn zerfressenen Augen neues Leben zu hauchen.

Die einzige Grenze, an die Lindsay mit ihrer Gabe jemals gesto-ßen war. Und doch war sie zuversichtlich, dass sie einen Weg fin-den würde, wenn sie nur das nötige Material zum Experimentieren bekäme.

Die schwere Zellentür wurde aufgeschoben. Wie immer ohne jede Vorwarnung. So etwas wie Privatsphäre gestattete man Lind-say natürlich nicht. Vermutlich hingen hier in ihrem Raum auch noch Kameras, irgendwo hinter den Wänden verborgen.

Das Teiggesicht steckte den Kopf herein. Die Frau hatte be-stimmt auch einen Namen, aber Lindsay verstand sich nicht allzu gut darauf, solche Worte zu behalten. Also benannte sie jene, die sie um sich herum sah, ganz einfach nach ihren Gesichtern. Die lie-ßen sich wenigstens leicht im Gedächtnis behalten. Und die Frau in der schmuddelig-weißen Wärter-Uniform... ihr Gesicht war genau-so aufgequollen, wie der Rest ihres Körpers, mit immerwährend geröteten Wangen und von immerwährendem Schnaufen begleitet. Die Augen tief in den Höhlen, die Nase hochgezogen wie bei ei-nem Schwein und die bräunlichen Haare kurz und fettig. Und na-türlich viel zu viel Schminke, und dabei grauenhaft ausgewählt.

Alles in allem eine Frau, der es mehr als gut getan hätte, wenn sie sich in Lindsays Obhut begeben hätte. Mit Sicherheit keine leichte Aufgabe, aber es wäre durchaus eine willkommene Herausforderung.

Lindsay meinte sich dunkel erinnern zu können, dass sie dem Teiggesicht einmal dergleichen angeboten hatte. Aber natürlich hatte man es ihr nicht erlaubt. Man erlaubte ihr so etwas ja nie. Man würde es ihr niemals wieder erlauben. Zumindest wollten ihre Wärter, dass Lindsay das glaubte. Sie selbst wusste es natürlich besser. Sie wusste, dass man sie retten würde.

„Miss Warren, Zeit für den Gemeinschaftsraum."

Die Stimme der Gefängniswärterin war resolut, doch nicht besonders unfreundlich. Dennoch rührte Lindsay sich nicht und blieb auf dem Bett liegen. Sie hatte ihren Standpunkt oft genug deutlich gemacht, auch wenn es in diesem Haus niemand zu interessieren schien. Ihre Eltern hatten sie an diesen Ort geschickt, und sie ließen sie hier verrotten, so als hätte sie längst aufgehört zu existieren. Was Lindsay betraf, war sie schon lange kein Teil dieser Familie mehr. Also sah sie auch keinen Grund, auf diesen Namen zu reagieren. Was die Wachmannschaft nicht davon abhielt, es beharrlich zu versuchen.

Das Teiggesicht seufzte melodramatisch, und ihre Finger trommelten ungeduldig auf dem Türrahmen herum.

„Lindsay, komm schon."

Erst jetzt raffte das große blonde Mädchen sich vom Bett auf. Sie schenkte dem Teiggesicht ein Nicken und ein Lächeln von zuckersüßer Falschheit. Im Gefängnis hielt man den Kopf am besten unten. Das war am sichersten. Lindsay war sich nicht sicher, wo sie das gehört hatte. Irgendeine Fernsehshow vermutlich. Aber es erschien ihr immer noch ein guter Rat zu sein, und es kostete sie ja nichts, hin und wieder ein bisschen leere Freundlichkeit zu vergeuden. Sie musste ihren Trotz für die Verhöre aufsparen. Und sie hätte eigentlich erwartet, irgendwann um diese Zeit herum zu einem weiteren Verhör gebracht zu werden. Es konnte genauso kaum schaden, sich danach zu erkundigen. Viel Abwechslung gab es hier drin ja nicht, und auch die immer gleichen Gesichter boten auf Dauer nicht den besten Zeitvertreib.

„Was ist aus Mr. Corvin geworden?"

Der Mann hatte sich Lindsay als Doktor Scott Corvin vorgestellt. Natürlich war er kein Doktor, das hier war eine Haftanstalt und kein Krankenhaus. Aber er war freundlicher gewesen als die anderen Männer, die sie verhört hatten. Und er hatte zugegeben, dass man sie hier einsperrte. Das war mehr Ehrlichkeit, mehr Entgegenkommen, als sie von sonst jemand hier drinnen bekommen hatte.

„Doktor Corvin ist noch nicht aus dem Urlaub zurück. Aber er wird bald wieder da sein. Es wird ihn freuen, dass Du nach ihm fragst."

Das Teiggesicht ging neben Lindsay, hielt sie auf jedem Schritt des Weges am Arm. Und obwohl die Frau immer noch viel älter und kräftiger war, stellte Lindsay doch mit einer gewissen Befriedigung fest, dass sie die Wärterin inzwischen überragte, anders als früher.

Man brachte sie in den Aufenthaltsraum. Ein großes Zimmer mit hoher Decke, mit großen Fenstern. Ein furchtbarer Raum, was Lindsay betraf. Es gab hier zwar ein paar Fernseher, aber die wurden zu jedem Zeitpunkt von Dutzenden anderer Häftlinge belagert. Und ansonsten gab es da nur lange Reihen von Tischen. Tische, an denen jene saßen, die weniger Glück gehabt hatten als Lindsay. Jene, deren Verstand in der Gefangenschaft gebrochen war, und die ihre Zeit jetzt mit infantilen Spielchen vergeudeten, die man sonst benutzte, um Kleinkinder zu beschäftigen. Aber es war im Winter nun mal zu kalt, als dass man sie in den Garten gelassen hätte.

Wie gewöhnlich, wenn man ihr aufnötigte, hier zu sein, suchte Lindsay sich einen Platz weit abseits, auf einer der Fensterbänke. Ein Ort, an dem die Gebrochenen sie nicht stören konnten.

Auf ein Neues schweifte ihr Blick nach draußen. Zu der Mauer, hinter der das Leben seinen Gang lief. Und erneut gab Lindsay sich den Träumen hin, von dem weißen Ritter, der kommen würde, um sie zu retten. Irgendwann. Bald.

Groningen, Niederlande. 11. Februar, 02:07 p.m.

Sieben Stunden. Sieben verfluchte, ewige Stunden. Mit dem Flugzeug und mit dem Auto. Und das alles nur, um in einer anderen Stadt zu sitzen und aufs Wasser zu schauen. Das hätte man nun wirklich auch zu Hause in Italien tun können. Wenn es nach Samuele gegangen wäre, hätten sie den Tag zu Hause im Garten verbracht, genau wie die nächsten paar. Aber er konnte seiner Frau nun einmal nichts abschlagen und seiner Tochter erst recht nicht. Immerhin, der kleinen Alessia auf ihrem ersten Flug zuzusehen, war es geradezu wert gewesen, sich einen wochenlangen Urlaub anzutun. Und Sofia hatte schon seit Monaten darauf gedrängt. Auch wenn sie weit außerhalb der Saison hatten fahren müssen. Im Sommer und den ganzen Herbst hindurch hatten die Familiengeschäfte und die Suche nach einem neuen Versorger Samuele auf Trab gehalten. Und es kam natürlich absolut nicht in Frage, die Weihnachtszeit fern der größeren Familie zu verbringen. Und so hatte es bis in den Februar hinein gedauert, bis sie endlich hatten reisen können. Samuele wusste gut, dass viele Frauen in Sofias Situation einfach allein oder mit den Kindern in Urlaub gefahren wären, und er war seiner Ehefrau aufrichtig dankbar, dass sie solange ausgehalten hatte. Also hatte er es ohne weiteres ihr überlassen, den Ort für den Urlaub auszusuchen..

Und jetzt rollte der Mietwagen durch eine kleine Stadt in den Niederlanden, von der Samuele in seinem Leben noch nie etwas gehört hatte. Er wollte ja zugeben, dass der Anblick des Eises, das die Grachten hinab schwamm, durchaus einen gewissen Reiz ausübte, und er hatte auch schon bedeutend hässlichere Städte gesehen. Aber die winterliche Schönheit kam um den Preis einer eisigen Kälte und eines beißenden Windes daher. Und auf beides hätte der gebürtige Sizilianer sehr gut verzichten können. Und wenn es nur um den Schnee gegangen wäre – den hätte man ja wohl auch in den Alpen haben können. Aber Sofia hatte etwas Besonderes gewollt. Keinen Ski-Urlaub und kein Strandhotel. Es hatte selbst jemand von Samueles Stand einiges an Überzeugungsarbeit gekostet, um der kleinen Alessia mitten im Februar Schulferien zu verschaffen. Und schlussendlich würde sie selbst es sein, die ihren Mitschülern den Urlaub hernach erklären musste. Da sollte sie wenigstens etwas zu erzählen haben, das sich von den Urlaubsgeschichten all der anderen Kinder unterschied.

Und damit hatte Sofia natürlich recht gehabt, wie sie bei solchen Dingen eigentlich immer recht hatte. Also war Samuele mehr als entschlossen, seinen beiden Mädchen die Ferien zu geben, die sie sich wünschten, ganz gleich, was er selbst von dieser Art des Urlaubs hielt.

Also scherte er sich nicht all zu sehr um die kleinen, dicht aneinander gepressten bunten Häuser, die draußen vorbeizogen. Stattdessen ruhte sein Blick abwechselnd auf seiner Ehefrau und auf dem Gesicht der kleinen Alessia, die zwischen ihnen saß. Das Mädchen beachtete seine Eltern überhaupt nicht. Sie reckte den Hals, warf den Kopf von einer Seite auf die andere, dass die pechschwarzen Locken flogen, als wollte sie jedes einzelne Bild der fremden Stadt in sich aufsaugen.

Augenblicke später wurde der Blick der Sechsjährigen tellergroß und begann zu leuchten. Samuele hob selbst den Blick, und für einen Moment verschlug es auch ihm die Sprache. Der Wagen hatte die enge, von Häusern umschlungene Straße verlassen und hielt nun über eine lange, freie Fläche auf das Hotel zu. Jedenfalls hatte seine Frau nicht übertrieben, als sie Samuele versprochen hatte, dass ihre Unterbringung ihm gefallen würde. Zwei Seiten eines Dreiecks bildeten einen Trichter, die Wand, welche das Eck schloss, glich der Seitenwand einer Pyramide.

Und die gesamte Vorderfront war vollständig verglast, bis hinauf zum Dach, so dass Samuele selbst von hier aus die einzelnen Zimmertüren erkennen konnte.

Links und rechts des Dreiecksbaus erstreckten sich kleinere, zwei- und dreistöckige Bauten, von denen wenigstens einer ein Schwimmbad zu verbergen schien. Einzig die nackten Finger der alten Bäume dahinter störten das Bild ein wenig, aber das war der Jahreszeit geschuldet. Das hier war nicht die Art von architektonischer Schönheit, wie er sie bei Besuchen in Rom oder Venedig erlebt hatte, aber zweifellos besaß die Glaspyramide ihren ganz eigenen Charme. Alles in allem, befand er, würde es sich hier sehr gut eine Weile aushalten lassen.

Der Wagen bog unterdessen in das Rondell am Ende des beinah völlig verwaisten Parkplatzes ein und kam zum Halten. Der Fahrer sprang sofort eilfertig heraus und öffnete die Tür neben Samuele, der vorsichtig ausstieg und die schmerzenden Muskeln streckte. Noch bevor er mehr als einen oder zwei Schritte weit gekommen war, wuselte seine Tochter ihm bereits an den Beinen vorbei und lief schnurstracks auf das Eingangsportal der Pyramide zu.

*

Sofia Basini hielt ihre kleine Tochter mit beiden Händen an den Schultern fest. Das war der einzige Weg, wie man das zappelnde Mädchen einigermaßen ruhig halten konnte. Nun, nicht ruhig, aber zumindest an einem Ort. Sofia wollte ihrem Gatten wenigstens genug Zeit geben, um sie alle bei der Rezeption anzumelden, bevor das Kind anfing, hier herum zu toben. Auch wenn sie gegenwärtig nur Samueles Rücken erkennen konnte, war Sofia sich doch sicher, dass sie mit ihm eine gute Wahl getroffen hatte. In mehr als einer Hinsicht.

Natürlich hatte sie gewusst, worauf sie sich einließ. Damals, vor knapp fünfzehn Jahren, als sie den hübschen jungen Sizilianer in ihr Herz gelassen hatte. Sie hatte gewusst, wer er gewesen war, wer er noch immer war. Und jeder, der in dem Teil von Italien aufwuchs, den sie ihre Heimat genannt hatte, wusste, was die Mafia tat. Ihre eigene Familie war entsprechend begierig gewesen, der Heirat zuzustimmen. Samuele dagegen hatte es nicht für nötig gehalten, seine Herkunft ins Spiel zu bringen oder auch nur zu erwähnen. Und schon dafür war Sofia ihrem Ehemann innig dankbar. Dafür und für vieles mehr, wenn sie ehrlich war, auch wenn das von ihr gelegentlich erforderte, die Augen vor dem zu verschließen, womit der Vater ihrer Tochter ihnen allen den Luxus erkaufte.

Es wäre ihr freilich ein wenig leichter gefallen, wenn die unliebsame Schattenseite ihres Lebens ihnen nicht so penetrant bis in den Urlaub gefolgt wäre. Am heutigen Tage repräsentiert durch einen Mann namens Lorenzo Conti, der gegenwärtig das Gepäck aus dem Auto hereintrug. Ein stämmiger, hässlicher Mann mit zurück gegeltem Haar, der fast nur aus Muskeln zu bestehen schien. Wenn Samuele einen Managerposten inne hatte, so war Conti Teil der Arbeiterschaft. Ein durch und durch lästiges Anhängsel, aber die 'Familie' hatte darauf bestanden, dass Samuele nicht ohne einen Leibwächter verreiste. Vollkommen lächerlich natürlich, als wenn man ihnen hier irgendetwas antun würde. Darüber hinaus machte Lorenzos Anwesenheit der kleinen Alessia Angst. Sofia war schon dankbar dafür, dass sie mit dem Flugzeug angereist waren. Wenigstens hatte auf diese Weise niemand eine Pistole oder so etwas mitbringen können. Das hätte gerade noch gefehlt. Denn der Umstand, dass fast jeder daheim eine Waffe besaß, war um einiges schwieriger zu ignorieren, als das, was die Männer möglicherweise auf ihren „Geschäftsreisen" tun mochten.

Vor allem, wenn man ein kleines Mädchen beschützen musste. Aber es war ja bisher nichts geschehen. Und Sofia war fest entschlossen, die wenigen Tage zu genießen, die sie Samuele von der Familie hatte abringen können. Sie wollte sich nicht all zu große Sorgen machen. Wenigstens für eine Weile. Denn dafür würde immer noch genug Zeit sein, wenn sie zurück in Italien war. Und genug Gründe würde es dann vermutlich auch noch geben.

Sofia wandte ihren Blick von dem stetig wachsenden Berg aus Koffern und Taschen weg zu ihrem Ehemann, der in diesem Moment seine Unterhaltung mit der Frau an der Rezeption beendete. Er drückte sich zwischen den schwarzen Stoffsofas hindurch, die das Foyer dominierten und spielte der noch immer zappelnden Alessia eines der Bonbons zu, die auf dem Tresen in einer großen, bunten Schale aufbewahrt wurden.

Dann reichte er Sofia eine Schlüsselkarte und Lorenzo eine weitere. Seine Stimme war so warm wie sein Lächeln.

„Na, wollen meine zwei Mädchen schon mal das Zimmer anschauen, während ich sehe, wo wir hier etwas zu essen bekommen?"

Alessia klatschte in die Hände, freudig begeistert von der Aussicht. Sofia selbst musste bei dem Gedanken lächeln, dass ihr Mann sich trotz der frostigen Temperaturen langsam aber sicher für die Reise erwärmt hatte. Sie nickte nur, den Blick voller Dankbarkeit, und schob das kleine Mädchen in Richtung der Treppe.

*

Samuele schaute seiner Familie und dem bis oben hin bepackten Bodyguard noch eine Weile nach, bis sie die Treppe ins erste Stockwerk erklommen hatten und im Fahrstuhl verschwunden waren. Dann machte er sich selbst auf den Weg, vorbei an der freistehenden Treppe. Er passierte auf der linken Seite eine kleine Bar, die gegenwärtig vollständig verwaist war.

Der Speiseraum selbst war bedeutend größer, wenn auch nicht weniger leer. Der Raum war im rechten Winkel des gewaltigen, dreieckigen Gebäudes gelegen, und dementsprechend bestanden zwei der Wände ausschließlich aus Glas. Durch die konnte Samuele ein Spalier aus kahlen Bäumen erkennen, die einen Fußweg säumten. Dahinter, noch immer keine zehn Meter von der Wand des Hotel-Restaurants entfernt, floss eine der vielen Grachten dahin.

Ein einziger der gut vierzig Tische war besetzt, weit vom Eingang entfernt, beinahe ganz in der gläsernen Ecke.

Samuele unterdrückte den üblichen Reflex, in einem Restaurant so weit wie möglich von den andern Gästen entfernt Platz zu nehmen. Ausnahmsweise hatte er ja keine zwielichtigen Geschäfte zu besprechen und musste sich nicht darum sorgen, belauscht oder fotografiert zu werden. Er war einfach nur hier, um mit seiner Familie einen angenehmen Urlaub zu verbringen, nichts weiter.

Im Augenblick kam ihm das zivile, legale Leben geradezu entspannend vor. Also bewegte er sich schnurstracks auf das Pärchen zu, das bereits auf ihr Essen wartete. Ein Mann und eine Frau, auch wenn Samuele ihr Alter beim Näherkommen nicht einzuschätzen vermochte. Ende Zwanzig oder Anfang dreißig, auf jeden Fall ein wenig jünger als er selbst.

Der Mann sah auf, als Samuele herantrat, nickte nicht unfreundlich. Samuele selbst nahm am nächsten Tisch, direkt in der Ecke, Platz. Demonstrativ mit dem Rücken zur Tür, ganz entgegen seiner üblichen Gepflogenheiten. Im übrigen konnte er sich so mit dem Pärchen am Nachbartisch unterhalten, ohne seinen Hals allzu sehr verdrehen zu müssen, und ohne dass er den ganzen Tisch zwischen ihnen hatte.

„Samuele Basini. Ist das Essen hier empfehlenswert?"

Weder das Aussehen noch die einigermaßen teure Kleidung der beiden lieferten ihm einen Hinweis, aus welchem Land sie kommen mochten, also versuchte er es zunächst mit Englisch, als er die Hand ausstreckte, auch wenn ihm diese Sprache ein wenig eingerostet war.

„Wyke. Andrew Wyke."

Samuele hatte offenbar ins Schwarze getroffen, denn die Aussprache des Mannes, der seine Hand ergriff, klang britisch. Zumindest so, wie Samuele sich einen Briten vorstellte.

„Maggie Wyke."

Die Frau ergriff seine Hand als nächstes, und Samuele stellte anerkennend fest, dass ihr Händedruck nicht weniger fest war als der ihres Mannes. Eben dieser sprach unterdessen nahtlos weiter.

„Keine Ahnung, ob das Essen gut ist. Es klang beim Kellner gut, aber schnell sind die in der Küche nun wirklich nicht. Immerhin, für die Aussicht könnte man sterben."

Samuele erwiderte das schiefe Lächeln des Briten. Wykes jovialer Humor war dem Mafioso instinktiv sympathisch.

„Ist ja auch nicht gerade viel los hier, oder? Was treibt Sie denn hierher?"

Das Ehepaar Wyke tauschte einen bedeutungsvollen Blick, bevor Andrew antwortete.

„Man könnte sagen, wir sind geschäftlich hier. Das Börsengeschäft ist ja bekanntlich mörderisch, aber so was lässt sich von dem einen Computer so gut erledigen wie von einem anderen. Kein Grund, sich nicht ein wenig Ausgleich zu gönnen. Und was hat Sie hergebracht?"

Für einen irrwitzigen Augenblick lag Samuele ein Scherz über seine eigenen, manchmal wahrhaftig „mörderischen" Geschäfte auf der Zunge, aber ganz so unvorsichtig war er dann doch nicht. Stattdessen grinste er nur entschuldigend.

„Die Arbeit ist hart, und ich hab mir einfach nicht früher freinehmen können. Das hier ist der Weihnachts-Familienurlaub. Die Damen der Familie sind nur noch auf dem Zimmer."

*

Die verspiegelte Fahrstuhltür glitt vor Natsuki auseinander. Sie trat auf den schmalen Gang hinaus und gab sich alle Mühe, nicht nach rechts zu sehen. Die Aussicht, die das gläserne Hoteldach nicht im Geringsten behinderte, mochte malerisch sein, aber das Geländer des Ganges schloss nicht mit dem Dach ab, und der dazwischen gähnende Abgrund war auf eine sehr viel weniger angenehme Art und Weise atemberaubend.

Sie kannte die Zimmernummer zwar, aber im Grunde war dieses Wissen unnötig. So leer wie das Hotel war, herrschte hier oben im siebten Stock fast vollkommene Stille, und so konnte sie das Geräusch des Fernsehers bereits deutlich hören, noch ein halbes Dutzend Schritte von der richtigen Tür entfernt. Irgend ein Pop-Song, vermutlich auf MTV. Auch wenn die Vorsichtsmaßnahme überflüssig war, stellte Natsuki doch mit schnellen Blicken über die Schulter sicher, dass niemand beobachten konnte, welches Zimmer sie betrat.

Der Lautstärke entsprechend musste sie drei oder vier Mal anklopfen, bevor ihr Lehrmeister sie einließ. Das Zimmer war der Einrichtung nach luxuriös, dem Schnitt nach jedoch so beengt, dass selbst die Japanerin sich darin beengt fühlte.

Einstweilen entledigte sie sich ihrer Straßenkleidung und nahm dann zwischen den beiden Geschwistern auf dem Bett Platz. Es war nicht ungewöhnlich, dass sie sich auf eine solche Art und Weise berieten. Zwar rechnete niemand wirklich damit, dass sie abgehört wurden, aber es schadete nichts, eine gewisse Vorsicht walten zu lassen, wenn man ein Attentat plante. Die Köpfe auf den Kissen nur ein paar Zentimeter voneinander entfernt, konnten sie sich bequem miteinander unterhalten – aber jeder, der, absichtlich oder zufällig, an Wand oder Tür lauschte, würde nur den Fernseher, nicht aber ihre Stimmen hören. Und bedachte man ihre Lage, würde sogar eine visuelle Überwachung ein Bild liefern, das möglicherweise anrüchig oder seltsam, aber keinesfalls verdächtig war. Abgesehen davon hatte das entkleidete Beisammensein natürlich noch andere Vorzüge. Aber dergleichen musste warten. Erst die Arbeit, dann das Vergnügen. Also lehnte Natsuki sich zurück, zog sich die Decke bis ans Kinn und gab ungefragt ihren Bericht ab.

„Unsere beiden... Spezialisten sind sicher in ihren Zimmern untergebracht und versorgt. Die beiden können für eine Weile auf sich allein aufpassen. Sind unsere Vorbereitungen für die Ankunft der Ziele fertiggestellt?"

Die Frau neben Natsuki kicherte, doch es war der Mann, der antwortete.

„Man könnte wohl sagen, dass das nicht mehr nötig sein wird. Wir haben die Mafiafamilie heute im Speiseraum getroffen. Privat erstaunlich umgänglich Menschen. Sehr lebhafte Tochter."

Er grinste schief.

„War also doch ein bisschen leichtsinnig, sich im selben Hotel einzumieten wie die Zielpersonen?"

Sie erwiderte das Lächeln, mehr als nur ein wenig herausfordernd. Nicht, dass sie den anderen hätte provozieren können.

„Immerhin haben wir einen Zugang, die Familie kennt uns, und wir können uns nähern, ohne Aufsicht zu erregen. Ein bisschen Improvisation dazu, und wir haben uns die Arbeit gespart, ein Treffen zu inszenieren."

Natsuki ließ das Thema fallen und wandte ihre Gedanken nach vorn.

„Und haben wir schon einen Plan, was die Ausführung angeht? Wenn das ganze Ehepaar hier ist, würde vielleicht ein zweites Paris funktionieren?"

Der Mann schüttelte leicht den Kopf.

„Zu gefährlich, zwei Mal hintereinander den selben Trick zu benutzen – und im Übrigen ist das..."

Seine Schwester fiel ihm von der anderen Seite ins Wort.

„Im Übrigen wird das hier nicht funktionieren. Die Fußmatte von einer Ehefrau geht brav jeden Sonntag mit der Tochter in die Kirche, während ihr Vater in halb Europa Drogen und Nutten verscherbelt. Wenn die ihn mit einer anderen im Bett erwischt, würde sie vermutlich einfach wieder gehen, und warten, bis er fertig ist."

Natsuki machte sich keine Mühe, das Kichern zu verkneifen. Der Anblick wäre es ja fast wert, das Ganze auszuprobieren.

„Er hat seine kleine Tochter dabei, nicht wahr, und es ist hier leer genug. Wir könnten ein zweites Tallinn aufziehen."

Der Mann lehnte den Kopf zurück, schaute an die Decke, wickelte eine seiner Haarsträhnen um die Finger. Natsuki glaubte zu erahnen, was gerade hinter seiner Stirn vor sich ging. Er sprach jetzt langsam und methodisch.

„*Könnte funktionieren. Das Mädchen scheint ihm wichtig genug zu sein, um einen brauchbaren Köder abzugeben, aber in Tallinn war kein persönlicher Bodyguard im Spiel. So aufdringlich, wie der Kerl beim Essen war, wird er im Schwimmbad kaum auf Abstand bleiben. Aber wenn wir ihn isoliert bekommen, ist es wohl machbar. Also Tallinn.*"

Natsuki blickte sich zur anderen Seite um, und die Frau nickte bestätigend. Unter dem Blick der Japanerin begann die andere zu grinsen.

„*Genug der Arbeit. Die Details können noch ein bisschen warten.*"

Natsuki erwiderte das Grinsen und schloss ihre Augen. Ein, zwei erwartungsvolle Herzschläge später fühlte sie, wie sich zwei Finger von der anderen Seite unter ihr Halsband schoben und sie langsam zur Seite zogen.

Moskau, Russland. 12. Februar, 07:58 p.m.

Treppen. Treppen waren der Fluch seiner Existenz geworden, schon vor einiger Zeit. Imran war für sein Alter zweifellos hervorragend in Form. Aber die verfluchten Kniegelenke waren nicht mehr, was sie einmal gewesen waren. Und jede einzelne der acht Treppen, die zu seiner Wohnung hinauf führten, war mit den Jahren zu einem vertrauten Feind geworden. Für gewöhnlich versuchte der russische Agent, sich solchen Gegnern so selten wie möglich zu stellen. Aber er hatte es ganz einfach nicht mehr in seiner verräucherten kleinen Wohnung ausgehalten. Die Wände waren ihm zu nahe gekommen, die Decke ein bisschen zu weit nach unten. Und wenn er in seiner Wohnung blieb, dann war er sich sicher, dass er früher oder später der Versuchung seiner mehr als ansehnlichen Alkoholsammlung erliegen würde.

Und so sehr er das bisweilen schätzte, im Augenblick brauchte Imran einen klaren Kopf. Mehr als alles andere. Acht Treppen. Auf vieren davon hatte er die Pistole in seinem Schulterhalfter kontrolliert. Die Schiene zurück gezogen und sichergestellt, dass eine Patrone im Lauf steckte, so wie er es in seinem Leben schon tausend Male getan hatte.

Das Ritual beruhigte ihn auf eine Art und Weise, die über das pure Wissen darum, eine einsatzbereite Schusswaffe zu tragen, weit hinaus ging. Er rechnete nicht einmal besonders damit, angegriffen zu werden. Nicht mehr, als er in seinem Berufsfeld für gewöhnlich damit rechnete, jedenfalls. Aber es war dennoch gut. Er brauchte die Sicherheit des Rituals.

Er schob sich an den Mülltonnen im Eingangsbereich vorbei, würdigte die lange Reihe mit Briefkästen keines Blickes und trat in den Winterabend hinaus. Die Luft war kalt genug, um selbst jemand, der sich an die Kälte gewöhnt hatte, einen harten Stich zu versetzen. Aber am heutigen Tag spürte Imran den Biss des Frostes nicht einmal.

Und das, obwohl ihm die Ablenkung durchaus willkommen gewesen wäre. Aber er musste seine Entscheidung treffen. Seine Schritte fanden ihren Weg auch mechanisch, und es war bei weitem nicht genug auf der Straße los, um seine Gedanken zu beschäftigen.

Der Vermerk. Er musste über den Vermerk nachdenken, und darüber, was er jetzt tun würde. Na gut, insgeheim hatte er immer darauf gewartet, dass so etwas passieren würde. Seit man ihm die undankbare Aufgabe übertragen hatte, diese ganz bestimmte Art von FSB-Kontakten zu betreuen. Jemand suchte nach einem seiner Kontakte. Ein Brite. Interpol hatte es auf dem Wisch geheißen, der heute Morgen über seinen Schreibtisch gegangen war.

Und eigentlich hätte die ganze Sache doch so einfach sein sollen. Eigentlich hatte er klare Anweisungen, was er in so einem Fall zu tun hatte. Er hätte das Papier schreddern sollen und dem Kontakt, der bedroht wurde, über die üblichen Kanäle eine Nachricht schicken. Und ein Teil von ihm wollte das immer noch tun. Einfach die Befehle befolgen, der loyale Soldat bleiben, der er sein ganzes Leben lang gewesen war. Wenn es hier um irgendeinen anderen der gut zwei Dutzend freien Mitarbeiter gegangen wäre, die Imran betreute, vermutlich hätte er das Ganze einfach ordnungsgemäß abgehandelt und sich in Ruhe vor dem Fernseher betrunken. *Wenn.* Aber es ging nun einmal um diesen einen, diesen ganz bestimmten Kontakt. Es war weniger als einen vollen Monat her, dass er den Mann getroffen hatte. Ihn getroffen hatte und versucht hatte, ihn zu beschatten.

Rein professionell gesehen, war die Entscheidung ganz einfach. Imran war seinem Geheimdienst, seinem Land verpflichtet. Und der Attentäter, nach dem Interpol hier fahndete, hatte diesen Interessen gedient. Streng genommen war jeder der „Kontakte", die der russische Agent betreute, auf die eine oder andere Art ein Verbrecher, irgend eine Art von Abschaum.

Dracovîc lieferte wenigstens Ergebnisse. Was immer der Mann tat, er war effizient. Geradezu beunruhigend effizient. Natürlich, im Grunde war diese absonderliche Art zu töten, nicht mehr verwerflich, als es mit einer Bombe, einem Gewehr oder angereichertem Uran zu tun. Oder etwa nicht? Es erschreckte Imran fast schon ein wenig, dass es nicht einmal mehr der Akt des Mordens an sich war, der ihn beunruhigte. Auch wenn das im Grunde die Art von Kaltblütigkeit war, für die man ihn ausgebildet hatte. Vielleicht wurde er ja tatsächlich einfach nur alt.

Aber da war noch etwas anderes. Etwas, das nicht stimmte. Die anderen Männer, mit denen Imran arbeitete, waren ihm auf eine unbestimmte Art näher. Alte Männer. Ehemalige Soldaten, ehemalige Geheimdienstleute. Männer, die in irgendwelchen Kriegen, offen oder verborgen, gebrochen worden waren. Imran kannte diese Art von Erinnerungen. Bis zu einem gewissen Maß konnte er verstehen, wieso ein Mensch, der durch solche Höllen gegangen war, nun für Geld mordete. Dieser Mann... Dracovîc, war etwas ganz anderes. Dieser Mann war mit Sicherheit nie in einem Krieg gewesen. Hätte Imran die Umstände nicht gekannt, er hätte den Mann niemals für einen Auftragsmörder gehalten, sondern für einen dieser verzogenen, jugendlichen Nichtsnutze, die sich die Haare lang wachsen ließen und all ihre Zeit mit Videospielen vergeudeten. Jemand, der irgendwo in einem gutbürgerlichen Haushalt aufgewachsen war, vermutlich außerhalb von Russland. Der vielleicht sogar aus den gottverfluchten USA stammte. Aber ganz gleich, wo der Mann geboren sein mochte, Imran konnte sich ganz einfach keinen vernünftigen Grund vorstellen, warum ein solcher Mensch ein derart effizienter Schlächter sein sollte.

Vielleicht war das der Grund, warum Imran Angst vor dem Mann hatte. Ob das irgendeinen Einfluss auf sein professionelles Urteil haben durfte, war natürlich eine ganz andere Frage. Vermutlich durfte es das nicht. Vermutlich sollte er einfach seinen Job machen und danach Feierabend.

Seine Schritte hatten ihn in einen kleinen Park geführt. Nicht groß, aber groß genug, um seinen Zweck zu erfüllen... wenn er tatsächlich Verrat begehen wollte. Hatte er sich unterbewusst vielleicht schon entschieden? Er ließ sich schwer auf eine kleine Bank sinken und stieß einen langen Seufzer aus. Wünschte sich sehnlichst, er müsste diese Entscheidung nicht treffen.

Er zog die Zettel aus der Manteltasche. Natürlich hatte er sie bei sich. Er war auf alle Eventualitäten vorbereitet, unabhängig davon, wie er sich entscheiden würde. Nicht mehr als das. Oder?

Imran schloss die Augen. Er lehnte sich zurück. Der Wind blies heftig, und um ein Haar, wenn sein Griff nur ein kleines bisschen lockerer gewesen wäre, hätte eine höhere Gewalt ihm die Entscheidung abgenommen. Aber auch wenn es flatterte, seine Finger hielten das Papier fest.

Schicksal.

Zur Hölle mit alldem, mit Treue, Vaterland, mit dem gottverfluchten Job. Er zog mit der freien Hand einen kleinen Karton aus der Manteltasche. Ein Pre-paid-Mobiltelefon, eins von über einem Dutzend, die er in seiner Wohnung aufbewahrte. Ein altes, klobiges Gerät, lange schon aus der Mode gekommen. Er hatte die Telefone vor mehr als vier Jahren gekauft, an einer Tankstelle in einem Vorort. Kein Mensch hob Kassenbelege oder Überwachungsvideos so lange auf. Manch einer mochte das Paranoia nennen, aber Imran hatte in seinem Beruf genug Überraschungen erlebt, so dass er lieber übervorsichtig war.

Seine Finger bewegten sich beinah wie von selbst, als er die Telefonnummer wählte, die er auf einem der beiden Computerausdrucke eingekreist hatte. Holländisch, wenn er sich nicht irrte. Eine Festnetznummer.

Es klingelte. Einmal, zweimal, dreimal.

„Deprés."

Eine Frauenstimme. Vielleicht Anfang dreißig, dem Klang nach. Aber Imran hatte nicht die Zeit für ein längeres Gespräch. Viel zu hohes Risiko, trotz aller Vorsichtsmaßnahmen. Aber er musste dennoch sicher gehen. Also bemühte er sein bestes Englisch und fing an zu sprechen.

„Bin ich mit dem Anschluss von Nicolas O'Donnel verbunden?"

„Soll ich ihn ans Telefon holen?"

Die Stimme der Frau war barsch und gelangweilt. Aber vielleicht war ein Mittelsmann ja sogar besser. Ein Sekretär oder eine Freundin würde die Rückverfolgung der Information immerhin noch weiter erschweren.

„Hören Sie mir gut zu. Sagen Sie ihm, der Mann, den er sucht, wurde vor fünf Tagen in Bukarest gesehen, im Haus eines gewissen Anton Malicescu. Sagen sie O'Donnel, findet er die Feinde dieses Mannes, dann hat er das nächste Ziel seines Killers."

Mit diesen Worten unterbrach Imran die Verbindung. Er stand von der Parkbank auf. Mit geübten Fingern entfernte er die Batterie, und die Sim-Karte des Telefons. Seine Finger zerdrückten die Telefonkarte, und er ließ die Schnipsel in einem unbeobachteten Moment zu Boden gleiten. Er entfernte sich mit zügigem Schritt von dem Park, in dem er telefoniert hatte. Natürlich nicht in Richtung seiner Wohnung, aber auch nicht gerade davon weg. Das inzwischen zerbrochene Mobiltelefon verschwand in einem Mülleimer. Die Papiere zerfledderte er sorgfältig im Innern seiner Jackentasche und streute sie aus dem Ärmel heraus in einer Seitengasse zwischen Mülltonnen.

So weit, so gut. Er hatte getan, was nötig gewesen war. Was er für nötig gehalten hatte. Was er wollte. Immerhin würde es niemand zu ihm zurück verfolgen können. Alles weitere musste der Interpol-Agent erledigen. Der Mann war einigermaßen fähig, seiner Akte nach. Imran wusste nicht, ob das genügen würde. Kein Gedanke, mit dem er sich näher beschäftigen wollte. Es musste einfach genügen. Aber das lag nun nicht länger an ihm.

*

Michelle war sich nicht sicher, ob sie sich freuen sollte. Die letzten paar Tage, seit Nicolas angefangen hatte, seine Quellen anzuzapfen, waren eine Zerreißprobe für ihre Nerven gewesen. Es war ihr nie leicht gefallen, auf etwas zu warten. Schon gar nicht auf etwas so Wichtiges. Und niemand hatte angerufen. Als Nicolas angefangen hatte, seine alten und gegenwärtigen Kontakte zu benachrichtigen, hatte es gewirkt, als wenn der Brite in wenigstens jedem zweiten Land auf dem Planeten irgendjemand im Geheimdienst oder in einer Polizeieinheit kannte. Es mochte wohl Wunschdenken gewesen sein, doch es war ihr vorgekommen, als hätte es bestenfalls eine Sache von Stunden sein dürfen, bis jemand ihnen Hinweise liefern konnte. Fälle, die dem Profil entsprachen, Überwachungsfotos oder irgendetwas Vergleichbares.

Mehrere Tage der kompletten Funkstille waren ... enervierend gewesen. Nicht ein einziger Anruf, nicht eine einzige Meldung. Bis jetzt. Und der anonyme Anruf hatte sich mehr als nur seltsam angehört. Kurz angebunden, verstohlen. Das Englisch hatte irgendwie orientalisch geklungen, aber Michelle konnte den Akzent nicht einordnen.

Und so, wie sie das sah, konnte es für die eigentümliche Natur des Anrufs genau zwei Gründe geben. Entweder es handelte sich um irgendeinen Spinner oder Wichtigtuer. Aber das hier war ja keine allgemeine oder öffentliche Ermittlung. Zumindest theoretisch war der Kreis der Eingeweihten also auf Leute beschränkt, die Nicolas für aufrecht und vertrauenswürdig hielt. Daher war es nicht eben wahrscheinlich, dass sich hier irgendjemand einen makaberen Scherz erlaubte.

Oder aber, und Michelle wollte zumindest glauben, dass es so war, diese ganze Sache war noch viel größer, als sie ursprünglich vermutet hatte. Mit wem auch immer sie am Telefon gesprochen hatte – vermutlich gehörte er zu irgendeinem Geheimdienst oder dergleichen. Und Michelle war sich sicher, dass der Anrufer den Killer kannte. Vielleicht sogar gut. Und entweder hatte er Angst vor dem Mörder... oder eben jener Mörder arbeitete mit einer Regierung zusammen. In jedem Fall war das alles groß. Ganz groß. Immer vorausgesetzt natürlich, das Ganze erwies sich nicht doch noch als Luftbuchung. Aber Nicolas überprüfte das gerade. Den seltsamen Namen und den Telefonanruf an sich. Und sie selbst musste sich weiter in Geduld üben. Und das war jetzt ironischerweise nur noch schwerer.

*

Das Ziel ... zumindest eine Spur von einem Ziel derart vor Augen zu haben und dennoch zur Untätigkeit verdammt zu sein ... Am liebsten hätte sie auf irgendjemand geschossen. Auch wenn sie die Pistolen ihres Vaters natürlich in Lyon hatte zurücklassen müssen. Bei dem verfluchten Schreibtischjob, in dem sie feststeckte, war es ihr ja nicht erlaubt, eine Waffe zu tragen, die gefährlicher war als gottverdammtes Pfefferspray. Wenigstens außerhalb von Frankreich. Und auch wenn sie sich sicher war, dass Nicolas bei seiner Vergangenheit ein paar Feuerwaffen im Haus hatte, befürchtete sie doch, es würde den Nachbarn an Verständnis mangeln, wenn sie anfing, im Garten auf Tontöpfe zu schießen.

Michelle ertappte sich dabei, wie ihr Kopf langsam gen Tischkante sank. Wie sie langsam, aber sicher ins Delirium sank. Sie dachte ja jetzt schon nur noch wirres Zeug. Zu viel Aufregung in den letzten Tagen. Zu wenig Schlaf und viel zu wenig Kaffee. Sie wollte verdammt nochmal endlich etwas tun. Nicht mehr nur herumsitzen und auf ein Telefon starren. Fahrige Finger tasteten an ihrem Gesicht herum, rieben ihre Augen wund.

Als Nicolas den Raum endlich wieder betrat, hätte sie nicht einmal sagen können, wieviel Zeit vergangen war. Sie konnte schmerzhaft spüren, wie ihre Wange auf einem ihrer Ellenbogen ruhte. Gut möglich, dass sie ein paar Minuten geschlafen hatte.

„Bist Du sicher, dass Du dich nicht hinlegen willst?"

Vielleicht, wenn du in deinem winzigen Loch ein Sofa hättest und nicht nur verdammtes Hartholz. Für einen kurzen Moment der erschöpfungsbedingten Wut hätte sie den Briten am liebsten angeschrien. Sie fing sich gerade noch, auch wenn der Ältere einem Wutausbruch vermutlich mit derselben, enervierend väterlichen Geduld begegnet wäre wie allem anderen. Sie winkte nur schwach ab.

„Es geht schon. Zumindest noch eine Weile."

Sie erwartete auch gar nicht mehr, dass er irgendetwas herausgefunden hatte. Michelle erwog soeben, ob es besser wäre, im Auto zu übernachten. Die Kälte war vermutlich sogar leichter zu ertragen als die Härte der Holzbänke. Und sie traute Nicolas ohne weiteres zu, dass sein eigenes Bett sogar noch unbequemer war.

Der Ältere akzeptierte ihren erschöpften Trotz fraglos und schob ihr einen Computerausdruck hin. Die Zeichen tanzten vor ihren ausgelaugten Augen, aber Nicolas gab ihr ohnehin nicht die Zeit, um etwas zu lesen.

„Anton Malicescu, vierundsechzig Jahre, rumänischer Staatsbürger. Die Russen geben grundsätzlich keine Akten raus, wenn man sie nicht zwingt, aber in den letzten paar Dutzend Jahren hat der Mann eine Interpol-Akte angesammelt, dick wie ein Arm. Drogen. Mädchenhandel. Fast zwei Dutzend Morde, die im Zusammenhang mit seiner Organisation stehen sollen. Und natürlich hat man dem Kerl nichts nachweisen können, wie üblich."

Michelle war interessiert genug, dass ihr Hirn bei aller Erschöpfung die Arbeit wieder aufnahm. Zumindest fürs erste.

„Also einer, der durchaus mächtige Feinde haben könnte. Die es erfordern, einen Auftragsmörder anzuheuern?"

Nicolas' Gesicht verzog sich sichtlich, und Michelle konnte überdeutlich erkennen, wie wenig die ganze Sache dem Briten noch immer behagte. Wie sehr er sich wünschte, dass die Dinge anders lägen. Selbst seine Stimme war hörbar gequält.

„Normalerweise würde ich sagen, dass ein schwerer Junge wie der hier seine eigenen Leute hat, wenn er jemanden umbringen will. Aber der In-

terpol-Akte nach hat unser Freund Anton vor gar nicht so langer Zeit seine primäre Drogenroute eingebüßt. Man vermutet, dass der Tipp, der die italienischen Carabinieri zu der Verhaftung geführt hat, von der Mafia kam, die ihren Partner verkauft haben."

Michelle runzelte die Stirn.

„Glauben die italienischen Polizisten das?"

Der britische Bundespolizist schüttelte geduldig den Kopf und hielt ein weiteres Bündel Papier in die Höhe.

„Nein, der Analyst, der das hier abgeheftet hat, glaubt das. Und ich hab' den Bericht der Carabinieri überflogen. Ich glaube kaum, dass die auf einen anonymen Tipp am Telefon hin eine ganze Hundertschaft Polizisten und Hubschrauber mobilisieren. Und wir wissen ja wohl beide, wie effizient die Strafverfolgung in Sizilien funktioniert."

Michelle nickte wiederum und konzentrierte ihr gemartertes Hirn auf die Aufgabe, die nun vor ihr lag. So sehr sie das Feuer der Jagd in sich brennen spürte, war sie doch inzwischen ausgelaugt genug, dass die Worte ihr nur noch langsam und schwerfällig über die Lippen kamen.

„Also hat dieser Anton eine Menge Geld verloren, weil die Mafia ihn verkauft hat?"

„Und seinen Sohn, der jetzt eine lebenslängliche Strafe verbüßt. Und fast ein Drittel der Männer, die vermutlich Mitglieder seiner Organisation waren."

Michelle verstand.

„Also können wir davon ausgehen, dass der Mann auf Rache sinnt, und dass er es sich im Augenblick nicht erlauben kann, einen Bandenkrieg zu starten?"

„Normalerweise würde ich sagen, wenn so einer einen Auftragsmord bestellt, hat er Leute dafür. Aber es sieht tatsächlich so aus, als wenn der Mann so einige Probleme hätte. Und soweit ich sagen kann, ist dein anonymer Tipp irgendwo aus Russland gekommen."

Michelle erwog in diesem Augenblick ernsthaft, aufzuspringen und in den Renault zu steigen. Sie konnte förmlich spüren, wie der

Tatendrang ihre Müdigkeit fortspülte. Jetzt brauchte sie nur noch ein Ziel.

„Und weiß man, wer diese Mafiosi waren, die Malicescu in die Klemme gebracht haben? Und vor allem, wo sie sind?"

Nicolas verzog den Mund. Wenn die Informationen, die er zurückhielt, ihm derart missfielen, so verriet ihr Instinkt Michelle, dass sie durchaus Gefallen daran finden würde.

„Wie gesagt, ich habe herum telefoniert. Es ließen sich schon ein paar Rückschlüsse ziehen, auf Basis der Region, der bekannten Drogenrouten und so weiter. Und der Teil wird dir gefallen."

Er machte eine Kunstpause, seufzte.

„Der Basini-Klan, der in diesem Teil von Sizilien operiert... einer von denen holt in diesem Augenblick nur ein paar Autostunden von hier seine Weihnachtsferien nach."

Michelle zog sich zwischen Tischkante und Banklehne nach oben. Sie schwankte, aber sie hielt sich aufrecht.

„Hast Du ihn schon gewarnt? Bitte sag mir, dass Du ihn noch nicht angerufen hast."

Der Brite hob eine Augenbraue. Sie konnte nicht sagen, ob er ihren Enthusiasmus oder ihre Aussage missbilligte. Vermutlich beides. Nicht, dass es sie in diesem Augenblick besonders geschert hätte. Doch zu ihrer Erleichterung schüttelte Nicolas den Kopf.

„Das Hotel hat zwar eine 24-Stunden-Rezeption, aber die werden den Mann auch nicht um diese Zeit aus dem Bett holen. Und im schlimmsten Fall schrecken wir die Mafia-Jungs auf, und sie fangen an, bei der ersten Provokation herumzuballern."

Michelle nickte zufrieden. Auch wenn ihre Motive in dieser Sache nicht derart rein waren. Wenn der Mafioso abreiste, dann würde er vermutlich außerhalb ihrer Reichweite sein. Und seit sie zum ersten Mal in einer durchwachten Nacht das Muster entdeckt hatte, war sie ihrem Ziel noch nie derart nahe gewesen. Dem ganz großen Fisch, dem ganz großen Fang. Und jetzt, jetzt hatte sie einen besseren Köder als jemals zuvor. Natürlich hätte Nicolas so etwas nicht offen gut geheißen, dafür war er viel zu sehr der harte und gerechte Polizist. Es war nicht so, dass sie den Briten für so dumm hielt, dass er ihre Gefühle nicht kannte, aber das war ja nur ein Grund mehr, es nicht auszusprechen.

„Wir sollten dem Italiener also einen Besuch abstatten."

Der Interpol-Agent nickte bedächtig und antwortete mit einer beinah väterlichen Stimme, die keine Widersprüche duldete.

„Ja, das sollten wir. Morgen."

Washington State, USA.
Drei Jahre zuvor. 20. Dezember, 10:23 a.m.

In dem abgestellten Lieferwagen war es bitterkalt. Natsuki rückte den schlecht sitzenden weißen Kittel zurecht, zum vierten oder fünften Mal in den letzten paar Minuten. Ihr Blick wanderte ein ums andere Mal zu der Mauer mit dem Stacheldraht. Eine Querstraße entfernt, von hier aus kaum zu erkennen, genauso wenig wie der Wagen, in dem sie saß, von den Kameras zu entdecken war, die das Gelände bewachten.

Aber die Sicherheitsmaßnahmen, ohnehin mehr nach innen als nach außen gerichtet, waren nicht der Grund für ihre Nervosität. Jedenfalls nicht hauptsächlich. Es war der Zweck ihres Hierseins. Für einen Augenblick wurde ihr die Verrücktheit ihrer Sorge mit aller Gewalt bewusst. Sie hatte einen Menschen getötet, vor noch gar nicht so langer Zeit. Sie hatte sich bereit erklärt, noch weiter zu töten. Und sie hatte nicht einen Gedanken daran verschwendet. Selbst jetzt, da sie es tatsächlich versuchte, konnte sie sich das Gesicht des Doktors, den sie unlängst erschossen hatte, kaum noch ins Gedächtnis rufen. Die blutige Masse, in die sie seinen Körper verwandelt hatte, war bereits vollends aus ihren Gedanken verschwunden. Nicht aber der Stolz. Die Angst, welche Natsuki anfänglich in Gegenwart ihrer neuen Gefährten verspürt hatte, war längst nicht der einzige Motivator gewesen, der sie zum Mord getrieben hatte. Die Angst war in erstaunlich kurzer Zeit beinahe vollends verflogen. Aber im Augenblick, da befand Natsuki sich erneut am Rande zwischen Nervosität und Panik.

„Ihr habt mir ja gesagt, dass Ihr expandieren wollt, aber nicht, dass es so schnell geht. Wird das hier ein Wettbewerb um die freien Stellen?"

Sie konnte nicht sagen, ob sie sich tatsächlich selbst veränderte, oder ob es ihr Überlebensinstinkt war, der ihr riet, sich so gut es ging an die eigentümliche Terminologie anzupassen, welche die Geschwister im Gespräch verwendeten. Genau wie Natsuki sich leidlich bemühte, ihrer Stimme dieselbe kalte Gelassenheit zu geben. Mit mäßigem Erfolg.

Ihr Meister bemerkte die Unsicherheit in ihrer Stimme jedoch. Oder vielmehr, er überging sie. Natsuki hatte längst aufgehört zu glauben, dass den Geschwistern jemals irgendetwas entging. Der Mann hatte sich aus dem hinterem Teil des Wagens hervor gelehnt, das Hemd noch nicht zugeknöpft, das Gesicht inmitten der Verwandlung. Halb geschminkt und vor allen Dingen ohne Kontaktlinsen. Für gewöhnlich nahmen die geschliffenen Gläser dem stechenden Blick des Mannes zumindest ein bisschen von ihrer üblichen Unnachgiebigkeit und Intensität. Doch in diesem Moment schaute er sie direkt an, und sein Blick hielt den ihren gefangen. Er sprach nah und langsam, mit einer ihm eigenen Mischung aus Gelassenheit und Nachdruck. Wann immer er so sprach, beschlich Natsuki das unmissverständliche Gefühl, dass er die Wahrheit sagte – ganz gleich, wie sehr sie an anderer Stelle seine Meisterschaft in der Kunst der Lüge bewunderte.

„Mach dir keine Sorgen, Natsuki. Niemand wird dir deinen ... Job streitig machen. Das hier, das ist etwas lange Geplantes. Um Spezialisten anzuheuern. Dich aufzunehmen war dagegen ein Glücksfall, eine Idee aus dem Augenblick geboren. Mehr oder weniger. Du bist eine Assistentin, auf dem Weg, selbst Regisseurin zu werden. Du musst dir keine Sorgen machen, dass dir eine Visagistin die Stelle wegnehmen könnte."

Er grinste, wie so oft, als hätte er irgendeinen tiefgründigen Witz gerissen, den nur er verstand. Natsuki glaubte sogar von hinten im Wagen ein unterdrücktes Kichern zu hören. Doch obwohl sie nicht an der Aufrichtigkeit der kryptischen Aussage zweifelte, war sie nur milde beruhigt.

„Wenn ich bald selbst Regie führen soll, warum erzählt Ihr mir dann nicht wenigstens genau, was wir hier tun?"

Hinter ihr im Wagen herrschte noch immer geschäftiges Treiben, und die Antwort, welche sie erhielt, war nur knapp.

„Eins nach dem anderen, eins nach dem anderen."

Es dauerte bestenfalls eine oder zwei Minuten, bis der Mann seine Vorbereitungen beendet hatte und sich hinten aus dem Wagen schwang. Seine Schwester reichte Natsuki unterdessen ein paar lose zusammengetackerte Computerausdrücke nach vorn.

Und auch, wenn es nicht eben dazu angetan war, ihre Beunruhigungen auszuräumen, so verstand Natsuki nun doch zumindest den bösartigen Scherz.

*

Lindsay mochte diesen Raum nicht. Das Verhörzimmer. Größer als ihre Zelle, kleiner als die meisten anderen Räume in der Anlage. In den wenigen Filmen, an die sie sich erinnern konnte, waren solche Räume immer nackt, kalt und dunkel, mit Stahlmöbeln und Lampen, mit denen man die Gefangenen blenden konnte.

Doch die Wirklichkeit sah anders aus. Sie meinte sich zu erinnern, dass sie als kleines Kind einmal bei einem Arzt gewesen war, der ein ganz ähnliches Zimmer gehabt hatte. Heimelig und warm, mit hohen Fenstern und fest verschlossenen Regalen voller Bücher und sogar Spielzeuge.

Lindsay hatte gelernt, nicht in diese Fallen zu tappen, nicht danach zu fragen, ganz gleich, wie groß die Versuchung war. Man musste diese Reize ignorieren, man musste auch auf den weichen, bequemen Stühlen gerade sitzen. Wenn man fragte, wenn man sich eine Blöße gab, dann kamen sie einem in den Kopf. Und zumindest bis Lindsay wusste, was ihre Peiniger dort suchten, konnte sie das auf keinen Fall erlauben.

Auch wenn der letzte, dieser Corvin, zumindest ein bisschen freundlicher gewesen war.

Nein.

Keine Sympathie. Keine Schwäche. Und überhaupt, Corvin war ja vor einer ganzen Weile einfach verschwunden. Vermutlich war er nicht gnadenlos genug gewesen, und die Führung, wer immer das sein mochte, der sie hier gefangen hielt, hatte ihn ersetzt, durch einen schlimmeren Folterknecht. Wenn sie den Atem anhielt, konnte sie hören, wie das Teiggesicht mit ihrem neuen Foltermeister redete. Sie musste sich nur ein wenig konzentrieren.

„...Papiere sind in Ordnung, aber ich kann mir gar nicht vorstellen, dass Doktor Corvin so etwas..."

Das war das Teiggesicht. Sie schien irgendwie verwirrt zu sein. Nun ja, noch verwirrter als sonst. Es brauchte ja nicht viel, denn je niedriger im Rang, um so einfacher und gröber war der Stoff, aus dem Lindsays Bewacher gewebt waren.

„Wundert mich auch, dass man Sie nicht informiert hat. Die ganze Sache hätte schon vor Wochen über die Bühne gegangen sein sollen, aber als ich das letzte Mal mit Doktor Corvin gesprochen habe, schien er mir schon halb auf dem Weg in den Urlaub zu sein."

Die Stimme des anderen kannte Lindsay nicht. Vermutlich männlich, aber irgendwie weich. Geschliffen, geschäftsmäßig. Es gefiel ihr, dass der Mann die Wärterin einfach abwürgte, aber natürlich unterdrückte Lindsay den Anflug von Sympathie umgehend.

„Wie auch immer, Sie werden entschuldigen, aber ich habe einen engen Terminplan. Wenn Sie mich also mit der Patientin allein lassen könnten? Immerhin fehlt ihre Zustimmung ja noch für die Verlegung. Ein bisschen Privatsphäre bitte."

Noch bevor Lindsay sich darüber klar werden konnte, was sie von diesen Worten halten sollte, wurde die schwere Holztür aufgestoßen. Der Mann, der die Tür aufstieß, sah sich flüchtig im Raum um und stellte sicher, dass das Teiggesicht verschwunden war, bevor er die Tür sorgfältig verschloss. Er war viel jünger, als sie erwartet hätte, in einen gut sitzenden, weißen Anzug gekleidet, hoch gewachsen und gertenschlank. Seine Stimme hatte nichts von der geradezu gefährlichen Weichheit verloren, als er das Gespräch eröffnete.

„Lindsay Warren, nehme ich an?"

Er kam näher, streckte die Hand aus.

„Ich bin Doktor Hopkins."

Lindsay machte keine Anstalten,ie Hand zu ergreifen, fixierte diesen neuen Folterknecht und warf ihm einen eisigen Blick zu. Sie schüttelte ihren Kopf nur langsam, darauf bedacht, die Augen des Mannes keine Sekunde zu verlieren.

„Nein, das sind Sie nicht. Sie sind... falsch."

Es stimmte. Sie verstand den Zweck dieser Scharade nicht, aber alles an dem Mann war ganz und gar falsch. Gut gemacht zweifellos. Jeden anderen hätte er vermutlich täuschen können, aber nicht Lindsay. Sie erkannte die feinen Fehler, wo die Haare am Ansatz nicht völlig die blonde Farbe angenommen hatten. Wo die Augenränder ein winziges bisschen gerötet waren von den braunen Kontaktlinsen. Die beinah unsichtbaren Reflexionen des Klebstoffes, der den schmalen Kinnbart hielt, die unmerklichen Schichten von Schminke, welche die Wangenknochen senkten und dem Gesicht ein wenig mehr Fülle verliehen. Der Mann war ganz einfach vollkommen falsch, und gerade deshalb war sie so interessiert daran, wie er darauf reagieren würde, dass man ihm die Täuschung auf den Kopf zusagte. Allein, von all den möglichen Reaktionen, die sie erwartet hatte, war Gelächter ganz sicher keine gewesen.

Der Gefühlsausbruch dauerte nur kurz, aber er ließ doch ein weites, breites Grinsen auf dem Gesicht des falschen Doktors zurück. Ohne Zweifel waren diese Gefühle um einiges echter als das vorherige, geschäftsmäßige Lächeln. Nur hätte Lindsay nicht sagen können, ob das Gesicht deswegen freundlicher oder furchteinflößender wirkte. Dasselbe galt für seine Stimme.

„Ich weiß, warum ich hergekommen bin. Ein bemerkenswertes Talent, dass Du da hast, meine Liebe. Die Frage ist, was Du damit anfangen willst. So wie ich das sehe, hast Du im Augenblick zwei Möglichkeiten. Du kannst jetzt gleich nach den Pflegern rufen, und dann wirst Du mich höchstwahrscheinlich nicht wieder sehen. Oder Du hörst dir an, was ich dir anzubieten habe."

Er machte eine Kunstpause und erwiderte Lindsays Blick. Und sie verstand. Sie verstand, dass der Mann niemals geplant hatte, sie zu täuschen, dass seine Verkleidung den Bewachern galt und nicht den Bewachten. Wenn sie schrie, so konnte sie den falschen Doktor Hopkins vermutlich in enorme Schwierigkeiten bringen. Aber im selben Moment, in dem ihr der Gedanke kam, wusste sie ebenso, dass sie nicht schreien würde. Seit Monaten, seit Jahren war sie hier gefangen, und zum ersten Mal, zum ersten Mal in all der Zeit war die Außenwelt hereingekommen. Jemand von draußen, jemand, der nicht nach den Regeln der Wärter spielte und doch kein Gefangener war. Der maskierte Mann war... interessant. Wie interessant, das würde sich herausstellen.

„Und wenn Sie hier sind, um mir ein Angebot zu machen – was ist aus Mister Corvin geworden?"

„Der verrottet irgendwo in den Wäldern."

Ihr eigentümlicher Besucher machte keine Anstalten zu lügen. Zumindest konnte Lindsay hinter der Maske kein Anzeichen der Falschheit erkennen. Mildes Interesse vielleicht. Vermutlich würde der Mann ihre Reaktion für nicht weniger aufschlussreich erachten, als sie die seine. Lindsay war bereit, dieses Spiel zu spielen und ihm nicht den Schock zu liefern, den er sich vielleicht erhoffte. Was gab es da schon, über das sie hätte schockiert sein sollen? Einer ihrer Wächter, einer ihrer Folterknechte hatte sein Leben eingebüßt, und im Gegenzug saß sie zum ersten Mal seit einer Ewigkeit einem einigermaßen freundlichen Gesicht gegenüber. Kein schlechter Handel. Und immerhin bewies es ja wohl, dass ihr neuer Bekannter seine Interessen mit einer gewissen Ernsthaftigkeit verfolgte. Also sprach sie ohne den Hauch eines Zitterns in der Stimme weiter.

„Und um was für ein Angebot geht es?"

Vielleicht war es ja nur Wunschdenken, aber Doktor Hopkins schien von ihrer Reaktion erfreut, beinah sogar belustigt zu sein.

„Ich möchte von dir lediglich, dass Du dein Talent in den Dienst einer höheren Sache stellst. Ich gehe einmal davon aus, dass deine Fähigkeiten hier drin nicht gerade gefördert werden."

Lindsay gönnte sich ein bitteres, und doch kalkuliertes Lachen.

„Ein geringeres Talent wäre hier drin vermutlich eingegangen."

„Aber nicht das deine."

Es lag keine Frage in seiner Stimme. Das gefiel Lindsay – andererseits hatte sie ihr Können ja bereits unter Beweis gestellt, als sie die Maskerade ihres Besuchers durchschaut hatte. Und in gewisser Weise sagte das einiges über den Mann aus, den sie vor sich hatte. Er musste darauf gehofft, nein, es erwartet haben, dass sie ihn durchschaute, anderenfalls wäre sein Aufwand sinnlos gewesen. Und auch wenn Lindsay allen Grund hatte, den Mann nicht zu entlarven, ging er damit ein gewaltiges Risiko ein.

Ihr war bewusst, dass ihr Schweigen eine Pause erschuf, aber es war besser, wenn sie in einem Bewerbungsgespräch wie diesem ihre Worte sorgsam abwog. In solchen Momenten war sie ihrem Gefängnis beinah dankbar. Zumindest gab es hier viel mehr Bücher, als je in ihrem Elternhaus gestanden hatten. Wissen war beinahe so kostbar wie ihr Talent.

„Ich kann sehen, dass mein Können gebraucht wird. Aber nicht, um simple Menschen zu täuschen. Also, wieso all der Aufwand?"

Der Mann antwortete ohne zu zögern, mit fester, klarer Stimme.

„Weil jede Kunst das Streben nach Perfektion verdient."

Ihr Interesse war geweckt, auf eine Art, die über die pure Sehnsucht nach Freiheit hinausging.

„Und was ist diese höhere Sache, diese Kunst, in deren Dienst ich mich stellen soll?"

„Die ultimative Kunst ist das Leben selbst. Und es gibt keinen Anlass, der höher sein könnte als das Ende. Musst du wirklich fragen, was ich tue?"

Nein, das musste Lindsay natürlich nicht. Der Mann hatte einen ihrer Wärter getötet, ohne mit einer einzigen Wimper zu zucken, und es gab ja wohl nicht allzu viele Berufe, in denen man ein solches Maß an Maskerade benötigte. Sie wusste nicht alles, aber sie wusste genug. Woche um Woche, Monat um Monat hatte sie darauf gehofft, dass ein weißer Ritter kommen mochte, sie aus ihrem Gefängnis zu befreien. Und jetzt war er hier. Ein Mann, der sich ganz offensichtlich nicht scheute, gegen die Leute zu kämpfen, die Lindsays Leben hatten stehlen wollen. Und natürlich war sie nicht so dumm, eine solche Chance ziehen zu lassen.

*

Natsuki startete den Wagen, sowie die Frau hinter ihr das Telefonat beendet hatte und ihr zunickte. Einmal um den Block herum und dann in die Querstraße, auf den Eingang des Irrenhauses zu. Eine Sonnenbrille wäre zu dieser Jahreszeit vermutlich zu auffällig gewesen, also achtete sie darauf, dass die Baseballkappe ihr tief im Gesicht saß. Natürlich war sie bis zur Unkenntlichkeit geschminkt, und die Kameras in einer solchen Einrichtung waren für gewöhnlich nach innen gerichtet, aber Vorsicht war niemals fehl am Platz.

Doch soweit sie das sagen konnte, lief alles wie geplant. Sie konnte, wollte den Anflug von Bewunderung nicht unterdrücken, als sie ihren Meister aus dem großen alten Haus kommen sah. Der Mann bewegte sich in einer Traube aus Krankenpersonal. War direkt in eine solche Höhle des Löwen marschiert, mit wenig mehr als einem Lächeln und einer gut geplanten Lüge. Mehr noch als seine Worte, waren es diese beeindruckenden Schaustellungen, die Natsuki anspornten. Zum Lernen, zum Beobachten... und zu noch weitaus anderen, finsteren Dingen. Und in gewisser Weise fragte sie sich, ob es dem Mädchen, das sie hier befreiten, ähnlich ergehen sollte. Sie ging weit hinten, flankiert von zwei muskulösen Krankenschwestern. Ein dürres blondes Ding, die Haare wirr und den Blick fest nach unten gerichtet. Beinahe, als wenn diese Lindsay sich fürchtete, endlich aus der Anstalt zu entkommen. Nicht, dass Natsuki es ihr verdenken konnte, schließlich hatte die Amerikanerin ja fast ihr halbes Leben hier verbracht. Hinter Natsuki öffneten sich die Türen des Wagens. Die Frau trat heraus, und Natsuki lehnte sich zurück und genoss das Schauspiel, das die beiden Geschwister auf die Bühne brachten.

Groningen, Niederlande . 13. Februar, 10:07 a.m.

Nachladen, immer wieder nachladen. Die Waffen mussten gut, nein: perfekt, funktionieren. Alles musste perfekt funktionieren. Selbst in einem Leben, das so außergewöhnlich, so irrsinnig, wie das ihre war, gab es das eine oder andere Ritual.

Und so, wie es ihr mit den meisten Ritualen erging, hatte Natsuki ihre liebe Mühe, die nötige Gewissenhaftigkeit aufzubringen. In den mehr als drei Jahren, die sie nun eine Attentäterin war, hatte sie vielleicht vier oder fünf Mal eine ihrer Waffen abfeuern müssen, zumindest wenn man von den endlosen Schießübungen absah. Und von dem allerersten Mal, aber das war eine Schrotflinte gewesen. Sie konnte ja verstehen, dass Vorsicht in ihrem Gewerbe ein hohes Gebot war, aber sie war sich auch vergleichsweise sicher, dass ihre Pistolen noch immer geradeaus schießen würden, wenn sie die Schiene mal einen Tag lang nicht ölte und reinigte, oder wenn sie die Patronen nicht alle paar Tage kontrollierte. Die kleine, österreichische Pistole im Schienbeinholster, die beiden tschechischen unter der Achsel und im Bund ihrer Hose. All die Holster hatte sie selbst gefertigt, sie alle hatten das getan. Zumindest diejenigen von ihnen, die Waffen trugen. Sie, ihr Meister, seine Schwester. Natsuki konnte gut verstehen, warum niemand ihren beiden anderen Mitarbeitern eine Feuerwaffe anvertrauen mochte.

Vorbereitet zu sein war alles. Also saßen sie Morgen für Morgen hier, welches Hotel auch immer ihnen gerade als Unterschlupf diente, und präparierten Waffen, die sie dann die meiste Zeit nicht einmal trugen. Eine Vorsichtsmaßnahme, eine von unendlich vielen. Selbst mehrere Lagen Handschuhe trugen sie, wenn es hart auf hart kam. Lederne außen und darunter dünnere aus Plastik, um keine Fingerabdrücke im Handschuh zu hinterlassen. Nicht weniger unnötig, zumindest nach Natsukis Meinung. Es jagte sie ja niemand. Sie waren nicht erkennungsdienstlich erfasst. Und streng genommen war das, was sie die meiste Zeit taten, ja nicht mal illegal. Wohin ihre Taten dann führten, war natürlich eine ganz andere Sache. Nichts desto weniger waren sie, was das Gesetz betraf, unsichtbar. Und unantastbar, da vertraute sie ganz und gar auf das Können, das Geschick ihrer Lehrer. Aber an Morgen wie diesem wünschte sie sich, nach all der Routine würde ihr Vertrauen auch dafür reichen, sie über endlose Vorsichtsmaßnahmen hinwegzutrösten. Oder vielleicht wünschte sie sich einfach, das Vertrauen der Geschwister in sie würde inzwischen ausreichen, die Routinen gelegentlich ein wenig zu lockern.

*

Halb elf. Michelle konnte nicht sagen, dass sie zufrieden war. Für gewöhnlich war sie über jeden Tag glücklich, an dem sie sich nicht zu früher Stunde ins Büro schleifen musste, aber heute hätte sie den Schlaf am liebsten gleich ganz durch Kaffee ersetzt. Das hatte Nicolas natürlich nicht erlaubt. Er hatte sogar darauf bestanden, dass sie auf dem Weg hierher noch weiter schlief. Auch wenn das Ganze ein sehr zweifelhaftes Vergnügen gewesen war. Man konnte einiges über ihren Renault sagen, aber bequem waren die Sitze nicht gerade. Zum Schlafen waren weder die winzige Rückbank, noch die Vordersitze geeignet. Und selbst jetzt, da sie endlich in Groningen angekommen waren, kam sie nicht aus der Karre heraus. Das hieß, sie hätte natürlich schon aus dem mittlerweile ziemlich von ihren Zigaretten verräucherten Inneren aussteigen können – aber draußen war es zu dieser Jahreszeit bitterkalt. Nicht, dass es hier drin viel wärmer war, aber immerhin nicht so windig. Und da, wo es warm war, in dem niederländischen Polizeipräsidium, durfte man natürlich nicht rauchen.

Aber viel mehr als die Kälte biss das Gefühl, wieder ein kleines Mädchen zu sein. Natürlich hatte Nicolas recht, wenn er sagte, dass ihr Temperament drinnen vermutlich nur schaden würde. Und vielleicht hatte er auch recht, wenn er sagte, dass es vielleicht besser war, einen Mafioso erst mit ein paar Uniformierten im Gepäck ansprechen. Nur für den Fall, dass der etwas Dummes tat.

Der logische Schluss daraus war, dass sie im Wagen wartete, während Nicolas im Präsidium die örtliche Polizei überzeugte. Sie konnte ja gut verstehen, dass er so etwas nicht am Telefon tat, so territorial, wie manche Polizisten mit den Zuständigkeiten waren.

Nur hatte das eben zur Folge, dass sie hier im Auto hockte. Wieder ganz das kleine Mädchen, das auf die Erwachsenen wartete. Vor Kasernen und Präsidien und irgendwann dann vor dem Krankenhaus. Inzwischen war sie über dreißig und ihre Eltern lange nicht mehr da. Stattdessen wartete sie nun auf jemand anderen und kam sich unglaublich dumm vor. Es waren Momente wie dieser, in denen sie sich nicht sicher war, ob sie in Nicolas einen der besten möglichen Freunde hatte, oder ob sie den Briten hasste. Das hier war ihr Fall, ihr großer Fang, oder nicht? Sie hatte das Muster gefunden, hatte nach einem halben Dutzend fehlgeschlagener Versuche endlich so etwas wie eine Ermittlung auf die Beine gestellt. Es erschien ihr ganz einfach nicht fair, dass sie einer Hilfskraft gleich ins kalte Auto verbannt wurde. Andererseits halfen solche Gefühle nicht gerade dabei, sich weniger wie ein kleines Kind zu fühlen, das ohne Abendessen aufs Bett geschickt wurde.

Sie steckte sich die nächste Zigarette vollkommen mechanisch an. Die Packung war schon auf halbem Weg zurück in ihre Tasche, bevor ihr auffiel, dass die letzte Zigarette schon brannte. Die Dinger hielten inzwischen kaum noch einen halben Tag.

Es dauerte noch eine weitere halbe Stunde, zumindest wenn Michelle ihrer Armbanduhr glauben durfte, bis Nicolas endlich wieder die Wagentür aufzog. Am liebsten hätte sie ihn umgehend bestürmt, aber sowie er hereinkam, legte er ihr umgehend die Hand auf die Schulter, hielt sie im Sitz. Widerwillig verharrte sie schweigend, beinah eingeschüchtert. Nicolas O'Donnel war im besten Falle ein ruhiger Mann, aber im Augenblick war da eine ernste, besorgte Kälte, die sie nicht kannte vom dem langjährigen Freund ihres Vaters... von ihrem eigenen langjährigen Freund.

Nichtsdestotrotz sprach der britische Agent ruhig und deutlich, nicht anders, als er für gewöhnlich klang, wenn er beim Tee scherzte.

„Wir haben Glück gehabt. Der Mafioso hat sich am Flughafen ein Taxi bestellen lassen, also haben wir das Hotel. Und zwei Streifenwagen, die uns hinfahren. Aber mir gefällt die Sache trotzdem nicht. Wenn Du recht hast..."

Er zögerte einen Augenblick.

„Nein, ich bin inzwischen überzeugt, dass deine Theorie stimmt. Aber das bedeutet: wir laufen praktisch ohne Unterstützung ins Fadenkreuz von verflucht gefährlichen Leuten. Menschen mit mehr als einem Dutzend Morden auf dem Kerbholz deinen Papieren zufolge."

Nicolas Hand glitt unter seine Jacke, und er zog ein vielleicht handtellergroßes Lederfutteral hervor. Ein Holster. Michelle konnte den Griff des Revolvers deutlich erkennen, genau wie die kleinen Laschen, aus denen die Köpfe der Reservepatronen schauten. Ihr Herzschlag beschleunigte sich, wider ihren eigenen Willen.

„Nic, Du weißt genau, dass wir hier keine Zuständigkeit haben. Wir dürfen ja selbst im Büro keine Waffen..."

Er schüttelte den Kopf, und mehr als seine Augen verriet ihr seine Reaktion, wie ernst ihm die Sache war.

„Mädchen, es gibt andere Jobs. Aber ich hab deinem Vater versprochen, dass ich auf dich aufpasse. Wenn wir auch nur ein bisschen Glück haben, werden wir keine Waffen brauchen. Aber nur für den Fall, dass..."

Er wandte den Blick ab, und es kam Michelle so vor, als wenn seine Hand auf einmal fester zudrückte.

„Bleib am Leben, Mädchen."

Mit diesen Worten schob der Engländer ihr die Waffe in den Schoß und verließ den Wagen. Michelle überprüfte die Waffe, befestigte das Holster sorgfältig an ihrem Gürtel und schloss die Jacke, um ganz sicher zu gehen, dass die Waffe verborgen war. Sie verharrte noch einen Augenblick, dachte über die Worte ihres Freundes nach, lauschte ihrem klopfenden Herzen. Sie unterdrückte den Impuls, einfach nach Hause zu fahren. Das hier war keine Zeit für Panik, keine Zeit zu kneifen. Sie war ganz nah dran, an dem einen großen Fang. Und das hier war ja schließlich, was sie gewollt hatte.

Durchatmen und los.

Sie folgte Nicolas um den erdrückend grauen Betonbau herum zur Fahrbereitschaft, wo zwei Streifenwagen auf sie warteten. Der Fahrer des hinteren Wagens winkte Nicolas zu sich heran, was Michelle das vordere Fahrzeug zuwies. In dem saßen allerdings bereits zwei Streifenpolizisten in Uniform, die ihr nicht ohne Schadenfreude die Rückbank überließen, welche normalerweise Verdächtigen vorbehalten war.

Michelle hätte das für gewöhnlich erbost, aber ein bisschen territorial wurde jede Polizeibehörde, wenn sie das Gefühl hatte, jemand anderes machte sich in ihrem Revier wichtig. Und Michelle selbst hatte im Augenblick genug andere Dinge im Kopf, während Jagdfieber und Sorge um ihre Aufmerksamkeit rangen.

*

Der Mann klappte das Mobiltelefon zu. Seine Finger schlossen sich um den kleinen Apparat und pressten zu, bis das Plastik knirschte. Er musste zwei, drei Mal blinzeln, um die Flammen zurückzudrängen, die in Momenten wie diesen drohten, sein Blickfeld zu verschlingen. Nein, nein, nein. Es konnte nicht sein, durfte nicht sein.

Die Polizei. Auf dem Weg hierher. Zum Hotel. Sie kamen in diesem Augenblick hierher. Und sie suchten nach ihm. Das war nicht möglich, sollte nicht möglich sein. Er war doch viel zu gut in dem, was er tat, um jemals verfolgt zu werden. Zu gut, als dass man jemals auch nur nach ihm suchen sollte. Er war der Magier, und die nichtsahnende Welt nicht mehr als ein gedankenloses Publikum. Sie sollten ihn nicht erkennen können, niemals hinter den Vorhang sehen.

Aber er musste der Realität ins Auge sehen. Josh mochte ihn gewarnt haben, vielleicht sogar rechtzeitig, aber das änderte im Grunde nichts. Er wurde verfolgt. Sie kamen, kamen, um ihn zu holen. Nach Jahren in diesem Geschäft zum ersten Mal.

„Alles in Ordnung?"

Die Stimme seiner Schwester holte ihn in die Realität zurück, heraus aus dem hypnotischen Sog dieser Worte. Vielleicht hätte er in diesem Augenblick so etwas wie Dankbarkeit empfinden sollen, aber derlei Gefühle waren dem Feuer schon lange anheim gefallen – und ohnehin hätten die Worte der Sterblichen dem, was er für die junge Frau empfand, nur gespottet. Doch dieser Gedanke half ihm. Sein Hirn begann wieder zu arbeiten, und er gab sich dem unendlichen Strom von Möglichkeiten und Entscheidungen hin. Er spürte, wie das Gefühl in seine Finger zurückkehrte, und wie die Taubheit wich, so kam die Macht, die Kontrolle zurück. Er war seiner Kräfte nicht beraubt, im Gegenteil. Vielleicht gab es nun endlich einen würdigeren Gegner, gegen den er spielen konnte. Einen, der sein Genie tatsächlich erkannte. Die Flammen loderten erneut auf, aber diesmal war es anders, diesmal war es Vorfreude und eifrige Erwartung, die den Zunder boten. Er konnte förmlich spüren, wie sich seine Finger um die Zügel schlossen.

„Polizei auf dem Weg. Wir brechen ab."

Er warf seiner Schwester einen Blick zu, für ein Paar Sekunden nur. Sah, wie sich hinter ihren Augen dieselbe Entwicklung abspielte wie hinter seinen. Die Winkel ihres Mundes verzogen sich unmerklich, gaben ihrem Gesicht etwas Wölfisches. Sie nickte ihm zu. Eine winzige Geste nur, aber alles, was sie sagen musste.

„Wir brechen die Mission ab?"

Es war nicht mehr wie am Anfang, wo er sich jedes Mal hatte beherrschen müssen, um dem japanischen Mädchen nicht etwas anzutun, wenn sie das Magische in der geschwisterlichen Zweisamkeit auf so profane Weise störte. Natsuki war ihnen eine gelehrige Schülerin gewesen, sie machte ihre Sache gut, hatte mehr als einmal ihr Talent bewiesen. Aber im Augenblick brauchten sie Gehorsam mehr als Gelehrigkeit. Er bedachte sie lediglich mit einem kurzen Kopfschütteln, schon halb auf dem Weg zum Tisch.

„Wir brechen unsere Zelte ab. Ist alles vorbereitet, damit wir sie im Notfall verfolgen können?"

Er konnte sehen, dass die Japanerin Angst hatte. Aber er konnte auch die Entschlossenheit in ihrem Blick fassen, wenn sie dem seinen begegnete. Keine Schülerin, eine Akolythin. Sie hatte sich damit abgefunden, dass ihr Schicksal mit dem der Geschwister verbunden war. Eine Loyalität, wie sie nur gemeinsam vergossenes Blut herauf beschwören konnte. Das sprichwörtliche Blut, dessen Bedeutung heutzutage längst pervertiert worden war.

„Wenn wir Glück haben schon. Ist nicht darauf ausgelegt, eine Abreise zu überstehen, aber mit ein bisschen..."

Er ignorierte alles Weitere. Das war im Augenblick gut genug, sie hatten andere Prioritäten. Seine Finger flogen über den Tisch, klappten Laptops zu und sammelten Dinge auf. Legten die Holster mit den Pistolen an, eins nach dem andern. An der Hüfte, unter der Schulter, auf dem Rücken.

In die beiden Frauen war unterdessen dieselbe Geschäftigkeit gefahren. Mit hundertfach vorbereiteter Präzision verschwand das Chaos aus dem Raum. Allein diese Effektivität bereitete ihm eine gewisse Freude, trotz der Umstände.

„Schminke?"

Das war seine Schwester, die im Bad das Sortiment zusammenscharrte. Es wäre wünschenswert gewesen, wenn sie die Verkleidungen anlegen könnten, mit denen sie eingecheckt hatten, aber die Zeit hatten sie nun einmal nicht. Also blieb ihm nichts übrig als zu verneinen.

„Keine Zeit dafür, die Polizei ist auf dem Weg. Wir räumen unten von Hand auf. Kahlschlag, bis dahin Mützen und Hüte."

Er schloss den Reißverschluss der letzten Tasche und griff nach seinem Mantel. Für einen Augenblick wünschte er sich, sie hätten die ballistischen Westen und das schwere Gerät. Aber natürlich gab es da gewisse Konzessionen, die man an das Leben im Hotel machen musste. Und es war auch nicht gerade optimal, Sturmgewehre auf dem Parkplatz zu lagern. Und überhaupt, noch stand die Polizei ja nicht auf dem Parkplatz.

Er schlüpfte in den Mantel, sorgte dafür, dass sein Haar im Kragen verschwand und zog sich den Hut auf den Kopf. Die Sporttasche schwang er sich über die linke Schulter. Besser, die rechte Hand im Augenblick frei zu behalten.

„Sind wir so weit?"

Die beiden Frauen nickten, und sie verließen den Raum. Der Abschied erfüllte ihn mit einer gewissen Melancholie. Das Hotel war schön, eindrucksvoll. Es missfiel ihm, wie es jedem Künstler missfallen würde, respektable Kunst zu zerstören. Denn wenn sie hier fertig waren, dann würde das Hotel eine ganze Weile lang geschlossen bleiben. Es wäre ihm ja lieber gewesen, wenn sich das hätte vermeiden lassen, aber sie hatten nicht die Zeit, um wie gewöhnlich hinter sich sauber zu machen. Er zog zwei runde, faustgroße Gegenstände aus der umgehängten Tasche. Weißer Phosphor gemischt mit Kautschuk brannte bei etwa eintausenddreihundert Grad Celsius, heiß genug, um jedes Haar, jede Hautschuppe und jeden Fingerabdruck zu zerstören. Die Batterie aus dem Feuermelder war bereits entfernt, und seine Schwester legte in diesem Augenblick die jungfräulichen, jedoch vollkommen durchnässten Hotelhandtücher aus, um die Türschlitze zu versiegeln. Der Rauch würde erst bemerkt werden, wenn das Feuer sich durch die Tür oder eine der Zwischendecken gefressen hatte. Das würde unweigerlich passieren, aber insbesondere dank der selbstgebauten Zünder würde das eine Weile dauern. Zwei leichte Klicks und die Zünder waren scharf, die Bomben rollten hinein, eine ins Bad und eine unter das Bett. Kahlschlag.

Augenblicke später standen sie im Fahrstuhl. Seine Schwester trug einen Hut wie er, Natsuki hatte sich für Kapuzenpullover und

Schirmmütze entschieden. Keiner von ihnen blickte zu der Kamera im Fahrstuhl hinauf, keiner sprach ein Wort. Seine Linke hielt den Taschengurt, seine Rechte strich beinah sanft über den einzelnen Knopf, der den Mantel hielt. Nur eine einzige, kurze Bewegung, um den Mantel zu lösen, um an das zu gelangen, was darunter in den Holstern wartete. Für einen Augenblick hielt er die Luft an, bis sich die Türen des Fahrstuhls zur Lobby hin öffneten. Leer, Glück gehabt. Nur eine Frau hinter dem Empfangsschalter, Mitte vierzig, blond, leichtes Übergewicht, auf den ersten Blick. Für die war das Ganze natürlich weniger Glück. Zumal weder er, noch die beiden Frauen irgendwelche Schminke trugen.

„Empfangsdame, Kamerabänder?"

Das war seine Schwester. Sie wusste genauso gut wie er, was getan werden musste. Also entgegnete er nur ein Wort.

„Kahlschlag."

Er drehte sich nicht zur Seite, im Gegenteil. Er genoss den Augenblick, die Süße drohenden Unheils, die in der Luft lag. Den Weg zum Ausgang überschritt er mit geschlossenen Augen, lauschte nur auf die Geschehnisse. Es dauerte vielleicht zwei Sekunden, bis er die Schritte seiner Schwester heraushören konnte, fünf weitere, bis der interessante Teil begann.

„Ich nehme an, Sie möchten aus-check..."

Der typische, gelangweilte, profane, gekünstelt freundliche Geschäftston wurde mehrere Oktaven höher. Zwei scharfe, harte Misstöne peitschten durch die Lobby, der Schalldämpfer auf diese Distanz machtlos gegen die Gewalt selbst einer kleinkalibrigen Feuerwaffe. Kein besonders poetisches Ende, aber sie hatten ja nicht den ganzen Tag Zeit. Als der Körper zu Boden stürzte, als seine Schwester einen weiteren Brandsatz in den angrenzenden Sicherheitsraum schleuderte, hörte der Mann schon gar nicht mehr hin. Stattdessen konzentrierte er sich wieder auf die Drehtür, auf den Parkplatz vor ihnen.

Sie kamen bis zur Hälfte des Weges, bis in Sichtweite ihres SUVs, bevor die Polizei eintraf. Zwei Streifenwagen, ohne Blaulicht, ohne besondere Eile. In einem klareren Moment wäre ihm vielleicht aufgegangen, dass an diesem Bild etwas nicht stimmte. Selbst jetzt nagte etwas an seinem Bewusstsein, aber der Kitzel des Gejagtwerdens hatte ihn schon viel zu sehr gepackt. Das Feuer loderte auf, verschlang seinen Geist vollends.

Er drehte sich einmal auf dem Absatz herum, ging ein paar Schritte rückwärts, während die Polizeifahrzeuge im Hintergrund näherkamen. Für ein paar Herzschläge unterdrückte er die Flammen, die in seinem Hirn brüllten, um Blicke mit seinen beiden Begleiterinnen auszutauschen, sich ihrer Entschlossenheit zu versichern. Dann ließ er die Tasche von der Schulter gleiten, und seine Rechte löste den Knopf des Mantels. Seine Hand glitt an die Hüfte.

„Kahlschlag."

*

Michelle hasste die harte, unbequeme Rückbank, das beinah endlose Straßengewirr der Holländer, die beiden schwatzenden Polizisten und ihre gutturale, bastardierte Sprache. Und obwohl noch immer Eis in den Grachten schwamm, war es hier im versiegelten Gefangenen-Abteil stickig. Immerhin, die Glaspyramide, die vor ihr in den Himmel ragte, war durchaus beeindruckend. Aber von ihrer Position aus musste sie sich natürlich den Hals verrenken, um mehr als das Erdgeschoss zu erkennen. Ansonsten erkannte sie nur einen endlosen Parkplatz mit vielleicht einem halben Dutzend Autos und ein Paar Gäste mit Taschen unter dem Arm.

Sie erwog gerade, den Fahrer zur Eile anzutreiben, der mit quälender Langsamkeit dem Hotel entgegen rollte, als etwas ihre Aufmerksamkeit erregte. In gespenstischer Geräuschlosigkeit zuckte eine grelle Lanze durch die Lobby. Eins nach dem anderen färbten sich die Fenstersegmente in feurigem Orange.

„Los, los, los, Mann!"

Mit der linken drosch Michelle gegen das Panzerglas, das sie vom Fahrerabteil trennte. Ihre Augen hingen unterdessen wie gebannt auf dem Feuer, das in dem Hotel ausgebrochen war. Bis ein scharfes Knacken ihre Aufmerksamkeit erzwang. Direkt unter ihrer Hand entstand eine Blume aus Rissen, die sich langsam konzentrisch ausbreitete.

Langsam.

Die ganze Welt wurde langsam. Sie wunderte sich schon ein bisschen, dass sie mit der flachen Hand solchen Schaden anrichten konnte. Es dauerte eine gefühlte Ewigkeit, bis ihr Hirn den kleinen, bronzefarbenen Gegenstand registrierte, der im Zentrum der Risse steckte. Und das Loch, das in gerader Linie in der Frontscheibe prangte. Und den Mann mit dem langen schwarzen Mantel, der seine Pistole auf den Polizeiwagen gerichtet hatte. Und die beiden Gestalten hinter ihm, die soeben ihr Gepäck fallen ließen und Waffen hervorzogen.

Ein weiteres Knacken, eine weitere Blume, deren zackige Tentakel in die der ersten hineingriffen. Aber diese Blume war rot. Und jetzt konnte sie den Fahrer schreien hören, konnte sehen, wie er die Linke gegen seine Schulter presste.

Ein Herzschlag verging, und es hagelte Blei.

Ein wahres Beet aus Blumen breitete sich vor ihr aus. Mehr aus Reflex denn auf einen klaren Gedanken hin, warf Michelle sich zur Seite und rutschte in den Fußraum. Gut möglich, dass sie nur deshalb am Leben blieb. Ein Schauer von Glas ging auf ihren Rücken und die schützend erhobenen Hände nieder. Und der Schall drang mit aller Gewalt in das Gefangenenabteil hinein. Ein Stakkato verschiedener Waffen, die unablässig Feuer und Blei spien. Splitterndes Panzerglas und das Kreischen von reißendem Blech. Und die Schreie.

In Anbetracht ihrer vollkommen überforderten Ohren hätte Michelle nicht einmal sagen können, ob das Schmerzensschreie waren, oder ob die Polizisten sich in ihrer merkwürdigen Sprache Befehle zuriefen.

Sie wusste im Augenblick nur eines. Das hätte so nicht laufen sollen. Sie hatte Angst. Panische Angst. Angst um Nicolas. Angst um ihr nacktes Leben.

Sie musste hier heraus, jetzt sofort. Gut möglich, dass es irrational war, aber sie konnte es in dem bisschen, was von dem Polizeiwagen noch übrig war, keine Sekunde mehr aushalten. Sie musste nur weg von hier.

Mit wachsender Verzweiflung tasteten ihre Hände an der Tür herum, aber da war natürlich kein Griff, nicht auf der Innenseite an der Gefangenen-Bank.

Gefangen.

Sie war gefangen, in dieser winzigen Hölle aus Blech, Glas und Kugeln. Vollkommen vergessen. Michelle konnte hören, kristallklar durch all den Lärm hindurch, wie die Beifahrertür geöffnet wurde, gar nicht weit von ihrem Kopf entfernt. Vielleicht zum Greifen nah. Sie brüllte, auf Französisch, auf Englisch und ohne jeden Erfolg. Die Polizisten hatten sie schlicht und einfach vergessen, vielleicht waren sie auch einfach tot. Es machte keinen Unterschied. Sie musste hier raus und weg.

*

Nicolas' Gedanken rasten. Und er hatte nicht die geringste Vorstellung, wie er in diese Situation hatte geraten können. Er war schon wieder halb zurück in Afrika. Hatte er sich nicht extra den langweiligsten Bürojob in ganz Europa ausgesucht, um nie wieder in so eine Lage zu geraten? Er hatte ganz vom verfluchten Anfang an gewusst, dass Michelles Vorhaben dumm gewesen war. Dumm, dumm, dumm.

Michelle.

Er wusste nicht einmal, ob die Frau noch lebte, aber er musste sich zusammen reißen. Um ihrer Willen. Er hatte es geschworen.

Vorsichtig, die Rechte nach wie vor den Griff seines Revolvers umklammernd, hob er erneut die Glasscherbe und riskierte einen Blick über die Kühlerhaube des Streifenwagens. Das Auto, in dem er gesessen hatte, stand ein paar Meter hinter dem ersten, aufgrund der Zufahrt ein wenig schräg versetzt – ein Umstand, der Nicolas vermutlich das Leben gerettet hatte, denn so hatte die Fahrerseite die meisten Kugeln abbekommen. Von den holländischen Polizisten durfte er freilich keine Hilfe erwarten. Der Fahrer seines Wagens war so dumm gewesen, nach dem Anhalten sofort mit gezogener Waffe aufzuspringen.

Wenn Nicolas unter dem Wagen durchschaute, konnte er den leblosen Körper des Mannes noch immer erkennen. Der Fahrer des vorderen Streifenwagens war nicht zu sehen, sein Beifahrer kroch soeben aus dem Fahrzeug. Nicolas konnte sehen, dass der Mann am Arm blutete und keine Anstalten machte, irgendwelche Gegenwehr zu leisten. Der britische Agent schaute weg, bevor die um den Polizisten herum einschlagenden Kugeln den Körper erreichten. Von Michelle war noch immer nichts zu sehen. Mit ein bisschen Glück hatte sie sich auf den Autoboden geworfen und war unverletzt. Oder zumindest noch am Leben.

Er musste sich auf die Gegner konzentrieren. Die Feinde. Drei Schützen, so, wie Nicolas das sehen konnte, und mindestens fünf halbautomatische Waffen. Er konnte nicht erkennen, ob sie Westen trugen, aber immerhin nur Pistolen.

Dennoch. Drei Ziele. Er hatte sechs Kugeln in seinem Revolver, zwei pro Feind. Aber auf die achtzehn oder zwanzig Meter Entfernung hätte selbst ein hervorragender Schütze seine liebe Mühe gehabt, ein Ziel präzise zu treffen. Das war zugleich Segen und Fluch – einerseits traf nur vielleicht eine aus fünfzehn oder zwanzig Kugeln, die auf die Polizisten abgefeuert wurden, Fleisch – andererseits bedeutete das aber auch, dass Nicolas sich mit dem, was er hatte, nicht auf ein Feuergefecht einlassen durfte. Selbst wenn sich in seinem Innern alles danach sehnte, etwas zu unternehmen. Etwas zu tun und nicht einfach nur abzuwarten. Aber das war sein altes Ich. Deswegen waren schon einmal Menschen ums Leben gekommen. Nicht nochmal, nicht Michelle. Dieser Teil von ihm war in Afrika geblieben. Er musste sich sicher sein, wenn er handelte. Ganz sicher.

Aber als wenn seine Gebete erhört worden wären, endete der Feuerhagel so abrupt, wie er begonnen hatte. Die Waffen schwiegen.

Ein schneller Blick in die Scherbe, die er als Spiegel benutzte, bestätigte ihm, was er vermutet hatte – den Schützen war schlicht und einfach die Munition ausgegangen. Und die beiden Frauen bewegten sich, die schweren Taschen auf den Schultern. Das war gut. Der Mann freilich, der, welcher das Feuer eröffnet hatte, las die fallengelassenen Magazine auf und kam dann näher, während er ungerührt seine eigene Pistole nachlud. Und das war verflucht noch mal schlecht.

Wenn Michelle noch lebte – und da war Nicolas sich sicher – sie musste einfach – beinah konnte er sie um Hilfe schreien hören, dann würde der Mann in dem schwarzen Mantel ihr ganz sicher etwas antun. Nicolas musste handeln. Die beiden Frauen waren weit genug entfernt, also für den Moment nur ein Gegner, keine drei.

Er setzte sich in Bewegung. Wenigstens das hatte er nicht verlernt. Eine schnelle Rolle trug ihn von einem Streifenwagen zum Heck des anderen. Er atmete durch. Einmal, zweimal. Sein Daumen spannte instinktiv den Hahn seines Revolvers. Mit einer fließenden Bewegung tauchte er hinter dem Wagenheck auf und legte die Waffe an.

„Waffe fallen lassen, Hände hoch!"

Er unterdrückte den Reflex, den Mann ganz einfach über den Haufen zu schießen. Das war nicht mehr er. Und abgesehen davon, er wusste nicht, wer diese Leute waren, durfte die Waffe eigentlich nicht tragen. Und sein Ziel war immer noch zu weit entfernt. Und er wollte nie wieder töten.

Einen Schritt nach vorn, zwei weg von dem Wagen. Wenn Michelle noch darin war, durfte er nicht riskieren, dass ein Querschläger das Auto traf. Augen nach vorn.

Der Mann in Schwarz ließ sowohl die Pistole als auch das Magazin auf den Boden fallen und verharrte in der Bewegung.

„Hände hoch! Fünf Schritte zurück!"

Nicolas spürte überdeutlich, wie ihm der Schweiß die kahle Stirn hinabrann. Da war das Rufen wieder. Fern, gedämpft. Er war sich nicht sicher, ob er sich Michelles panische Stimme nur einbildete. Aber er durfte nicht zum Wagen. Er musste die beiden Frauen im Auge behalten, die inzwischen in einiger Entfernung ebenfalls innegehalten hatten. Und den Mann vor ihm. Den Mann, der sich immer noch nicht gerührt hatte.

„Hände hoch, verdammt noch mal!"

Er wechselte ins Französische, nachdem das Englische ja nicht gefruchtet hatte. Ihm wurde bewusst, dass er vermutlich brüllte – nach dem Lärm der Schießerei war er so gut wie taub, und da er keine Ohrenschützer erkennen konnte, erging es den anderen vermutlich ähnlich – vielleicht auch noch schlimmer, die meisten Menschen hatten nicht Jahre Zeit gehabt, sich an solchen Krach zu gewöhnen.

Dennoch, bestimmte Gesten sollten ja wohl universell sein. Einen Schritt näher an den Mann heran. Seitenblick auf die beiden Frauen. Und der Kerl in Schwarz setzte sich ganz langsam in Bewegung. Für einen Sekundenbruchteil bildete Nicolas sich ein, dass der Typ lächelte oder grinste. Aber immerhin, er bewegte sich. Langsam, ganz langsam bewegte sich seine Linke nach oben. Wanderte an den Hut. Die rechte Hand verharrte derweil auf Hüfthöhe. Nicolas konnte ein leeres Hüftholster erkennen, als der andere seinen Mantel zurückschlug. Ein Faden Schweiß rann Nicolas ins Auge, aber er traute sich nicht zu blinzeln. Und mit wachsender Verwirrung beobachtete der Brite, wie der Mann, auf den seine Waffe gerichtet war, sich verbeugte und den Hut zog.

*

Der Mann zitterte am ganzen Körper. So stark, dass er seine liebe Mühe hatte, auf den Beinen zu bleiben. Es war beileibe nicht das erste Mal, dass er sich in Gefahr befand. Nicht das erste Mal, dass er unter Menschen war, die ihn gerne tot sehen würden. In die Mündungen von Feuerwaffen schaute er nicht ganz so oft, aber das war nicht, was ihm derart in die Knochen gefahren war.

Er hatte die Kontrolle verloren. Das Feuer hatte ihn ganz und gar verschlungen, wenigstens für einige Momente. Hatte ihn besiegt. Hatte ihm den Verstand geraubt. Selbst jetzt zerrten die Flammen an seinem Geist, zuckten wieder und wieder durch sein Blickfeld.

Aber er war noch nicht am Ende. Er hatte sich die Kontrolle rechtzeitig zurück erkämpft. Vielleicht. Für einen Augenblick verdeckte ihm der herunter gezogene Hut den Blick auf seinen Feind. Er konnte spüren, wie die Finger seiner rechten Hand unter dem Mantel ganz langsam den Griff ertasteten. Quer über dem Rücken war ein seltsamer Ort für ein Holster, aber gerade das war ein Vorteil. Die wenigsten Menschen achteten darauf oder erwarteten soweit oberhalb des Hosenbundes eine Waffe vorzufinden. Und im Augenblick hätte die Hölle selbst ihm kein größeres Geschenk machen können.

Sein Hut verdeckte inzwischen seine Schulter und damit die Bewegungen seines Arms. Der Glatzkopf hatte noch nicht geschossen. Blickte immer wieder zur Seite. Das war gut. Immer noch eine Herausforderung, aber durchaus machbar. Seine Finger schlossen sich um den Griff seiner Pistole. Er glaubte, selbst durch den Handschuh hindurch das gemaserte Gummi des Griffs der schweren amerikanischen Pistole zu spüren.

Seine Augen verengten sich. Sein Daumen löste den Knopf, der die Waffe hielt. Und in genau diesem Moment wusste er, dass er es schaffen konnte. Würde. Sein Körper hörte auf zu zittern.

Kalte, berechnende Ruhe erfüllte seinen Körper. Der Mann spannte sich an, wartete darauf, dass sein Gegner ein weiteres Mal blinzelte, zur Seite schaute. Der Moment kam.

Eine kraftvolle Bewegung des linken Arms schleuderte den Hut zur Seite, um eine Ablenkung zu kreieren. Im selben Augenblick ließ er sich selbst in die andere Richtung auf ein Knie fallen.

Seine Waffenhand stieß nach vorn. Der erste Schuss fiel, noch während er die Pistole an die Hüfte führte.

*

Michelle hatte aufgehört zu brüllen. Sie kauerte noch immer im Fußraum, lugte über den Rand der Wagentür hinweg. Sie hätte nicht beschreiben können, wie dankbar sie Nicolas in diesem Augenblick war.

Er stand direkt vor ihr, vielleicht drei Meter entfernt. Breitbeinig, die Waffe erhoben, das Gesicht eine Maske der Konzentration. Sie hielt den Atem an. Ihr schwindelte, ihr war übel. Sie hatte noch immer panische Angst. Und auch wenn sie blind darauf vertraute, dass Nicolas die Situation unter Kontrolle hatte - alles, was sie in diesem Augenblick tun konnte, hätte ihn höchstens abgelenkt. Sie konnte im Augenblick nichts tun als abzuwarten. So viel, wie hier geschossen worden war, würde ja wohl bald mehr Polizei auftauchen. Nicolas musste die Bande nur so lange in Schach halten und...

Der erste Schuss fiel.

Eine Erschütterung ging durch den Körper des Briten. Er taumelte einen halben Schritt zurück. Michelle konnte eine Wolke feinen, roten Nebels erkennen, die hinten aus seiner Hüfte herausquoll. Der Brite feuerte fast gleichzeitig, vielleicht einen Sekundenbruchteil später.

Der zweite Schuss.

Funken stoben unweit von Michelles Kopf auf, wo die Kugel ins Heck des Wagens eindrang. Sie registrierte es nicht einmal, ihre Augen gebannt auf den schwankenden Körper ihres ältesten Freundes gerichtet.

Der dritte Schuss.

Eine Fahne von Blut schoss hervor, als das Projektil Nicolas' linke Schulter durchschlug. Der Revolver entglitt seinem Griff, und die Wucht des Einschlags drehte ihn, ließ ihn in die Knie fallen. Sie sahen sich direkt an. Michelle war sich ganz sicher, dass der Brite sie sah, ihr direkt in die Augen sah. Ein, zwei Kugeln segelten vorbei, ohne dass die französische Agentin ihrer gewahr wurde. Das war alles ihre Schuld. Sie hatte hierher gewollt. Sie hatte Nicolas dazu gedrängt, hierher zu kommen. Aber da war keine Anklage im Blick des Briten. Nur... nur...

Die Sekunde hatte sich schier endlos, bis zum Zerreißen gedehnt, und der sechste Schuss durchbrach den Bann.

Die Kugel drang seitlich in Nicolas' Schädel ein. Löschte aus, was noch an Leben in dem Körper war. Schleuderte Kopf und Torso puppengleich in einer Kaskade aus Blut zu Boden, gnädigerweise aus Michelles Blickfeld heraus.

Sie drosch mit wachsender, ohnmächtiger Verzweiflung gegen die Autotür. Es war zwecklos. Es war alles zwecklos. Sie drehte den Blick nach links, wo die Schüsse her gekommen waren.

Sah einen hochgewachsenen Mann, dem das lange, pechschwarze Haar von den Schultern fiel. Der soeben seinen Hut aufklaubte, die rauchende Waffe in der Hand. Der lachte. Hoch und hohl und irre.

Schleichende Gespenster
(Matthias M. Schönberg)

Um die
so Eiligen und Heiligen,
um die ganz Harten und Vernarrten,
um die Gierigen und Schwierigen,

um die Traurigen und Schaurigen,
um Egoisten, Moralisten,
Eskapisten...

und immer diese Einsamkeit,
Verzweiflung oft,
die Gespenster üppig nährt.

Umland von Groningen, Niederlande. 13. Februar, 13:29 p.m.

Auf der Terrasse des kleinen Imbisses war es bitterkalt und windig. Und Lorenzo hatte sich auch mehr als deutlich dagegen ausgesprochen, sich im Freien zu bewegen. Aber Samuele Basini hätte die Wärme im völlig überheizten Inneren gegenwärtig nicht ertragen. Er war zu verwirrt, zu aufgewühlt. Und er konnte die Hitze des Feuers noch immer auf seinem Gesicht spüren. Des Feuers, das ihm beinahe seine Familie geraubt hätte. Der ganze Urlaub hatte so gut angefangen, und für ein paar Tage hatte er sich tatsächlich entspannt. Und dann war er von Schüssen geweckt worden. Es kam ja bei dem, was er tat, schon gelegentlich dazu, dass Schüsse abgefeuert wurden. Aber er konnte sich nicht erinnern, jemals eine derartige Schießerei erlebt zu haben – zumindest außerhalb eines Hollywoodfilms.

Doch die Schüsse an sich waren nicht das Schlimmste. Auch nicht, dass er fast seine Familie ans Feuer verloren hätte. Dass sie sich mit wenig mehr als der Kleidung am Leib aus der Hintertür hatten stehlen müssen – bei seinem Ruf und seiner behördlichen Bekanntheit konnte er es sich nicht erlauben, am Tatort eines solchen Verbrechens angetroffen zu werden. Das verstand Sofia, und die kleine Alessia würde es bei Zeiten auch verstehen. Vor allen Dingen ... er selbst verstand das. So lief die Welt nun einmal.

Aber was er nicht wusste, was er nicht verstand, war, wem das Feuer und die Schießerei eigentlich gegolten hatten. Für gewöhnlich reichte es dort, wo er herkam, völlig aus, wenn man nachsah, wo die Einschusslöcher waren, und man wusste sofort, wer geschossen hatte, auf wen und warum. Eine einfache Realität. Eine Realität, in der niemand auf Polizeiautos schoss oder Ferienhotels niederbrannte.

Hier war das weniger einfach. Oder vielleicht auch nicht. Denn es war ja nicht so, als hätte es viele Gäste in dem Hotel gegeben.

Und schon gar nicht einen Gast, dem er derartig gewaltbereite Feinde zugetraut hätte. Niemand, außer ihm selbst.

Was bedeutete, dass er dem Tod vielleicht näher gewesen war als gedacht. Und wichtiger noch: wegen dem, was er oder sein Vater getan hatten, hätte man beinah seine Frau und seine kleine Tochter ermordet.

Das erfüllte Samuele mit tiefer, kalter Wut. Mit unbändigem Hass auf Meuchler, die es in Kauf genommen hätten, ein kleines, süßes, unschuldiges Kind zu verbrennen. Er wünschte sich dringend, dass er und Lorenzo bewaffnet gewesen wären.

Aber mehr noch als Wut war da Verwirrung über das, was passiert war. Das hier war kein Attentat gewesen, wie er es kannte. Jemand mit der Feuerkraft, die es brauchte, um mehrere Polizeiautos zusammen zu schießen, hätte ihn und seine Familie jederzeit umbringen können. Da machte sich Samuele keinerlei Illusionen. Lorenzo mochte ein gefährlicher Mann sein, aber auch er konnte nicht wirklich viel tun. Zumal sie ja keine Waffen hatten.

Aber die Unbekannten, wer immer sie sein mochten, waren nicht in sein Hotelzimmer gestürmt, hatten ihn nicht über den Haufen geschossen. Und sie hatten das Feuer auch nicht vor seinem Hotelzimmer gestartet oder ihm eine Bombe ins Bett geworfen.

Am Ende ging es gar nicht um ihn. Möglich war es, auch wenn es ihn auf eine seltsam wahnsinnige Art kränken würde. Aber mal ehrlich, wie wahrscheinlich konnte es sein, dass jemand anderes, den zu töten sich lohnte, zur selben Zeit im selben Hotel abstieg – das hier war ja nicht gerade ein Hilton in New York oder dergleichen.

Jedoch half das Grübeln auch nicht. Er würde schon noch herausfinden, was hier vorgefallen war, wer diesen Anschlag zu verantworten hatte. Wenn er erst mal wieder zu Hause war, dann würde sich alles klären lassen. Wenn. Dahin zu kommen, war freilich im Augenblick nicht ganz so einfach. Als sie sich hinten aus dem Hotel abgesetzt hatten, war es ihnen nicht möglich gewesen, viel mitzunehmen, geschweige denn mit dem Mietwagen zu fahren. Sie waren mit kaum mehr als der eilig gegriffenen Kleidung am Leib vor den Flammen geflohen, über die Wiesen und dann mit dem Bus, soweit die Linie fuhr. Jetzt saßen sie hier, in irgendeinem kleinen Kaff, einem Vorort. Lorenzo telefonierte drinnen, versuchte jemanden in der Heimat zu erreichen.

Sofia tröstete nach besten Kräften die kleine Alessia.

Nur Samuele, der stand hier draußen und kochte in ohnmächtiger Wut, während ihm der kalte Wind um die Ohren pfiff.

*

Natsuki taten die Beine weh. Sie bewegte sich durchaus regelmäßig, trainierte sogar ein wenig, aber an längere Fußmärsche war sie wirklich nicht gewöhnt. Schon gar nicht in dieser Kälte. Immerhin hatten sie sich in einem Laden auf halbem Weg ein paar neue Jacken besorgt. Ihre alte Kleidung, die Hüte, das alles war in ihrem Fluchtwagen geblieben. Und der stand in einem verlassenen Gewächshaus in einem Industriegebiet, vielleicht ein oder zwei Kilometer entfernt. Zusammen mit dem letzten Brandsatz. Das Glashaus war beinah dicht zugewuchert, dazu stand es in einer praktisch verlassenen Nachbarschaft. Mit ein bisschen Glück wäre längst alles, was sie belasten könnte, verbrannt, bevor irgendjemand Rauch sah oder das Glas platzte.

Die Kehrseite war natürlich, dass sie nun eine nicht unbeträchtliche Strecke zu Fuß zurücklegen mussten, noch dazu mit schweren Taschen. Und die Stimmung war sowieso schon einigermaßen gereizt. Nun ja, so gereizt wie Schweigen sein konnte. Im Augenblick marschierten sie reichlich überladen durch die halbwegs verlassenen Straßen. Dem Stadtrand entgegen, dem vereinbarten Notfalltreffpunkt.

Aber mehr als der Umstand, vor wenigen Stunden in ein zugegebenermaßen einseitiges Feuergefecht verwickelt gewesen zu sein, beunruhigte Natsuki das Schweigen der beiden anderen. Das, was sie zum Schweigen veranlasst hatte. Natürlich hatte es niemand ausgesprochen, aber sie hatten es alle gespürt. Einen für ihre beiden Lehrmeister gänzlich uncharakteristischen Kontrollverlust. Sie hatte schon erlebt, dass Dinge nicht hundertprozentig nach Plan liefen, dass sie hatten improvisieren müssen. Aber sie waren noch nie so knapp an einem Desaster vorbei geschrammt. Hatten dem Ende noch nie so nah ins Antlitz gestarrt. Im Grunde war es ja alles recht glimpflich verlaufen, soweit sich das bisher sagen ließ. Was Natsuki dagegen nicht sagen konnte, das war, ob sie der Verhaftung oder Schlimmerem durch eigenes Können oder lediglich durch pures, zufälliges Glück entkommen waren.

Und sie glaubte wenigstens zu wissen, dass die anderen beiden sich mit derselben Frage beschäftigten. Der Frage, ob sie noch die Spieler waren, diejenigen, die das Geschehen lenkten. Oder ob sie die Kontrolle verloren hatten. Ob so eine Situation noch einmal eintreten würde ... und wenn ja, ob sie noch einmal soviel Glück haben könnten.

Auch wenn es sie schmerzte, kam sie doch nicht umhin, sich an die Schießerei zu erinnern. Es hatte im Grunde gar keinen Grund dafür gegeben, und auf einmal war die Gewalt losgebrochen, ohne jeden Anlass. Ohne jede Vorwarnung. Die Gewalt und das Gelächter. Hätte sie es nicht besser gewusst, in dem Augenblick hätte sie ihre Mittäter für komplett irrsinnig halten können.

„Was macht dein Farsi?"

Der Mann hatte das Schweigen ohne jede Vorwarnung gebrochen, und wenn er selbst sich die gleichen Sorgen machte, dann hatte sich nichts von dem inneren Zwist in seine Stimme geschlichen.

Es war gerade ein paar Monate her, dass er ihr aufgetragen hatte, zumindest die Grundlagen der persischen Sprache zu erlernen. Wegen der gestiegenen Nachfrage in dieser Region hatte er damals gesagt. Und Natsuki wollte sich nicht nachsagen lassen, dass sie keine gelehrige Studentin war.

„Als Muttersprachlerin werd' ich kaum durchgehen."

Er nickte, vermutlich von dieser Antwort zufrieden gestellt.

„Nimm ein paar von den sauberen Telefonen. Du musst ein paar Anrufe machen."

„Auf Persisch?"

Entgegen der Skepsis, die Natsuki der seltsamen Order gegenüber hegte, fühlte sie doch auch eine gewisse Zuversicht. Diese Art von Skepsis kannte sie. Diese Art von Zweifel ermutigten ihre Lehrer, und zugleich war sie doch meist unbegründet. Ja, ihr Meister schien wieder der zu sein, den sie kannte, dem zu folgen sie gewöhnt war.

„Unser Mafiakumpel muss weg von hier, und der wird sicher nicht mit dem Bus nach Italien fahren. Es gibt hier im erreichbaren Umkreis nur zwei, drei Flughäfen. Gib ein paar Bombendrohungen heraus, etwas Überzeugendes. Ein paar Korangebete, so was. Werde kreativ."

Natsuki machte sich keine Mühe, das Grinsen zu verbergen. Ganz gleich, was sie glaubte, gesehen zu haben, der Mann und die Frau, welche da vor ihr her marschierten, hatten sich völlig unter Kontrolle. Sie waren die Spieler. Sie stellten die Figuren auf, und sie würden ihnen auch beim Umfallen zusehen.

Natsuki zog das erste Mobiltelefon und den Reiseführer aus ihrer Umhängetasche und begann zu wählen.

*

Lindsay streckte sich und gähnte. Die Zeitschrift in ihrer Hand war schon vor Stunden uninteressant geworden, noch im Hotel. Die Sitze des Autos waren zwar einigermaßen bequem, aber das Innere des Wagens war langweilig. Furchtbar, furchtbar langweilig. Und das Innere des Parkhauses, in dem sie gegenwärtig versumpften, war sogar noch langweiliger, man stelle sich vor. Eine leere Parkebene, kein einziges verdammtes Auto, außer ihrem eigenen. Keine Menschen. Keine Gesichter. Im Hotel hatte es einen

Fernseher gegeben und ein Fenster. Und eine Lobby. Hunderte, Tausende von Gesichtern. Spiegel. Ihre Utensilien.

Aber nun war ihr Schminkzeug sicher verstaut im Kofferraum des Kleinbusses. Und ihre einzige Gesellschaft war der fette Junge. Mit einem ihrer anderen Freunde hätte sich die Zeit vielleicht noch ein wenig interessanter gestalten lassen. Die Japanerin, die beiden Geschwister mit den vielen Gesichtern. Sie waren interessant. Mit denen konnte sie sich wenigstens unterhalten. Der fette Junge sprach englisch, aber mit einem unglaublich breiten Akzent, den Lindsay kaum verstand. Und selbst wenn sie sich mit ihm hätte unterhalten können, für gewöhnlich war er fürchterlich langweilig. Keine Kreativität, kein einziger origineller Gedanke. Es stimmte schon, wie er hatte Lindsay selbst ihre Bestimmung durch die finsteren Geschwister gefunden. Aber das, was sie tat, war eine Kunst. Von Mal zu Mal, von Gesicht zu Gesicht, von Verwandlung zu Verwandlung, immer und immer wieder eine neue Herausforderung. Etwas, das Intelligenz und Begabung erforderte. Was der fette Junge tat, das war etwas anderes. Langeweile. Bildschirme, Kabel, Zahlen und Tasten. Vermutlich konnte jeder Affe diese Dinge tun, und der Dicke war eben einfach nur der Affe, den sie aus dem Zoo befreit hatten.

Und was noch schlimmer war, er war ganz offensichtlich in Sorge. In Panik. Und so schwer das vorstellbar war, die Angst machte ihn sogar noch langweiliger. Er hatte sie vollkommen überstürzt aus dem Hotel gescheucht, ohne einen Anflug von einer Erklärung, nur weil irgendeines seiner Spielzeuge etwas gesagt hatte. Absolut lächerlich natürlich. Das Ding spuckte in einer Tour Töne aus. Knirschen und verzerrte Stimmen in einer seltsamen gutturalen Sprache. Die Sprachen veränderten sich, je nachdem, in welchem Hotel sie abstiegen, aber der Klang war immer der gleiche. Selbst die Stimmen der Maschinen klangen gelangweilt. Darum so ein Aufhebens zu machen, das war kindisch. Natürlich mussten sie vorsichtig sein. Schließlich verstanden die meisten der Menschen ja nicht, was sie taten, oder warum. Die meisten Menschen würden ihnen nachstellen, würden versuchen, sie einzusperren.

Für einen Augenblick verlor Lindsay sich in Erinnerungen. Das passierte ihr immer wieder, obwohl es schon Jahre her war, seit sie die Freiheit erlangt hatte. Sie erinnerte sich nur allzu gut. Obwohl sie nun schon eine ganze Weile mit ihren neuen Gefährten durch die Welt reiste, hatte sie noch immer weit mehr Zeit in Gefangenschaft zugebracht. In eine winzige Zelle gepfercht, wieder und wieder vor Folterer und Verhörmeister geführt.

Betrachtete man es so, dann mochte es sein, dass ein bisschen Vorsicht nicht unbedingt schadete. Aber wenigstens einen Fernseher oder Laptop hätte er ja schon dalassen können, anstatt gleich alles wegzuschnüren.

Gerade jetzt wünschte sie sich eine Ablenkung mehr als alles andere, da die Erinnerung an ihre Gefangenschaft drohte, erneut an die Oberfläche zu brodeln. Wenigstens hatte der Fette aufgehört, im Kreis um das Auto herum zu tigern. Er hatte sich den Rucksack, ein hässliches Ding in Militärfarben, das bisher auf dem Beifahrersitz gewartet hatte, über die Schulter geworfen und entfernte sich. Erstaunlich, dass der wulstige Nacken und der verschwitzte Glatzkopf irgendwie interessanter waren als das Gesicht. Sofort setzte ihre Gabe ein. In dem verzweifelten Versuch, der Langeweile zu entkommen, begann sie, ein Gesicht auf seinem Hinterkopf zu erschaffen. Eine Aufgabe so schwer wie irrsinnig, aber nicht unmöglich. Nichts war unmöglich für sie. Und es wäre definitiv ein besseres Gesicht.

Sie erwog gerade, wie man wohl am besten Kontaktlinsen an den Fettwülsten befestigen konnte, als der Junge abrupt inne hielt. Und zu Lindsays Freude tauchten ein paar interessantere Gesichter auf. Schlechter angezogen als gewöhnlich und die Kapuzen tief in der Stirn, aber unverkennbar ihre Gefährten.

*

Natsuki war durstig, sie hatte Kopfschmerzen, ihre Beine schmerzten grauenhaft, ihre Füße fühlte sie selbst in den bequemen Turnschuhen praktisch überhaupt nicht mehr. Dennoch kostete es sie nicht mehr als einen Sekundenbruchteil, um die Situation zu erfassen. Zugegebenermaßen, so schwer war der gepackte Rucksack ja nicht zu deuten. Natsuki bezweifelte doch stark, dass der Junge in diesem Aufzug nach ihnen suchen wollte.

Sie war sich nicht sicher, ob es sie persönlich beleidigte, dass Joshua schon auf halbem Wege zur Tür hinaus war. Natürlich konnte die Funkstille, auf die sie sich geeinigt hatten, an den Nerven zerren, und so gut der Norweger mit Computern war, so schwach waren seine Nerven. Aber mehr als drei oder vier Stunden Loyalität durfte man ja wohl erwarten, oder nicht? Natürlich waren die Gefühle zwischen ihnen vollkommen einseitig, natürlich hatte sie nicht das Geringste für Joshua übrig. Aber dennoch, sie kam nicht umhin, einen gewissen Stich zu fühlen bei der Erkenntnis, dass sie dem anderen offenbar genauso wenig bedeutete.

Ihr Körper unterdessen, mochte er auch nicht an längere Fußmärsche gewöhnt sein, reagierte doch ihrer ganz eigenen Art des Trainings entsprechend. Fast unmerklich suchten ihre Füße den festen Stand, ihre rechte Hand wanderte den Gürtel entlang auf ihren Rücken. Sie spürte das Gummi des Pistolengriffs unter ihren Fingerspitzen.

Einzig ein Seitenblick auf die Geschwister hielt Natsuki davon ab, die Waffe unmittelbar ins Spiel zu bringen. Obgleich sie gelernt hatte zu erkennen, wenn seine Schwester ihre Wut verbarg, schien ihr Meister doch die Ruhe selbst zu sein. Selbst seine Stimme hatte nichts von der unbestimmten Wärme verloren, mit der er die meisten Menschen ansprach.

„Joshua."

Ein bisschen bewunderte Natsuki es, dass der Mann es trotz allem schaffte, bedrohlich zu wirken. Eines der Dinge, die sie sich selbst noch abschauen musste. Und darüber nachzudenken, half den Impuls zu unterdrücken, den fettleibigen Computerexperten ohne Umschweife über den Haufen zu schießen. Oder zumindest in eine der Kniescheiben.

„Ihr seid zurück! Euch ist nichts passiert... Ich bin so froh, dass..."

Joshua fing an zu stottern, wie üblich, wenn er nervös war. Unterdessen fiel ihm die Meisterin ins Wort, noch bevor Natsuki es konnte.

„Sind die Taschen gepackt? Steht der Wagen bereit?"

Zu Natsukis Überraschung klang auch in der Stimme der Frau nicht der Hass, den die Japanerin in sich selbst köcheln spürte. Warum regte dieser vergleichsweise kleine Verrat sie derartig auf? Gut, sie war heute Vormittag an einer Schießerei beteiligt gewesen. Aber das war ja nicht das erste Mal, auch nicht das erste Mal, dass sie jemanden erschossen hatte. Im Grunde sollte sie doch professionell genug sein, sich davon nicht aus der Bahn werfen zu lassen?

„Das... das Auto ist soweit bereit, wir haben alles gepackt und..."

Es sah so aus, als sei Joshua drauf und dran, sich in die Hose zu machen. Irgendwie ein lustiger Anblick.

„Ist euch irgendjemand gefolgt? Hat euch jemand beim Aus-Checken gesehen?"

Obgleich von ihnen dreien keiner auch nur die Stimme, geschweige denn die Hand erhoben hatte, wich der junge Norweger tatsächlich ein paar Schritte zurück, beinahe so, als könnte er sich auf diese Art der unausgesprochenen Anschuldigung der Untreue entziehen.

„Nein, nein... ich habe genau darauf geachtet und..."

Dieses Mal war es der Meister, der ihn abwürgte.

„Geh' zum Wagen und verstaue das... überzählige Gepäck. Wir sind gleich bei euch."

Natsuki starrte Joshua nach, wartete, bis der Junge am Auto und so außer Hörreichweite war. Als sie ihren fragenden Blick zur Seite lenkte, fanden die Augen der Geschwister die ihren. Die Herrin begann zu sprechen, noch bevor Natsuki die Frage vollends formulieren konnte.

„Das, was er mit seinen Rechnern macht, kann keiner von uns ohne Weiteres substituieren. Wenn wir Ersatz finden, ändert sich die Lage. Bis dahin, behalte ihn im Auge. Schau ihm auf die Finger, geh' sicher, dass er nichts Unüberlegtes tut. Versuche, dir soviel wie möglich abzuschauen. Kann sein, dass wir ihn vorzeitig ... ersetzen müssen. Du weißt, was Du zu tun hast, wenn er... sich noch einmal einen Fehltritt leistet oder zur Belastung wird."

Natsuki nickte. Entspannte sich, erlaubte sich ein dünnes Lächeln, als sie zum Wagen schritt. Damit konnte sie etwas anfangen.

Trondheim, Norwegen. Zwei Jahre zuvor. 11. Januar, 03:41 p.m.

Magenschmerzen. Halsschmerzen. Kopfschmerzen. Das war Joshuas gesamte Welt. Seit Tagen schon. Seit fünf langen Tagen. Seit er aufgewacht war. Aus dem Koma. Er war noch nie so dankbar gewesen, dass die Tage hier im Norden so kurz waren. Die Sonne, die durch die Zimmer des Krankenhauszimmers hereindrang, brannte sich in seine wunden Augen. Sogar noch mehr als das Neonlicht der Lampen.

Aber das Hämmern seines Schädels war nichts im Vergleich zu den Schmerzen in seinem Hals. Oder zu dem gottverfluchten Schlauch, der noch bis vor Kurzem in seinem Hals gesteckt hatte. Und das Feuer, das nach wie vor in seinem Magen brannte. Er hatte ja kaum wissen können, dass ein Suizid derart schmerzhaft war. Es war ja nicht geplant gewesen, dass er wieder aufwachte. Er sollte tot sein. Schon seit mehr als zwei Wochen. Und sogar das hatte er versaut. Genau wie so ziemlich alles andere. Er erinnerte sich dunkel, dass es einmal eine Zeit gegeben hatte, da war es anders gewesen. Da hatte es Dinge gegeben, auf die er stolz gewesen war. Dinge, die ihm wichtig waren. Aber diese Zeit schien nun schon unendlich lange her zu sein. Auf einer gewissen Ebene wusste er, dass es nicht stimmte. Zumindest wenn man Online-Bekanntschaften und dergleichen zählen wollte.

Aber nachdem, was in den letzten Monaten passiert war, konnte er das wohl auch vergessen. Von seiner Familie mal ganz zu schweigen. Es war ja nicht so, als wenn sich seine Eltern, oder was skandinavische Schwermütigkeit und Alkohol von ihnen übrig gelassen hatten, sich besonders viel um Joshua geschert hatten. Sein Vater hatte die Zeit damit verbracht, jedem, der es hören wollte, zu erzählen, um wie viel besser das Leben daheim in Schottland gewesen war, und seine Mutter... nun ja, das wollte Joshua am liebsten gar nicht so genau wissen. Und wenn die beiden ihren Sohn zuvor schon bestenfalls toleriert hatten: nachdem sie seinen leblosen Leib am Weihnachtstag gefunden hatten, und wenn sie erst erfuhren, was er getan hatte, würde sich daran kaum etwas ändern. Nun, besucht hatten sie ihn jeweils bisher nicht, und er war ja schon ein paar Tage wach.

Von den anderen, die mit ihm in dem kleinen Elektronikladen arbeiteten, hatte sich auch keiner gemeldet, aber vielleicht ließ man die auch nicht zu ihm. Joshua wusste, dass er unter Polizei-Bewachung stand. Kein Wunder, bei dem, was er getan hatte.

Für eine Weile war es ihm besser ergangen, zumindest besser, als er es gewöhnt war. Für ein paar Monate hatte er etwas gefunden, das ihn Jahre voll Psychiater-Besuchen und Tabletten-Cocktails vergessen ließ. Aber er hatte einfach nicht das Glück, dass so eine Situation anhielt. Er hatte mit Maschinen schon immer besser umgehen können als mit anderen Menschen. Wen verwunderte es da, dass er sich in den Weiten des Webs besser zurecht gefunden hatte als die meisten, selbst in seiner jungen Generation.

Mit Computern, mit Elektronik, mit Programmen konnte er umgehen. Und mehr noch, es machte ihm Spaß, bereitete ihm bisher unbekannte Erfolgsgefühle. Und natürlich hatte er alles kaputt machen müssen.

*

„Ist dieser Aufzug wirklich notwendig?"

Natsuki war es mulmig zumute. Und der Grund dafür kam ihr zutiefst irrational vor. Zumindest verglichen mit dem, was sie bereits getan hatte. Aber richtig wohl fühlte sie sich in ihrem gegenwärtigen Aufzug nicht, ganz gleich, wie sehr sie sich etwas anderes einzureden versuchte.

„Wenn Du einen besseren Plan hast, nur zu. Das hier war deine Idee, auf Basis des Profils, das wir von dem Jungen haben."

Natsuki wusste, dass ihre Meisterin damit Recht hatte. In zweifacher Hinsicht. Sie, Natsuki, hatte sich diesen Plan selbst ausgedacht, er war ihr ganz einfach naheliegend erschienen. Aber das war eine ganz andere Sache, als die Ausführung selbst. Ein weiteres Mal unternahm sie einen Versuch, den viel zu kurzen Rock ein wenig tiefer zu ziehen. Sie betrachtete ihr von Make-up nachgerade entstelltes Gesicht.

Natsuki war durchaus bereit zuzugeben, dass es den Aufwand wert gewesen war, die Amerikanerin zu befreien. Das Bild, das Natsuki aus dem Spiegel anblickte, hatte außer leicht asiatischen Zügen nichts mehr mit dem gemein, an das sie gewöhnt war. Von dem zugegebenermaßen gepolsterten Ausschnitt gar nicht erst zu reden. Und dann hatte es natürlich noch eine ganze Weile gedauert, bis sie sich an die viel zu hohen Schuhe gewöhnt hatte.

Sie kam sich schlicht und einfach lächerlich vor. Und sich dessen bewusst zu sein, machte es sogar noch schlimmer. Sie hatte gesehen, wie Menschen manipuliert wurden, hatte es selbst getan. Verflucht, sie hatte getötet. Es erschien ihr irgendwie kindisch, sich derart zu sträuben, wenn sie gezwungen war, nein: sich entschieden hatte, ihre weiblicheren Reize zu verwenden. Im Grunde doch besser als eine Schusswaffe, oder nicht? Wenn die Dinge wie geplant liefen, musste sie ja nicht mal jemanden anfassen. Sie konnte sich also kaum beschweren. Immerhin musste sie niemandes Kinder als Geiseln nehmen oder dergleichen. Dann doch lieber den Ausschnitt etwas tiefer.

Zumindest versuchte sie, sich darauf einzuschwören.

Sie seufzte, suchte den Blick ihrer Meisterin, die allerdings schon längst das Interesse an der Unterhaltung verloren hatte und in irgendwelchen Papieren blätterte. Natsuki konnte es der Frau nicht mal verdenken, so lang wie diese Gedankenpause gedauert hatte.

Die Japanerin fasste sich ein Herz und zog entschlossen die Autotür auf. Es dauerte eine Minute oder zwei, bis sie sich daran gewöhnt hatte, auf den Absätzen zu stehen. Mit entschlossenen oder zumindest einigermaßen sicheren Schritten begann sie, sich auf das Krankenhaus zuzubewegen.

*

Joshua hatte sich bei dem, was er in den Weiten des Webs tat, so einige Male außerhalb der gesetzlich vorgeschriebenen Grenzen bewegt. Zu Anfang hatte das einen gewissen Kick bedeutet, aber das hatte sich schnell gelegt. Das Netz war ein Spielplatz, in dem die Gesetzgeber noch nicht einmal die Regeln verstanden. Und die meisten Dinge, die es da zu tun gab, waren schnell zur Routine geworden.

Im Wesentlichen hatte er sich mit der Kopierei und Verbreitung von Videospielen beschäftigt. Das war nichts Gefährliches, nicht einmal besonders illegal. Auch wenn es natürlich immer wieder eine Firma gab, die mit Schauprozessen versuchte abzuschrecken, oder eine Anwaltskanzlei, die sich mit Abmahnungen ein bisschen Kleingeld erschleichen wollte.

Die Chancen, davon erwischt zu werden, waren lächerlich gering. Wenn man keine wirklich dummen Fehler machte. So wie er einen gemacht hatte. Es war nicht das erste Mal gewesen, dass er sich auf den Servern einer Entwicklerfirma umschaute auf der Suche nach Wegen, einen besonders hartnäckigen Kopierschutz auszutricksen.

Aber das erste Mal, dass er erwischt wurde. Hätte er wissen können, dass der Laden, in den er digital einbrach, den größten Teil seines Geschäfts damit machte, Trainingssoftware ans Militär zu verkaufen? Vielleicht. Vermutlich. Er hätte es wissen müssen.

Aber es war ja nicht so gewesen, als wenn die ihre Daten viel besser sicherten als jede normale Firma. Als er es herausgefunden hatte, war es zu spät gewesen. Da hatte es schon in der Zeitung gestanden und war dort als „digitaler Terrorismus" gegeißelt worden.

Er wusste nicht, ob man ihn schon gefunden hatte. Vermutlich hatten sie das, aber selbst wenn nicht. Er bekam hier drin ja keine Zeitung, keine Nachrichten. Keinerlei Aufregung. Weil die Ruhe ja auch bisher solche Wunder bewirkt hatte.

Aber selbst Jonas wollte ihm nichts darüber sagen, was in der Zeitung stand. Jonas, der einzige Freund, den Joshua auf der Welt noch hatte. Der langhaarige Krankenpfleger hatte vermutlich eigene Motive für das, was er tat, oder vielleicht war ihm einfach nur langweilig. Jedenfalls war es seine Anwesenheit, die den Aufenthalt hier wenigstens ein bisschen erträglicher machte. Tagsüber hielt Jonas Joshua die Besucher vom Leib. Das Letzte, was er im Augenblick wollte, war, mit seiner Familie zu reden. Die hätten seine Leiche finden sollen, und das war dann auch schon alles, was er denen zu sagen hatte.

Und in den langen, einsamen Nächten war Jonas ihm eine willkommene Gesellschaft, und er sorgte auch dafür, dass es um diese Zeit noch ein paar Reste und Chips aus dem Automaten zu essen gab. Im Grunde Irrsinn. Ein ganzes Röhrchen Tabletten und eine Flasche Wodka hatten ihn nicht nur nicht umbringen können, sie hatten es nicht mal geschafft, seine nächtliche Umtriebigkeit einzudämmen.

All die Schläuche, all der Krankenkram half da natürlich schon eher. Zumindest hielten sie ihn im Bett. Und wenn er versuchte aufzustehen, ging sofort irgendein Alarm los. Wegen der „akuten Suizidgefahr", die man ihm unterstellte. Nichtmal zu unrecht.

Wenn er sich bewegen könnte, wenn er hier heraus käme ... vermutlich würde er es erneut versuchen. Er wusste ja nicht, wohin. Was er tun sollte. Er vermutete, wenn man ihn hier heraus ließ, würden sie ihn entweder in ein Irrenhaus werfen oder ins Gefängnis. Je nachdem, wer ihn zuerst in die Finger bekam.

Und besondere Lust hatte er auf keine dieser beiden Optionen. Nur lag das nun einmal nicht in seinen Händen. Er hatte gespürt, dass ihm sein Leben vollends zu entgleiten drohte, vor ein paar Wochen, als er bemerkt hatte, was passiert war. Und er hatte versucht, den einzigen Ausweg zu wählen, der ihm geblieben war.

Und jetzt lag er hier, und selbst den einen Weg hatten sie ihm verbaut. Und er hasste sich dafür. Hasste die Menschen, die ihn hier festhielten. Hasste seine Familie für eintausend andere Dinge. Und am meisten hasste er, dass er rein gar nichts tun konnte.

Seit er aufgewacht war, verbrachte er jeden seiner zahlreichen Momente der Einsamkeit mit dem Planen. Die Elektronik, die den Alarm auslöste, konnte er vielleicht lahmlegen. Er konnte zumindest sehen, wohin die Kabel liefen, und vielleicht konnte er das Signal überbrücken. Aber das brachte ihn kaum weiter. Er glaubte nicht, dass er die Tür von dieser Seite öffnen konnte, und die Fenster waren vermutlich auch verriegelt. Auf dem Gang gab es Kameras, das konnte er sehen, wann immer Jonas oder eine der Schwestern hereinkamen. Hier drin gab es keine fotografische Überwachung, zumindest soweit er das sagen konnte. Aber vielleicht waren sie einfach nur besser verborgen hinter irgendwelchem medizinischen Gerät.

Aber das größere Problem war ein anderes. Selbst wenn er an all den Sicherheitsmaßnahmen vorbeikam, was sollte er da draußen machen? Aus dem Fenster springen? Sich vor einen Bus werfen? Er hatte die schmerzlose Art abzutreten bereits ausprobiert. Und er hatte Wochen der Vorbereitung gebraucht. Trotz all der Schmerzen befürchtete er nicht ganz zu Unrecht, dass er es nicht über sich bringen würde, von einem Dach in den Tod zu springen.

Also brauchte er eine Schusswaffe, oder einen neuen Satz Tabletten und mehr Alkohol. Und er wusste nicht, wie er sich das hätte besorgen sollen, allein und ohne Geld, ohne einen Unterschlupf. Schon bitter, ein Leben voll mit Tausenden von Agentenfilmen, Geschichten mit Hunderten von Leuten in solchen Situationen. Wenn es stimmte, was die Leute über Filme und Videospiele sagte, sollte er doch ein bisschen besser vorbereitet sein.

Aber er hatte niemanden, der ihm half, und er hatte keine verborgenen Briefkästen voller Waffen und Pässe. Er hatte nichts. Und wenn sie ihn wieder einfingen, während er in eine Apotheke einbrach, dann würden sie ihn vermutlich das nächste Mal ans Bett ketten.

Er konnte spüren, wie seine Hoffnung sank, tiefer und tiefer. Wie so oft, jedes Mal, wenn er diese Gedanken verfolgte. Er konnte nicht sagen, wieviel Zeit vergangen war, als es zweimal an der Tür klopfte und Jonas den Kopf herein steckte.

„Hier ist 'ne Reporterin, die mit dir reden will."

Joshua winkte müde ab. Seine Stimme klang rau und fremd, und das Sprechen schmerzte, seit er aufgewacht war.

„Du weißt doch, ich will niemand sehen."

Der Krankenpfleger grinste.

Ein schmutziges, anzügliches Grinsen.

„Glaub mir, die hier willst Du sehen."

Noch bevor er weiter protestieren konnte, hatte Jonas seinen Kopf zurück gezogen, und Sekunden später öffnete sich die Tür erneut. Und Joshua erkannte, dass der andere Recht gehabt hatte. Die hier wollte er tatsächlich sehen.

Und im gleichen Moment spürte er, wie trotz all der Schmerzen Blut in Richtung seines Schrittes rauschte. Und so, wie das Mädchen herumlief, mochte er sich dafür nicht einmal schämen. Die Asiatin schien direkt aus einem der Videos entlaufen, mit denen sich Joshua mehr als nur eine einsame Nacht vertrieben hatte. Ein kurzer schwarzer Rock, ein lediglich von zwei Knöpfen gehaltenes Anzugoberteil. Er glaubte, dieselbe schwarze Spitze des Strumpfbandes auch im Dekolleté erkennen zu können. Schwarze Schuhe mit Pfennigabsätzen, eine randlose Brille und eine Frisur, die mit Sicherheit Stunden des Herrichtens in Anspruch genommen hatte, vervollkommneten das Bild auf eine Art und Weise, dass Joshua eine gute Minute brauchte, um wieder klar denken zu können. Sie hatte sich als Reporterin irgendeines Online-Magazins für Computerfragen vorgestellt, und er musste zweimal nachfragen, bis ihr Name durch den Schleier auf seinem Hirn drang.

Marla Sang. Aus dem norwegischen Namen schloss er auf ein Adoptionskind, sobald sein für gewöhnlich analytischer Verstand wieder einigermaßen funktionierte. Auch wenn er noch immer einen deutlichen Drang verspürte, ihr nicht ins Gesicht zu sehen.

„Wie ist das Krankenhausleben?"

Sie hatte sich auf einem Schemel niedergelassen, die schlanken Beine übereinander geschlagen, mit einem Tablett-PC auf den Knien. Mit einigem Wohlwollen bemerkte er, dass es sich um ein einigermaßen funktionales Gerät handelte, anstelle eines der allgegenwärtigen Produkte mit Abbiss.

„Es gibt angenehmere Dinge."

Er unterdrückte den Impuls, sich bei der völlig Fremden auszuheulen. Gerade von dieser Frau wollte er jedes bisschen Aufmerksamkeit, das er bekommen konnte, auskosten, anstatt sich wie ein Weichei darzustellen. Es dauerte nur Sekunden, bis ihm klar wurde, wie lächerlich das nach einem Selbstmordversuch war. Wie lächerlich bis an den Rand der Nichtexistenz seine Chancen gewesen wären, selbst wenn er Zeit gehabt hätte, sich zu duschen und aufzupolieren. Einer wie er hatte keine Chance bei einer wie der, so einfach war das. So funktionierte die Welt.

Aber ihre Gesellschaft war ihm immer noch angenehm.

Zum Glück rettete sie ihn, bevor er diesen dunklen Gedankengang verfolgen konnte, indem sie ihn nach seinem letzten digitalen Einbruch befragte. Sie schien tatsächlich ernsthaft interessiert, und wenigstens hier konnte er glänzen. Jetzt musste er es nur noch schaffen, beim Sprechen in ihr Gesicht zu schauen.

*

Es kostete Natsuki eine ganze Stange Mühe, den fetten Norweger nicht gleich hier und jetzt mit einem der Schläuche zu erdrosseln. Er war rund, teigig, er stank erbärmlich, und natürlich starrte er ihr unentwegt in den Ausschnitt. Aber soviel war zu erwarten gewesen. Sie hatte ja ihr Möglichstes getan, dem Suchprofil zu entsprechen, das seine Internet-Historie ergeben hatte. Vielleicht keine brillante Idee, aber es schien ganz eindeutig zu funktionieren.

Doch ihre Abneigung gegen Kranke ging noch tiefer. Sie hatte nichts gegen Menschen, die nicht in Form waren. Sie hatte genug mit solchen Leuten zu tun gehabt, als sie noch in der Bar gearbeitet hatte. Sie hatte oft genug ihre eigene Hygiene vernachlässigt, sie war selbst jetzt mehr aus Notwendigkeit denn aus Neigung einigermaßen sportlich.

Sie verstand, warum jemand lieber am Computer als auf dem Stepper saß, oder warum man gelegentlich die Rasur vergaß. Was sie nicht verstand, das war der Suizid. Sie hatte nicht mit den anderen darüber gesprochen, natürlich nicht. Auch wenn sie davon ausging, dass die Zusammenhänge ihren Meistern nicht entgangen waren.

Sie hatte den Selbstmord nie verstanden, und in Jahren der Einsamkeit unterhalb der Armutsgrenze hatte sie es nie als eine Option gesehen. Aber seit dem, was ihr Vater getan hatte, was er Natsuki und ihrer Mutter angetan hatte ... kam sie ganz einfach nicht umhin. Sie hasste Selbstmörder genug, dass sie sich oft gewünscht hatte, die Leute nochmal umbringen zu können. Vor allem ihren verdammten Vater.

Aber sie war sich der Freud'schen Implikationen bewusst genug, um ihr Urteilsvermögen einigermaßen unter Kontrolle zu halten. Gleichwohl konnte sie auch nicht gerade sagen, dass sie Joshuas Gegenwart genoss. Zum Glück war der Junge gerade vollkommen gefangen in technischen Detail-Berichten. Es war nicht so, dass Natsuki in derlei Dingen unbedarft war, aber ihr Wissen war überwiegend praktischer Natur, und sie gab gern zu, dass der Junge ihr in diesem Feld einiges voraus hatte. Deshalb tanzte sie diesen Tanz ja und ließ die Blicke des Dicken sowie eines Dutzends Krankenpfleger über sich ergehen.

Aber sie glaubte, dass der norwegische Hacker nun endlich angefüttert war. Zeit, die Sache interessant zu machen. Je schneller sie hier herauskam, desto besser. Und wie es aussah, dürfte es nicht besonders schwer werden, den Bettlägrigen zu überzeugen.

Umland von Groningen, Niederlande. 14. Februar, 02:07 a.m.

Auf dem kleinen Privatflughafen regnete es Bindfäden. Sie hatten ihr Gepäck noch immer nicht wieder beschaffen können, aber das hatte im Augenblick nicht Priorität. Wohl hatten sie inzwischen einen Regenschirm aufgetrieben, den Samuele schützend über seine Frau und seine Tochter hielt. Sein eigenes Haar klebte ebenso an seinem Kopf, wie das Hemd an seinem Körper. Aber ein bisschen Ungemach scherte ihn im Augenblick wirklich nicht. Viel mehr sorgte er sich darum, ob er dem rostigen Leichtflugzeug tatsächlich seine Familie anvertrauen sollte. Das Ding sah aus, als würde es kaum den Start überstehen, geschweige denn eine gefahrlose Landung.

Aber es war ja nicht so, dass er eine Wahl hatte. Er hatte eine gewisse Sorge verspürt, dass die Geschehnisse im Hotel ihm und seiner Familie gegolten hatten. Aber nachdem er versucht hatte, eine Heimreise zu buchen ... Nachdem zwei Flughäfen wegen Terrorwarnungen temporär den Betrieb eingestellt hatten, und der Zugverkehr wegen eines elektrischen Fehlers vorübergehend ausfiel... da hatte sich schon eine gewisse Paranoia eingeschlichen.

Und, na ja, da blieben nicht mehr viele Wege, vor allem keine, die weder Pässe erforderten, noch einen tagelangen Vorlauf. Und dann war das Beste, was sich erreichen ließ, eben ein privates Rollfeld auf einer abgehalfterten Farm mit einem Kerl, der sein Flugzeug in der Scheune lagerte. Zu dem Bauernhof hatte vermutlich einmal ein Bauernhaus gehört, aber das Dach war schon vor Jahren eingefallen, vielleicht nach irgendeinem Brand. Also waren nur ein Gewächshaus und ein paar heruntergekommene Gerätescheunen geblieben.

Vermutlich hätte er sich nie an diesen Ort verirrt, aber es war glücklicherweise so, dass die Familienbande weit über die Grenzen der Trinacria hinaus reichte. Der Besitzer dieses mehr als fadenscheinigen Anwesens war kein Familienmitglied, nicht mal ein ehemaliges – aber der Sohn eines solchen. Samuele wusste nicht viel über den Mann, abgesehen davon, was Lorenzo ihm im Bus erzählt hatte. Aber in Anbetracht der Umstände war es ihm immer noch lieber, diesem Piloten zu vertrauen als einem komplett Außenstehenden.

Im Grunde hätte Samuele sich also ein wenig entspannen können. Aber er wünschte sich ganz einfach, es würde noch ein wenig schneller gehen. Und er war sich ganz sicher, dass es nicht nur der Regen war, der ihm kalt den Rücken hinunter lief.

*

Was geht einem amerikanischen Marine-Scharfschützen durch den Kopf, wenn er ein Ziel ausschaltet?

Rückstoß.

Die Frau musste ein Kichern unterdrücken. Es musste ein Dutzend Jahre her sein, dass sie diesen albernen Witz zum ersten Mal gehört hatte. Vermutlich von ihrem Bruder. Aber es brachte sie immer noch zum Lachen.

Nun war es schon mehr als dreißig Jahre her, dass die US-Marines das M14-Gewehr zugunsten eines neueren Modells ausgewechselt hatten. Was zur Folge hatte, dass man die alten Modelle in einigermaßen gutem Zustand in den meisten Ländern der Welt, in denen kriegerische Auseinandersetzungen geführt wurden, erstehen konnte, auf dem einen oder anderen Weg. Und wenn man die Frau fragte, waren das immer noch exzellente Waffen. Mit solider Durchschlagskraft, einem leicht modifizierbarem Lauf und einem gängigen Kaliber.

Natürlich erinnerte sie sich auch daran, wie ihr Bruder über die phallischen Implikationen ihrer Vorliebe für Feuerwaffen gewitzelt hatte. Jeden anderen Mann hätte sie für so etwas ohne Zögern erschossen.

Mit arabischen Bombendrohungen und Elektrik-Sabotage hatten sie die Fluchtmöglichkeiten für den Sizilianer auf fünf oder sechs

Optionen eingegrenzt. Einen Langstrecken-Busbahnhof. Mehrere Taxi-Unternehmen. Und diesen kleinen Privatflieger.

Sie hätte die anderen anrufen sollen. Aber so wie die Startvorbereitungen da unten liefen, war vermutlich gar nicht genug Zeit für Verstärkung. Oder sie wollte sich das zumindest einreden. Das Intermezzo vor dem Hotel war viel zu kurz gewesen. Gerade genug, um ihr Blut in Wallung zu bringen, aber beileibe nicht ausreichend, um ihren Durst zu stillen. Natürlich fand sie einen gewissen Gefallen an dem Versteckspiel, das sie für gewöhnlich betrieben. Aber sie vermisste ganz einfach die gelegentlichen Explosionen guter, alter Gewalt.

Es sprach also wirklich nichts dagegen, wenn sie sich ein wenig Spaß erlaubte. Doch das ließ ihr die Qual der Wahl. Es boten sich da eine ganze Reihe von Zielen an. Alle zwischen zwanzig und dreißig Metern von ihrer Position in dem eingefallenen Dachstuhl des Bauernhauses entfernt. Sich die Zielperson zuerst vorzunehmen, kam natürlich nicht in Frage. Das hätte die Dinge ja viel zu leicht gemacht. Für ihn und für sie.

Ihr erster Instinkt riet ihr, auf die Frau oder das kleine Mädchen zu feuern. Das würde die allgemeine Aufmerksamkeit auf sich ziehen. Wenn die Kleine ein bisschen weiter zurück stünde, könnte sie vielleicht beide mit einer einzigen Kugel... Nein, ebenfalls zu einfach. Die beiden waren Zivilisten, die verdienten ein bisschen Angst, und sie selbst ein wenig Nervenkitzel und Jagdfieber. Und trotz der offenkundigen Überlegenheit hier im Dachstuhl mit Überblick schadete es auch nicht, sich von grundlegenden taktischen Überlegungen leiten zu lassen. Der Kerl neben dem Flugzeug war vermutlich irgendeine Art von Gorilla. Und sie konnte erkennen, dass der Pilot in einer der Türen ein Gewehr eingehängt hatte.

Das war natürlich recht lästig. Also gut, Zeit, ein bisschen Spaß zu haben. Sie zog den Schalldämpfer auf dem Lauf des Gewehrs fest. Sie kontrollierte die Klebestreifen, die den Beutel hielten, den sie über die Kammer gestülpt hatte, welche die Munition auswarf.

Sie wischte mit den behandschuhten Fingern ein letztes Mal die Linsen des Zielfernrohrs sauber, schaute hindurch. Sie hielt den Atem an.

Ihr rechter Zeigefinger verkrampfte sich, einmal und dann ein zweites mal in rascher Folge.

Rückstoß.

*

Samuele hörte ein Klirren. Splitterndes Glas, irgendwo ganz in der Nähe. Er sah, dass Lorenzo zurückzuckte. Im nächsten Augenblick schoss ein Lichtblitz durch die Nacht. Die offene Flugzeugtür wurde mit plötzlicher Gewalt nach innen geworfen und krachte in die Schulter des Leibwächters, schleuderte ihn wie eine Puppe gegen die Wand der Maschine. Im nächsten Augenblick explodierte seine Flanke in einer Wolke aus Rot.

Erst jetzt begriff Samuele, was gerade geschah.

„Lauft! Los, Los, Los!"

Er scheuchte seine Frau vor sich her, riss die kleine Alessia von den Füßen und trug sie mehr, als dass das Mädchen lief. Sein Herz raste. All die Angst, all die Sorgen der vorangegangenen Stunden brachen mit aller Gewalt über ihn herein. Nichts von all dem war ein Zufall gewesen. Jemand war hinter ihm her. Jemand versuchte, ihn zu töten. Und sie waren hier. Sie waren hier, und sie brachten seine Frau und seine süße kleine Tochter in Gefahr. Blanke Panik rauschte durch seine Venen, verlieh ihm ungeahnte Kräfte. Er konnte, durfte die beiden nicht verlieren.

Jedes einzelne verfluchte Mal, wenn er losgezogen war und irgendetwas Illegales tat, hatte er sich geschworen, dass seine Frau und sein Kind niemals unter dem leiden dürften, was er tat.

Und mit der Angst kam die Wut. Er sprintete durch den Schlamm, und mit jedem Schritt, den er tat, mit jedem Haken, den er schlug, wuchs seine Wut. Gegen sich selbst, weil er zwei so unschuldige Menschen in dieses Leben hineingezogen hatte. Unbändiger Hass auf den feigen Mörder, der auf sie schoss. Er wünschte sich, er hätte eine Waffe. Irgendeine Möglichkeit, sich zu verteidigen. Um das Unvermeidliche hinauszuzögern. Vielleicht konnte er den beiden genug Zeit erkaufen, damit sie entkamen. Er schaffte drei weitere Schritte, bis die Kugel ihn traf. Sein rechtes Bein verwandelte sich in Feuer. Für einen Sekundenbruchteil konnte er spüren, wie das Projektil über seinen Knochen schabte.

Es gelang ihm gerade noch, das kleine Mädchen in seinen Armen nach vorn zu werfen, damit er nicht über ihr zusammen brach. Er hörte sie hell aufschreien, als sie durch den Schlamm rollte. Ein Geräusch voller Überraschung und Schmerz, das tiefer in Samuele hineinschnitt, als es die Gewehrkugel geschafft hatte.

„Zur Seite! Geht in Deckung! Hört nicht auf zu laufen, bis Ihr unter Menschen seid. Lauft!"

Er schrie aus vollem Hals, richtete sich irgendwie auf, um selbst weiter zu laufen, doch das zerfetzte Bein brach augenblicklich wieder unter ihm weg.

Ging man von dem Einschlag vor ihm aus, rettete ihm das vielleicht sogar das Leben. Zumindest vorerst. Er rollte sich zur Seite, hinter den Rand des ruinierten Gewächshauses. Schlamm durchtränkte seine Kleidung. Jede Bewegung füllte sein Bein - und damit sein Hirn - mit hämmernden Schmerzen. Er wusste nicht mehr, ob es Regen war oder Tränen oder beides, aber seine Augen brannten wie Feuer, und er sah nichts mehr außer Schlieren.

Seine Hände tasteten an der Mauer des Gewächshauses entlang, umschlossen einen Gegenstand. Vielleicht ein Metallrohr, einen Fensterquerbalken, was auch immer. Es war eine Waffe, das war alles, was zählte.

Samuele wischte sich heftig über die Augen, brauchte zwei, drei Versuche, um seine Augen zu klären. Er riskierte es, schob sich mit dem Rücken an der Wand hoch, warf einen Blick über die Mauer zwischen den zerbrochenen Glasscherben im Skelett des Gewächshauses hindurch.

Und er sah den Alptraum, der auf ihn zu kam.

Eine Gestalt wie direkt aus einem Horrorfilm tauchte aus dem Regen auf. Eine Krankenhausmaske. Ein Plastikanzug, wie ihn der Katastrophenschutz bei einem giftigen Leck oder dergleichen tragen würde. Armeestiefel. Alles von Kopf bis Fuß schwarz eingefärbt. Bis auf das Gewehr über der Schulter der Gestalt. Und den Revolver in der Hand. Wenn er nur einen guten Treffer landen konnte ... wenn er den Revolver in die Hand bekäme, könnte er diesen Alptraum beenden. Samuele duckte sich erneut nach unten. Er sammelte sich, spannte die Muskeln an. Es war eine ganze Weile her, dass er selbst in einer solchen Situation Hand hatte anlegen müssen. Und er wusste ganz einfach, dass er nur einen einzigen Versuch hatte.

Trotz des andauernden Regens konnte er mehr als deutlich hören, wie die Schritte näher kamen. Nur noch fünf oder sechs Schritt. Vier. Drei. Zwei.

*

Der Aufprall drosch ihr alle Luft aus den Lungen. Die Eisenstange war aus dem Nichts gekommen und krachte gegen ihre Brust. Eine Sekunde lang verfluchte sie ihre Weiblichkeit, während heißer Schmerz durch ihren Körper brandete.

Sie landete hart auf dem Rücken, Luft wurde aus ihren Lungen gepresst. Sterne und Lichtreflexionen explodierten vor ihren Augen. Sie fühlte sich wundervoll. Jeder Muskel in ihrem Körper war gespannt, sie hatte sich seit der Schießerei nicht so wach gefühlt. Und keine Sekunde zu früh. Das gedrehte Metall sauste nach unten, auf ihr Gesicht zu. Die Waffe klatschte in den Schlamm, nur Zentimeter von ihrem Schädel entfernt. Sie hätte nicht erwartet, dass der Italiener derart viel Kampfgeist in sich hatte. Das gefiel ihr. Das gefiel ihr gut.

Der Absatz ihres rechten Stiefels krachte gegen seine Kniescheibe. Es knackte zufriedenstellend, und sie gewann Zeit, genug, um auf die Füße zu kommen. Das Gewehr glitt von ihrer Schulter. Keine Zeit, um richtig zu greifen. Sie fasste den hölzernen Lauf der Waffe, schwang sie wie einen Baseballschläger. Ihr erster Hieb parierte einen schwachen, ungezielten Schwinger ihres Gegners. Der zweite krachte gegen seinen Ellenbogen, hart genug, dass er seinen eisernen Knüppel fallen ließ.

Der letzte Hieb drosch dem Mafioso den Kolben ins Gesicht. Sie spürte die volle Wucht des Aufpralls von Holz und Haut in ihren Armen, konnte sehen, wie der Unterkiefer des Mannes sich unnatürlich weit zur Seite bewegte, wie Blut in einer Fontäne aus seinem Mund spritzte. Er drehte eine halbe Pirouette und landete der Länge nach mit dem Gesicht zuerst im Schlamm.

Sie gönnte sich einen Atemzug, kostete den Geschmack ihres Sieges aus. Sie hätte es gleich so machen sollen. Das hier war viel angenehmer, als die Blutfontänen nur durch ein Zielfernrohr zu beobachten. Sie wusste, dass ihr Bruder das Feuer spürte, genau wie sie selbst. Aber er ging anders damit um. Er versuchte, den Flammen zu entkommen, sie zu kontrollieren, anstatt sich den Dingen hinzugeben, anstatt den süßen Rausch der Gewalt zu genießen. Aber sie wusste auch, dass er genug verstand, um ihr diesen kleinen Ausrutscher, diesen unwichtigen Lapsus an Professionalität zu vergeben.

Sie sah gerade noch, dass der Mann am Boden sich bewegte. Seine Hand tastete nach dem Revolver, den sie fallen gelassen hatte. Seine Finger umfassten den Griff der Waffe. Er schnellte herum, versuchte die Mündung auf die Frau zu richten, die über ihm stand.

Der Kolben des Gewehrs krachte auf sein Handgelenk, hart genug, dass es brach. Sie lehnte sich vornüber und hob die Waffe auf, wog sie in der Hand. Sie wünschte sich, dass er sehen könnte, wie sie ihn anlächelte. Vermutlich konnte er trotz der Maske erkennen, wie sie ihm mit zwei Fingern einen Kuss zuwarf. Warum auch nicht, er hatte sich ja tapfer genug geschlagen. Und er bot einen wundervollen Anblick. Auf den Knien, mit Blut, das ihm aus dem Mund lief, vom ausgerenkten Kiefer tropfte. Die gebrochene Hand in der gesunden.

Sie speicherte den Anblick für späteren Abruf in ihrem Hirn. Es war dieses Hochgefühl, das ihr das Leben mehr als alles andere versüßte. Erfolg im Beruf war wichtig für Zufriedenheit im Leben. Das hatte sie jedenfalls 'mal irgendwo gelesen.

Sie schoss den Revolver leer. Vier Schüsse in die Brust, zwei in den Kopf. Bei dieser Distanz und dem Kaliber der Waffe hätte ein einziger Schuss genügt, aber sie wollte das Ganze auskosten. Es stimmte sie schon ein wenig melancholisch, den Spaß so abrupt zu beenden – wie jedes Mal. Aber sie musste noch aufräumen. Keine Zeit, noch länger zu spielen.

Sie ließ den Leichnam im Dreck liegen und kletterte auf einen nahen Palettenstapel. Sie konnte die Frau und das Kind noch mit bloßen Augen erkennen. Achtzig Meter, vielleicht mehr. Kein einfacher Schuss. Mit routinierten Handgriffen kontrollierte sie das Magazin des Gewehrs, lud erneut durch, justierte das Zielfernrohr neu, das unter dem Missbrauch der Waffe gelitten hatte. Hundert Meter, vielleicht mehr.

Sie legte an. Atmete ein, hielt die Luft an.

Rückstoß. Einmal.

Sie sah, wie das Kind herumgerissen wurde. Die Wucht des Projektils reichte aus, das Mädchen einen guten Meter nach vorn zu schleudern. Ihre Mutter fuhr herum, bewegte den Mund, doch der Schrei wurde von Wind und Regen zerrissen, lange bevor er die Heckenschützin erreichen konnte.

Zweimal. Dreimal.

Eine beinah still stehende Person auf einem offenen Feld zu treffen, war selbst bei dieser Witterung keine große Kunst.

Einigermaßen zufrieden kletterte die Frau nach unten. Sie klopfte sich gründlich ab. Der Plastikanzug war ein wenig angescheuert, da wo die Metallstange sie getroffen hätte. Ohne die Schutzweste hätte sie sich vermutlich eine üble Verletzung zugezogen, aber so war es vergleichsweise glimpflich verlaufen. Ohne Punktion des Anzugs konnte sie sich darauf verlassen, dass sie keine Fasern oder DNA hinterlassen hatte. Wie ein Unfall sah das Ganze natürlich nicht gerade aus, aber das ließ sich nicht mehr ändern. Besser, als die Leute wegfliegen zu lassen, allemal.

Und sie war zuversichtlich, dass sie in einer der Scheunen ein paar Kanister oder Fässer mit Kerosin finden würde. Was die Aufräumarbeiten bedeutend vereinfachen würde.

Chemieabfälle. Der Alkohol schmeckte wie etwas, das aus irgendeinem Chemiewerk ausgelaufen war. Bei dem Kauderwelsch auf dem Etikett hätte Michelle nicht einmal sagen können, ob es sich um Bier oder irgendeine Form von Schnaps handelte.

Sie wollte es im Grunde auch gar nicht wissen, solange es nur genug Alkohol enthielt. Sie persönlich bevorzugte Wein, um sich zu betrinken, aber die Briten hielten es ja bekanntlich nicht so sehr mit Rebensaft. Und Nicolas war da keine Ausnahme. Gewesen.

Er war tot.

Wie jedes Mal, wenn sich der Gedanke in ihr Hirn zwang, wenn sie erkannte, dass sie in der Vergangenheitsform an ihren Freund denken musste, schossen ihr Tränen ins Gesicht, die sie nur mühsam nach unten kämpfen konnte. Und der Alkohol half schon seit Tagen nicht mehr. Wenn sie daran dachte, dass Nicolas noch vor ein paar Tagen auf der Bank neben ihr gesessen hatte, wurde ihr schlecht. Oder vielleicht war das auch nur das Werk des Alkohols.

Er war tot.

Nach dem Feuergefecht war sie vollkommen katatonisch gewesen. Tagelang. Sie konnte sich nicht erinnern, im Krankenhaus in irgendeiner Form darauf reagiert zu haben, dass man die Verletzungen versorgte, die das splitternde Glas ihr beigebracht hatte. Sie glaubte nicht, dass sie den Polizisten irgendwelche Antworten gegeben hatte, auch wenn sie ein halbes Dutzend Mal befragt worden war. Erst als man sie nach unten in die Pathologie gebracht hatte, um den Leichnam zu identifizieren, hatte sie angefangen zu schreien. Und selbst das war kaum genug gewesen, um sie lange aus ihrer Lethargie zu reißen.

Tot.

Sie erinnerte sich daran, wie ihr Vorgesetzter von Europol sie eine halbe Stunde lang am Telefon angebrüllt hatte, Aber berührt hatte sie das kaum. Karrierefragen und ob der Urlaub bezahlt oder unbezahlt war, das erschien ihr unglaublich nichtig, verglichen mit dem, was passiert war.

Ihr ältester, vielleicht bester Freund war tot.

Tot, und es war ihre Schuld.

Selbst wenn sie es am Anfang nicht hatte wahrhaben wollen, an dieser Erkenntnis führte kein Weg vorbei. Sie hatte ihn in diese ganze, verrückte Sache hinein gezogen. Und das aus eitlem Narzissmus heraus. Weil sie in ihrem sicheren Büro von all den Computerbildschirmen gelangweilt gewesen war. Weil sie geglaubt hatte, mit einem großen Fall... ja, was eigentlich? Karriere machen zu können? Es war nur Wochen her, und Michelle konnte sich noch gut an den Eifer erinnern, mit dem sie gearbeitet hatte, mit dem sie Nicolas bedrängt hatte.

Tot. Er war tot.

Aber den Grund, an den konnte sie sich beim besten Willen nicht mehr erinnern. Und auch wenn sie nicht mehr wusste, was sie hatte beweisen wollen... sie war sich sicher, dass nichts auf der Welt das, was passiert war, rechtfertigen könnte.

Und was die Sache noch schlimmer machte... es war alles vergeblich gewesen. Alles für nichts. Nichts, nichts und wieder nichts. Sie konnte sich nicht an viel erinnern, was das Gespräch mit ihrem Boss betraf. Aber ein paar seiner Worte hatten sich tief in ihr Gehirn gebrannt. Jene krude Pervertierung des Geschehens, die auch den letzten Schimmer Hoffnung auf Gerechtigkeit von ihr gestohlen hatte.

Der Mafioso, den sie hatten warnen wollen, war verschwunden, zumindest für den Augenblick. Und das halbe Hotel war abgebrannt. Kameraaufnahmen von dem Feuergefecht gab es keine. Und wie viele Menschen in dem Hotel übernachtet hatten, wie viele von ihnen während des Feuers darin gewesen waren, das ließ sich alles nicht mehr mit Bestimmtheit sagen.

Ihr Chef, in seiner unendlichen Weisheit, hatte daraus geschlossen, dass der Mafioso bei der Ansicht von Streifenwagen ausgerastet war und mit dem Schießen angefangen hatte. Und damit, Feuer zu legen.

Völliger Schwachsinn natürlich. Aber sie hatte sich geschlagene zehn Minuten anhören müssen, wie unverantwortlich es gewesen war, blind in einen Drogendeal oder dergleichen hereinzuplatzen. Nur, von einem forensischen Standpunkt aus ließ sich dagegen schwer argumentieren. Sah man einmal davon ab, dass Michelle wusste, was sie gesehen hatte.

Der Mann, der Attentäter, den sie gefunden und gejagt hatte. Der Assassine, der Nicolas umgebracht hatte. Sie erinnerte sich an jedes einzelne Detail der Schießerei. An das Gesicht, die Statur. Die langen schwarzen Haare und der eiskalte blaue Blick. Der Mantel. Die Pistole, die Projektil um Projektil in den Körper ihres Freundes drosch.

Aber sie musste einsehen, dass die Jagd vorüber war. Selbst wenn sie ihren Job behielt, konnte sie kaum damit rechnen, dass ihr nach diesem Fiasko noch irgendjemand zuhören würde. Hinweise oder nicht. Und was schlimmer war als das, ihr wichtigster, einziger Verbündeter war...

Tot. Nicolas war tot. Erschossen. Nicht mehr am Leben.

Den letzten Nagel im Sarg hatte der Anruf des Anwalts gebracht. Sie war schon auf halbem Weg zurück nach Frankreich gewesen, beschäftigt mit der Frage, welcher Arzt so verantwortungslos gewesen war, sie in ihrem Zustand in ein Auto zu lassen.

Sie konnte sich nicht daran erinnern, dass sie jemals Fotos bei dem Briten gesehen hatte, oder gehört hätte, wie er von Verwandten sprach. Aber solange sie Nicolas auch kannte, sie war einfach immer davon ausgegangen, dass der Mann irgendwo in England noch Familie hatte. Aber wenn man dem Anwalt glauben durfte, der sie angerufen hatte, dann war dem nicht so. Dann war sie tatsächlich die allein Begünstigte in seinem Testament.

Es war zum Heulen. Also saß sie nun hier in seiner Küche, trank seinen Alkohol und wünschte sich, es würde sie endlich in die Bewusstlosigkeit tragen. Das musste es bald, bevor sie irgendetwas Dummes tat.

Zum Beispiel, sich im Haus eines Toten ins Koma zu saufen.

Im Haus eines Toten.

Tot.

Er war tot.

Sie war seit der Schießerei nicht mehr dieselbe gewesen, das stimmte schon. Aber immerhin hatte sie funktioniert. Auf einem gewissen Niveau zumindest. Aber sie war sich nicht sicher, wie lange sie noch funktionieren würde.

Sie konnte fühlen, wie mit jeder Minute, mit jedem Schluck, mit jedem verbitterten Gedanken die Maske ihrer Zurechnungsfähigkeit ein wenig mehr von ihrem Gesicht glitt.

Diejenigen, die Monster jagen, müssen achtgeben, um nicht selbst zu Monstern zu werden, so lautete doch das Sprichwort? Aber gab es denn noch irgendeinen Grund, achtzugeben? Es war ja nicht so, als wenn ihr allzu viele Menschen nachweinen würden.

Sie schweifte ab. Der Brite würde in ein paar Tagen beigesetzt werden. Und sie wusste, dass nur wenige Menschen auftauchen würden. Bestenfalls ein paar alte Kameraden. Und sie fragte sich, wenn sie ins Grab daneben gelegt würde, würden dann mehr Leute kommen? Ihr Vater war vor Jahren gefallen. Schlussendlich an den Krebs, nicht an eine Kugel, entgegen seiner eigenen Erwartungen. Ihre Mutter war ihm nur wenige Jahre später gefolgt, durch einen Kunstfehler bei einer Routine-Operation. Sie erinnerte sich gut, dass Nicolas ihr in dieser Zeit und auch während des Rechtsstreites mit dem Arzt eine große Hilfe gewesen war. Und sonst... da war kein Freund in ihrem Leben, nicht allzu viele gute Freundinnen, und bestenfalls eine Handvoll Arbeitskollegen, die sie auch nur einigermaßen ausstehen konnte. Keine wirklich rosigen Aussichten. Sie hoffte, dass wenigstens die Sonne scheinen würde, wenn man sie irgendwann unter die Erde brachte. Alles andere wäre einfach zu deprimierend.

Aber jemanden, der ihr jetzt noch ernsthaft nachweinen würde, gab es nicht. Der einzige Mensch, der tatsächlich bestürzt gewesen wäre, der war tot.

Tot. Tot. Tot.

Und sie saß hier und klammerte sich an Sprichworte, als würden sie ihr jene Richtung vorgeben, die der Alkohol ihr nicht schenken mochte. Doch es stimmte. Sie hatte in einen Abgrund gesehen, aus freien Stücken. Und der Abgrund hatte ihren besten Freund verschlungen. Der Abgrund hatte in sie hinein geschaut. Hatte sie verändert. Vor ein paar Tagen hatte es da noch jemanden gegeben, der sie gewarnt hätte. Sie zurück gehalten. Aber Nicolas war tot.

Ihre Hand drehte den Revolver langsam auf dem Küchentisch. Eine schöne Waffe, alt und wertvoll. Sie wusste, dass Nicolas ihn von seinen Kameraden bekommen hatte, als er beim SAS ausgeschieden war. Sein Name war auf dem Griff eingraviert, zwischen reichlichen Schnörkeln. Es wäre einfach gewesen, alles hier und jetzt zu beenden. Nur eine Krümmung des Zeigefingers und alle Sorgen, aller Schmerz, alle Schuldgefühle auch, wären verschwunden.

So einfach, so schnell.

Die Waffe unter ihrer Hand drehte sich schneller und schneller.

Und der verfluchte Bastard würde mit dem Mord an Nicolas davonkommen. Mit dem Mord an - mochte der Himmel wissen, wie vielen - anderen. Und sie wollte das ganz einfach nicht zulassen. Der Abgrund hatte in sie hinein gesehen und sie verändert. Und sie sah ganz einfach nicht ein, warum sie sich dagegen sträuben sollte.

Der Revolver kam zum Stehen. Der Lauf zeigte auf die Tür.

Sie wollte sich nicht umbringen. Nicht mit einer Kugel, nicht mit dem Fusel, den sie hier trank. Sie wollte etwas ganz anderes. Sie wollte Rache.

*

Natsuki rutschte unruhig auf dem Hotelsessel hin und her. Das Hilton, das den Amsterdamer Flughafen Schiphol überblickte, wurde dem ehrwürdigen Ruf der Hotelkette durchaus gerecht. Für holländische Verhältnisse war die Suite überaus geräumig, aber zu fünft waren auch knappe vierzig Quadratmeter bedrückend eng. Und die Stimmung tat ihr übriges, um die Japanerin zu bedrücken. Es war ein Segen, dass sie das Hotelzimmer nur für ein paar Stunden gemietet hatten, anderenfalls liefe sie ernsthaft Gefahr durchzudrehen.

Sie hatte ein paar halbherzige Versuche unternommen, etwas zu zeichnen, aber ihre Aufmerksamkeit lag anderswo. Zu einem guten Teil natürlich auf Joshua, der an dem einzigen Schreibtisch im Raum saß und auf die Tasten hämmerte. Sie wusste, was er tat, zumindest grundsätzlich. Er erstellte eine Zeitlinie – Orte, an denen sie in den letzten paar Wochen gewesen waren; Personen, die etwas hätten sehen können. Sobald sie Zugriff auf ein etwas stabileres Internet hatten, würde er auch versuchen, Einblick in die Polizeiberichte zu bekommen, die es zweifelsohne bereits gab über das, was in Groningen passiert war.

Er hatte ihr vor Stunden mehr als erschöpfend erklärt, wie er vorzugehen plante, und noch ausführlicher sein Leid über die unzureichenden Materialien beklagt. Der Norweger mochte mit der Elektronik noch so geschickt sein, in allem anderen war er so gut wie nutzlos. Der Idiot dachte tatsächlich, ihr Interesse sei fachlicher Natur, dass sie sich nach gut drei Jahren auf einmal brennend für das interessierte, was er da tat. Am Ende rechnete er sich tatsächlich Chancen aus, in absehbarer Zeit mit ihr im Bett zu enden. Als wenn!

Selbst jetzt versuchte er, sie in seine todlangweilige Büroarbeit mit einzubeziehen, auch wenn seine Worte sie nicht erreichten. Die Geräuschkulisse ausblenden zu können, war ein sehr nützliches Talent, wenn man jemand observierte – und eines, das man sehr schnell erlernte, wenn man in einer Karaoke-Bar kellnerte. Und in diesem Moment war Natsuki mehr als dankbar, dass ihr Hirn all das nutzlose Geschwafel über Kalender-Daten und Hotelzimmer ausblenden konnte. Vermutlich sollte sie überdies auch für seine Unbedarftheit dankbar sein. Der Junge war sich der Gefahr, ersetzt zu werden, offensichtlich in keiner Weise bewusst. Er hatte ihnen mehr als deutlich bewiesen, wie es um seine Loyalität bestellt war. Und was schlimmer war als das, er hatte einen Fehler gemacht. Einen Fehler, der sie beinah alles gekostet hatte. Hatte ihnen gesagt, die Polizei sei auf dem Weg, sie festzunehmen. Dass man nach ihnen suchte. Aber soweit sie das sagen konnten, war das nicht der Fall gewesen. Jedenfalls waren die beiden Streifenwagen kaum darauf ausgelegt gewesen, mehrere Attentäter festzunehmen. Vielleicht hatte die Chance bestanden, der Konfrontation zu entgehen, wenn sie gewusst hätten, worum es ging. Aber auf dem Parkplatz, Auge in Auge mit der Polizei, war es dafür zu spät gewesen.

Jedenfalls wollte Natsuki das glauben. Und auch dass der Norweger log, wenn er behauptete, eine sehr viel vagere Warnung abgegeben zu haben. Denn das würde bedeuten, dass ihr Meister die Kontrolle verloren hatte, wenn auch nur für einen kurzen Moment.

Und das, das wäre dann tatsächlich ein gewaltiger Grund zur Sorge. Zumal nachdem, was im Anschluss passiert war. Die Meisterin war immer schon ein bisschen weniger beherrscht gewesen als ihr Bruder, aber Natsuki hatte noch keinen derartigen Kontrollverlust erlebt. Zugegeben, sie hatte die Zielpersonen gefunden und erledigt. Und eine gewisse Vorsicht hatte sie dennoch walten lassen. Aber ein Massaker wie dieses war nun so gar nicht ihre übliche Arbeitsweise. Und es war fraglich, ob sie sich so etwas erlauben konnten, nur Tage nach der Schießerei vor dem Hotel.

Und sie konnte erkennen, dass ihr Meister genauso dachte. Seit dem Vorfall, seit sie losgefahren waren, beriet er sich ununterbrochen mit seiner Schwester. Auch jetzt saßen sie auf dem Bett, direkt einander gegenüber. Im Schneidersitz, so dass sich ihre Knie wie auch ihre Stirnen berührten. Sie sahen sich in die Augen, flüsterten. Zu leise, als dass Natsuki über den Fluglärm und die Störgeräusche des Norwegers etwas verstehen konnte; zu schnell, als dass sie es vermochte, die Lippen zu lesen. Zumindest, ohne auffällig starren zu müssen.

Sie fühlte sich schon ein wenig ausgeschlossen, aber sie respektierte das, was zwischen den beiden Geschwistern war. Und sie kannte die beiden gut genug, um nicht zwischen sie geraten zu wollen. Wenn die beiden Zeit brauchten, um wieder auf Kurs zu kommen ... sie hatte ihre Instruktionen, und sie würde ihnen folgen.

Aber in Anbetracht der geradezu physischen Anspannung, die in der Luft lag, war Natsuki schon dankbar dafür, dass zumindest Lindsay im Augenblick die Füße still hielt. Für gewöhnlich war der Umgang mit der Amerikanerin bestenfalls schwierig, und die drei, die Natsuki gedanklich als die Erwachsenen ihrer Gruppe bezeichnete, wechselten sich damit ab, auf sie aufzupassen. Es war nicht so, dass Natsuki sie nicht mochte, oder ihre Fertigkeiten nicht respektierte, aber im Augenblick war sie ganz einfach glücklich, dass die amerikanische Verkleidungskünstlerin lediglich auf gepackten Koffern saß und aus dem Fenster starrte.

Natürlich erschloss sich Natsuki nicht, was die Frau da draußen so Faszinierendes fand, hatten sie doch alle schon Dutzende von Flügen hinter sich. Aber das änderte nichts daran, man musste auch über die kleinen Segnungen glücklich sein.

Und es dauerte eine gefühlte Ewigkeit, bis sie endlich erlöst wurde. Bis die beiden Geschwister mit ihrer Unterredung fertig waren. Aber es passierte, endlich. Sie lösten sich aus ihrer eigentümlichen Pose und standen auf. Die Meisterin lehnte sich auf dem Bett zurück, während ihr Bruder damit begann, in dem überfüllten Hotelzimmer auf und ab zu gehen. Die Hände hinter dem Rücken verschränkt, einem Feldherrn gleich, der seine Truppen inspizierte.

In gewisser Weise war er das ja auch.

„Wo stehen wir im Bezug auf die Polizeiberichte?"

Natsuki verkniff sich einen Seufzer, doch sie verspürte eine Welle von Erleichterung in Anbetracht der Ruhe, die in die Stimme des Mannes zurück gekehrt war. Sie konnte sich schon nicht mehr vorstellen, wie sie sich jemals eingebildet hatte, dass ihm die Kontrolle entglitten war. Von Joshuas Kompetenz war sie freilich nicht ganz so sehr überzeugt.

„Ich arbeite dran. Das Kerosinfeuer hat auf dem Bauernhof die meisten Spuren vernichtet, da haben sie bisher nichts gefunden. Aber sie haben eine Überlebende."

Natsuki beobachtete die Geschwister genau, doch ihre Gesichter waren Stein, keiner von ihnen reagierte, sie tauschten nicht einmal einen Blick. Und der dicke Norweger fuhr unbeirrt fort.

„Ein kleines Mädchen. Sie liegt im Krankenhaus, ist noch nicht vernehmungsfähig. Aber ich denke nicht, dass ich ihren Aufenthaltsort hier herausfinden kann, das ist..."

Unglaublich dämlich. Natsuki fragte sich, was dümmer war. Soviel für den Schutz einer Zielperson zu riskieren, oder in solcher Gesellschaft derart dreist zu lügen. Was erwartete Joshua denn, was passieren würde? Schön und gut, der Norweger war immer schon weicher gewesen als sie und die Geschwister. Bei Lindsay war es schwer zu sagen, ob sie überhaupt verstand, was die Gruppe tat. Und falls sie das tat, war Natsuki ebenso schleierhaft, ob es die Amerikanerin nachhaltig berührte, ob es sie überhaupt interessierte. Vermutlich nicht.

Aber es war etwas anderes, was ihren Computerspezialisten betraf. Die Zeichen waren von Anfang an da gewesen. Er war immer zögerlicher gewesen, feiger. Die Zeichen waren seit Jahren da, aber das war das erste Mal, dass er derart offen sich aufzulehnen wagte. Sie war sich nicht sicher, ob ihn das feiger oder mutiger machte. Vermutlich dümmer.

Auch wenn sie nicht daran zweifelte, dass er die plumpe Lüge bemerkt hatte, war sie dann doch von der Reaktion ihres Meisters ein wenig überrascht.

„Irrelevant, solange das alles ist. Das Mädchen ist sechs, die spricht nur italienisch. Bis... wenn sie sich von der Verletzung erholt hat und man einen Dolmetscher heranschafft, sind alle anderen Spuren längst kalt, wenn es denn welche gibt. Und wir wissen ja, was passiert ist. Was soll sie der Polizei sagen, außer dass eine maskierte Person geschossen hat? Dass die sich nicht selbst abgefackelt haben, das findet die Polizei bestimmt von ganz allein heraus. Wie stehen wir, was das Hotel angeht?"

Der Norweger schüttelte den Kopf, versuchte unschuldig zu wirken.

„Ich weiß noch nichts Genaues. Aber wie es scheint, haben sie irgendeine Warnung bekommen. Dass wir etwas mit dem Italiener planen. Und wer immer das ist, lebt noch. Auch wenn sie die Schießerei offiziell auf was Mafiainternes schieben. Irgendjemand weiß von uns. Sucht nach uns."

Natsuki konnte sehen, wie die Geschwister, beinah wie ein und die selbe Person, das Gesicht verzogen. Zwei Masken der Missbilligung. Und die Stimme der Meisterin schwang voll von mühsam unterdrückter Ungeduld.

„Ist eher ein Problem. Kriegst Du es hin, den Namen 'raus zu bekommen?"

Der Norweger nickte nur, beinah so, als wagte er es nicht, der Frau zu antworten. Keine schlechte Entscheidung, dachte Natsuki bei sich. Unterdessen ergriff ihr Meister erneut das Wort.

„Hört zu. Alle. Es gibt nur zwei mögliche Erklärungen dafür, dass jemand von unserer Existenz weiß. Und..."

Seine Augen wanderten von einem zum anderen, ließen selbst Lindsay nicht aus. Er betonte jedes einzelne Wort mit Nachdruck.

„Wir. Machen. Keine. Fehler. Damit bleibt nur eins. Irgendjemand, mit dem wir zusammengearbeitet haben, hat kalte Füße bekommen. Wir müssen herausfinden, wer und wann. Und wir müssen es schnell bereinigen. Was in Groningen passiert ist, war kein Glanzstück, aber das ist nicht mehr zu ändern. Nur zwei Personen wissen mit Sicherheit, dass wir hinter dem Italiener her waren. Die müssen wir loswerden. Die Person, die uns sucht, und wer immer uns verraten hat. Ich bin für Ideen offen."

*

Imran lief ein kalter Schauer den Rücken hinunter. Der Nachruf auf seinem Bildschirm war nur leidlich von der Suchmaschine übersetzt. Aber er verstand das Wesentliche. Der Mann, der das Hilfsgesuch geschickt hatte, der Mann, der die Attentäter gejagt hatte, war erschossen worden.

Und das warf nun eine ganze Reihe von Problemen auf. Und ein ganz gewaltiges Risiko.

Er war sich der Gefahr bewusst gewesen, des Risikos, das er eingegangen war. Er hatte gepokert und verloren. Und jetzt musste er sehen, wie er da wieder heraus kam.

Immerhin, er hatte seine Spuren ja gut genug verwischt. Er glaubte nicht ... wollte nicht glauben, dass man ihn finden würde, dass man ihn beschuldigen würde ... oder Schlimmeres. Bei einem gewöhnlichen Gegner hätte er sich keine besonderen Sorgen gemacht und das Ganze als Fehlschlag verbucht. Aber das waren keine gewöhnlichen Feinde. Es waren Monster, das stimmte wohl, aber der russische Agent war nicht so dumm, sie zu unterschätzen.

Er musste sich vorbereiten. Er musste ... Nein. Sie waren hervorragende Attentäter, ja. Aber es waren trotz alledem nur Menschen. Niemand war unfehlbar. Und er war ohnehin übervorsichtig. Sollten sie es doch versuchen, herauszufinden, wer sie in diese Falle gelockt hatte. Es blieb nur abzuwarten.

Und vielleicht ein oder zwei zusätzliche Maßnahmen zu treffen. Er musste seine Angehörigen verständigen. Wenigstens seine Tochter. Damit sie sich ein paar Wochen Urlaub nahm. Nur so zur Sicherheit.

Trondheim, Norwegen. Zwei Jahre zuvor. 11. Januar, 04:22 p.m.

Grundsätzlich zog Joshua die langen Nächte des winterlichen Norwegens vor, begünstigten sie doch seinen nachtaktiven Lebensstil. Und jetzt kamen sie erst recht gelegen. Für das, was er vorhatte. Für das, was die Frau vorgeschlagen hatte.

Aber im Grunde hatte er sich schon längst entschieden. Zugegeben, es gab da moralische Bedenken. Sie hatte ihm gesagt, dass es um illegale Dinge ging. Wirklich illegale Dinge. Aber andererseits... es war ja nicht so, als wenn ihm hier irgendetwas anderes blühte als Knast.

Und wenn er auf ihr Angebot einging... sie hatte ihm versprochen, dass er sich nie wieder über so etwas Sorgen machen müsste. Dass er nie wieder Geldsorgen haben würde. Und vieles mehr. Natürlich war so ein Angebot, noch dazu aus heiterem Himmel, viel zu gut, um wahr zu werden. Aber das machte ja auch keinen Unterschied. Im schlimmsten Fall war all dies ein garstiger Scherz oder dergleichen. Und wenn schon. Schließlich war er ja schon so tief gesunken, wie er konnte.

Was sollte denn mit ihm passieren? Wenn all das nur irgendeine seltsame Falle war? Dass er im Gefängnis oder in einem Irrenhaus landete? Das war ihm hier genauso sicher. Dass er starb? Hatte er das nicht sowieso schon vorgehabt?

Er konnte hören, wie die Frau, welche ihm das Angebot unterbreitet hatte, sich auf dem Gang mit Jonas unterhielt. Joshua drehte den Gegenstand in den Fingern, den sie ihm zugesteckt hatte. Ein kurzes Stück Kabel nur, an einem Ende ein Stecker, das andere aufgedreht. Der Aufschrift nach von irgendeinem Krankenhausgerät. Hoffentlich genug, um zumindest einen kleinen Kurzschluss zu provozieren.

Er streckte sich, versuchte seine Glieder zu fühlen, seine Finger, seine Zehen. Er musste stehen können, laufen können. Er atmete tief durch, versuchte sich zu beruhigen. Und er versagte bitterlich.

Joshua wusste, dass er seine Entscheidung getroffen hatte, aber je näher der Moment zum Handeln rückte, desto schneller hämmerte sein Herz. Er bildete sich das nicht einmal ein, er konnte es deutlich auf dem Monitor eines der Geräte erkennen, an die er noch immer angeschlossen war. Er musste es tun. Wenn er es nicht bald tat, würde der Herzalarm ihn verraten. Er musste handeln. Er musste aufstehen, oder er würde sein ganzes restliches Leben in einer Zelle vergammeln.

Er wollte aufstehen, wollte es wirklich. Aber... er konnte es nicht. Er wollte, doch in dem Augenblick, da er sich anschickte, die Decke zurückzuschlagen, brachen all die Ängste mit voller Macht über ihn herein. Was, wenn das alles nun ein schrecklicher Fehler war? Wenn es doch noch einen anderen Ausweg gab? Wenn es ... Wenn es... Wenn...

Seine nackten Sohlen berührten den kalten Krankenhausfußboden. Er riss sich die Klammer vom Zeigefinger, die Nadel aus dem Arm. Er griff unter die Monitore, zog das kurze Kabelstück aus dem Ärmel. Der junge Norweger tat sein Möglichstes, um den enervierenden Piepton zu ignorieren, den der Herzmonitor von sich gab. Mit zwei raschen Bewegungen trieb er die beiden Enden des kurzen Kabelstückes in zwei rabiat freigemachte Steckdosen an der Wand. Er riss die Hände gerade noch rechtzeitig zurück, um dem Funkenregen zu entgehen, der aus der Wand schoss. Insgeheim hatte er seine Zweifel gehabt – in einem Krankenhaus sollte so etwas normalerweise nicht ausreichen, um einen Kurzschluss auszulösen. Andererseits war das hier ein altes Gebäude, und er wusste ja nicht, ob die Frau und ihre nebulösen Komplizen irgendeine andere Manipulation am elektrischen System vorgenommen hatten.

Was immer es war, der Raum wurde schlagartig dunkel.

Er riss das Kabel wieder aus der Wand, versuchte die kurze Distanz bis zur Tür zu durchmessen, und seine Beine brachen prompt unter ihm weg. Er fluchte, rappelte sich auf, stürzte zur Tür.

Der Lärm schwoll auf dem Gang an. Menschen schrien durcheinander, brüllten, kreischten. Er konnte ein paar Alarmtöne hören, und trotzdem war es in Abwesenheit des allgegenwärtigen elektronischen Summens irgendwie still hier drin. Er hörte vor der Tür einen dumpfen Aufprall, hörte ein Röcheln, als er die Tür aufstieß. Er spürte, wie ihn eine Hand von der Seite packte, wie die Frau ihm ins Ohr zischte.

„Komm!"

*

Na endlich. Dreißig Sekunden. Dreißig, mehr Zeit hatten sie nicht, bis das Licht wieder angehen würde. Und der Junge hatte schon gute sieben oder acht davon verschwendet. Was ihre Aufgabe nicht gerade leichter machte. Und in ihrem gegenwärtigen Schuhwerk war das Laufen, geschweige denn das Rennen, schon schwierig genug.

Immerhin, es hatte eine gewisse Befreiung bedeutet, den widerlichen Krankenpfleger niederzustechen, nachdem er zehn Minuten damit verbracht hatte, ihr auf die Brüste zu starren und schleimige Doppeldeutigkeiten von sich zu geben. Auch wenn sie im Dunkeln nicht genau sagen konnte, wo sie ihn erwischt hatte, hoffte sie, es tat weh. Gezielt hatte sie auf seine Leistengegend.

Und jetzt schleifte sie den fetten Jungen den Korridor hinunter, auf die Fahrstühle zu. Schneller, sie mussten schneller sein, und ihre Knöchel taten verdammt nochmal weh. Schneller.

Zwanzig Sekunden.

Sie hielt Joshua noch immer am Handgelenk gepackt. Während sie den stockdunklen Gang entlang hasteten, drückte sie ihm den Griff des Skalpells in die Hand, schloss seine Finger darum. Der Junge schien das kalte Metall nicht mal zu bemerken, und ließ es umgehend fallen. Machte ja auch keinen Unterschied. Sie mussten weiter. Schneller.

Zehn Sekunden.

Sie glitt endgültig aus, stolperte über ihre eigenen, in modischen Folterinstrumenten eingeschlossenen Füße, rempelte irgendjemand an. Ihre Augen hatten sich gerade genug an die allgegenwärtige Dunkelheit gewöhnt, um vage Konturen auszumachen. Sie schaffte es noch, ihre Überraschung in einen theaterwürdigen Schrei zu verwandeln. Sie wünschte sich sehnlich, sie hätte die Schuhe oder die Handtasche einfach fallen lassen können, aber das kam natürlich nicht in Frage. Die Dinge waren nicht am Ort gekauft, und da, wo sie herkamen, bar bezahlt, aber eine Spur blieb eine Spur. Und man durfte sich nicht zu sehr auf das Glück verlassen, das hatten die Geschwister sie gelehrt.

Sie rappelte sich auf, zog sich mit beiden Händen an der Wand hoch. Natürlich war der Dicke auch gestrauchelt, war ja klar. Sie zischte ihm ein paar wütende Worte zu und rannte erneut los.

Fünf Sekunden.

Sie konnte noch nicht wirklich klar sehen, aber gut genug. Und dasselbe galt für die Menschen, die im Gang laut durcheinander schrien. Also konnte sie es nicht riskieren, erneut nach seiner Hand zu greifen, und musste sich stattdessen darauf verlassen, dass er ihr von sich aus folgte. Was an sich schon ein gewaltiges Risiko war. Der Norweger schaffte es tatsächlich, langsamer voranzukommen als sie, trotz ihrer unmöglichen Schuhe. Und er atmete sogar noch schwerer.

Vorbei.

Die Tür des Fahrstuhls flog auf, Licht flutete in den Gang hinein, für ein paar Sekundenbruchteile war Natsuki blind. Die Kante einer rollbaren Trage traf sie an der Hüfte, während Männer in Weiß an ihr vorbeihasteten und durcheinander riefen. Sie landete auf den Knien und kroch zwei, drei Schritte vorwärts, kam erst in dem Fahrstuhl mit Hilfe der Haltegriffe wieder auf die Füße.

Das Licht im Gang flackerte einmal und ging wieder an. Verwirrte, blinzelnde Gesichter. Kreischen von weiter hinten im Gang, wo der Pfleger blutend auf dem Boden lag. Eine Kakophonie von Alarmtönen aus den Zimmern, in denen die elektrischen Geräte wieder ansprangen. Das war gut, das bedeutete, die anderen hätten nicht allzu viele Augen in ihrer Richtung. Und zu ihrer noch größeren Erleichterung war Joshua dicht hinter ihr. In einem Anflug von Geistesgegenwart riss sie ihn am Arm herum, in den Fahrstuhl hinein. Sie warf sich gegen ihn, drückte ihn mit ihrem Rücken gegen die Innenwand des Aufzugs. Sie stieß einen schrillen norwegischen Hilfeschrei aus, während sie seinen Arm mit beiden Händen gegen ihren Hals drückte. Sie strampelte wild mit den Beinen, und schon beim zweiten Versuch gelang es ihr, den Knopf für das Parkhaus mit der Schuhspitze zu erwischen.

Die Fahrstuhltüren schlossen sich mit einem Rollen, und der stählerne Käfig setzte sich in Bewegung. Sie wusste nicht genau, ob die Kameras hier im Fahrstuhl aktiv waren, oder ob es überhaupt welche gab, aber sicherheitshalber strampelte sie weiter. So unangenehm das war, denn der kurze Sprint hatte dem Norweger den Schweiß auf die Stirn getrieben, und sein schwerer, heißer Atem brannte in Natsukis Nacken. Und trotz aller Umstände konnte sie so eng gegen ihn gepresst seine Männlichkeit in ihrem Rücken spüren.

Der Junge war ihr von Minute zu Minute unsympathischer.

Unterdessen öffneten sich die Türen, und das kalte Licht des Parkhauses schlug ihr entgegen. Sie wusste nicht, ob Joshua erstarrt war oder einfach nur sehr langsam, aber es war nicht leicht, ihn hinaus zu bugsieren, ohne die Illusion einer Entführung zu brechen.

Der Betonboden machte das Gehen auf den Stöckelschuhen sogar noch schwieriger, aber es waren nurmehr ein paar Meter bis zu dem Lieferwagen, mit dem sie gekommen war. Er stand genau da, wo die Geschwister ihr gesagt hatten, dass sie darauf warten sollte.

Das verriet ihr, dass sie sich auch um die Kameras hier unten gekümmert hatten. Die Fahrstuhltür hatte sich schon wieder geschlossen, also riss sie sich hastig von dem Dicken los. Als nächstes, noch im Gehen, pflückte sie sich die Schuhe von den Füßen. Die Socken darunter waren dünn, genau wie die enge Plastikschicht, die sie unter den Strümpfen trug. Aber dennoch konnte sie förmlich hören, wie ihre Füße, ihre Knöchel aufseufzten, als sie auf das Auto zuhastete. Gut, Joshua war barfuß, aber ein paar Meter über Asphalt waren ja wohl nichts, verglichen mit den Schmerzen, die sie gerade durchlitten hatte.

Der dicke Junge quiekte hinter ihr auf, wie ein angestochenes Schwein.

Sie wollte gerade herumfahren, um den Computerspezialisten für seine Weinerlichkeit zu schelten, als sie die norwegische Stimme hörte. Mit ausgeschalteten Kameras hatte sie gerechnet, mit einem Wachmann nicht. Ein Stromausfall einige Stockwerke höher hätte das Personal eigentlich auf „beschäftigt" halten sollen, aber ein bisschen Zufall ließ sich nie ganz ausschalten. Und genau deshalb sollte man sich nicht auf sein Glück verlassen.

Ihr Hirn begann auf Hochtouren zu arbeiten. Sie wusste, wenn sie einen folgenschweren Fehler beging, konnten die Konsequenzen für ihr Versagen sogar noch schlimmer sein als das, was Joshua blühte.

Und faktisch gesehen wusste Natsuki auch, dass sie bereits einen Fehler begangen hatte. Sie hatte sich aus purer Bequemlichkeit zu früh aus der seltsamen Umarmung des Norwegers befreit. Damit hatte sie effektiv ihre Tarnung zerstört.

Der analytische Teil ihres Gehirns riet deshalb zu einer einfachen Feststellung. Der Wachmann musste sterben. Die Kälte, die Schnelligkeit, mit der sie zu dieser Feststellung kam, erschreckte sie schon ein wenig. Es stimmte, dass sie bereits einen Mann erschossen hatte und wenigstens einen Krankenpfleger verletzt. Aber das hier, das war etwas anderes.

Sie wischte die moralische Ablenkung zur Seite. Die konnte sie gerade gar nicht gebrauchen. Die einzige gute Nachricht war, dass der Wachmann keine Schusswaffe zu tragen schien. Die schlechte Information dagegen war, dass er ein Funkgerät besaß und sich gerade anschickte, da hinein zu sprechen.

*

Joshua zitterte am ganzen Körper, sein Herz hämmerte bis zum Hals. Er nahm kaum wahr, was um ihn herum geschah, er versuchte immer noch, das Adrenalin in den Griff zu bekommen und zu begreifen, was passiert war.

Was passieren würde.

Der Wachmann starrte ihn an, nicht weniger überrascht. Ein rundlicher Mann mit dunklem, zurückweichendem Haaransatz und Schnauzbart. Aus irgendeinem Grund konnte Joshua erkennen, dass der Mann beide Achseln seines Uniformhemdes durchgeschwitzt hatte. Und er griff sich an den breiten Ledergürtel, zog dort ein Funkgerät hervor. Seine Hand wanderte wie in Zeitlupe zum Mund. Joshua sinnierte, dass dies wohl ein Nebeneffekt des Adrenalins sein müsste. Er konnte erkennen, wie die Frau, die ihn befreit hatte, sich anspannte, sich in Bewegung setzte. Und da war noch etwas anderes.

Ein Dämon wuchs hinter einem der Autos hervor, ganz nah bei dem Wächter. Nein, kein Monster, ein Mann. Ein Mann mit dunkler Windjacke, die Kapuze tief ins Gesicht gezogen und einem Schal vor dem Gesicht. Ein Mann, der eine Eisenstange schwang.

Der erste Hieb traf die Hand, und das Funkgerät fiel zu Boden. Die zähflüssige Zeit verzerrte das Geräusch der Überraschung und des Schmerzes, die der alte Mann von sich gab, ins Groteske. Joshua stand noch immer regungslos. Trotz der Gewalt, die sich vor ihm entfaltete.

Aus irgendeinem Grund hing sein Interesse an der Waffe. Ein frisches, gusseisernes Ding, vielleicht einen Meter lang. Vielleicht aus dem Stapel Baumaterial weiter hinten, wo einer der Stützpfeiler ausgebessert wurde.

Die Eisenstange krachte mit brutaler Wucht gegen den Kehlkopf des immer noch vollkommen überrumpelten Wächters. Das Geräusch der Überraschung verwandelte sich in ein erstickt heiseres Krächzen und der Mann taumelte rückwärts.

Joshua spürte die Hand seiner Begleiterin auf dem Arm, wie sie an ihm zog. Wie sie ihm zurief, er solle mitkommen. Aber er blieb von diesem blutigen Schauspiel gebannt, gleich einem Karnickel, das vor der Schlange hockte.

Die Spitze der Eisenstange traf die Stirn des alten Wachmannes, und eine Fahne von Blut spritzte von Joshua weg, in Richtung des Fahrstuhls. Gute ein oder zwei Meter weit. Der Getroffene ging zu Boden wie ein fallengelassener Sack. Und der schattenhafte Angreifer war binnen Sekunden über ihm. Die Eisenstange wirbelte herum und sauste mit der Spitze zuerst, einem Speer gleich nach unten.

Ein hässliches, feuchtes Knacken ertönte, und dann war die Gewalt vorüber. Der Schatten riss die Eisenstange frei und drehte sich herum. Kam direkt auf Joshua zu. Der konnte sein eigenes Herz laut schlagen hören. Und der Angreifer warf die Waffe. Nicht schnell, locker aus dem Handgelenk.

„Fang!"

Und das tat er. Ganz instinktiv fuhren seine Arme hoch. Ungelenk fing er die Waffe auf. Schwerer als er erwartet hatte, schwerer als es ausgesehen hatte zuvor im Einsatz, als die Stange mit tödlicher Gewalt herumgewirbelt worden war. Es dauerte einen Herzschlag oder zwei, bis er gewahr wurde, dass er eine Mordwaffe in der Hand hielt. Er ließ das Ding fallen, als sei es ein giftiges Insekt. Das hohle Geräusch des Eisens auf Waschbeton holte ihn dann vollends wieder in die Realität.

„Jetzt komm endlich."

Die Stimme seiner Begleiterin war die pure Ungeduld. Und der Schatten war bereits an ihm vorbei gestürmt. Beinah mechanisch, noch immer von der Wucht des Geschehenen überrumpelt, folgte er ihnen. Nach hinten in einen dunklen Lieferwagen hinein.

Das Gefährt setzte sich umgehend in Bewegung, mit rasanter Geschwindigkeit. Er wurde hart gegen die Innentür des Gefährtes gepresst, das in verkehrswidrigem Tempo aus dem Parkhaus kurvte. Beiläufig bemerkte Joshua, dass alles hier drin in Plastik eingewickelt schien. Der Mann hatte auf dem Beifahrersitz Platz genommen, zog sich in diesem Moment die Kapuze herunter und offenbarte einen Schwall langer, seidiger Haare. Auf dem Fahrersitz saß dagegen eine Frau, die sich gerade auf den Verkehr konzentrierte.

„Joshua, nehme ich an?"

Da war Schalk in der Stimme des Mannes. Und eine gewisse Freundlichkeit. In jedem Fall war die Stimme ruhiger, als jemand sein sollte, der gerade einen Mann erschlagen hatte. Er lehnte sich herum, streckte die Hand über die Schulter aus. Joshua traute sich nicht einmal, dem Kerl ins Gesicht zu schauen.

„Wer... wer seid Ihr?"

Joshuas Stimme klang hohl und sogar für ihn selbst fremd und schwach. Was sollte schon schiefgehen, was hatte er schon zu verlieren, hatte er sich gefragt. Er wusste noch immer keine Antwort darauf. In diesem Augenblick wusste er nur eines. Dieser Mann machte ihm Angst.

„Du kannst mich Rupert nennen."

Der Mann zog die Hand zurück, nachdem Joshua keine Anstalten machte, sie zu ergreifen.

„Cornelia."

Die Stimme der Brünetten am Steuer des Wagens war kalt wie Eis. Aber dennoch hörte sie sich an, als lachte sie insgeheim über irgendeinen Witz. Und Joshua war sich nicht sicher, ob er wissen wollte, was an diesem Witz die Pointe war.

*

Natsuki war überglücklich.

Sie hatte geduscht, bis ihre Haut brannte, und dann noch etwas länger. Wenigstens eine halbe Stunde lang, nachdem sie sich aus den Schichten von Kleidung gepellt hatte. Und derart von den Schichten von Make-up, der Haarfarbe und all des Krempels befreit, erkannte sie sich endlich selbst wieder in dem beschlagenen Spiegel.

Die winterlich-arktische Kälte, die durch das Badezimmerfenster des kleinen, hölzernen Ferienhauses kroch, spürte sie so gut wie gar nicht. Dazu war ihre Stimmung viel zu erhaben. Sie hatte es geschafft. Diesen neuen Test mit Bravour bestanden. Sie bildete sich sogar ein, Stolz in den Augen ihres Meisters gesehen zu haben, als sie hier angekommen waren. Alles glatt gelaufen. Mehr als glatt. Sie hatte nicht verfolgt, was die Geschwister dem Norweger erzählt hatten, aber das Verkaufsgespräch war deren Aufgabe, nicht ihre.

Sie schlüpfte in den Bademantel und schlenderte gelassen in den kleinen Wohnraum hinaus. Lindsay schaute kurz von einem Becher Eiscreme auf, warf Natsuki einen nicht unfreundlichen Blick zu. Dann wandte sie sich um, wieder dem Fernsehbildschirm zu, über den irgendein Kinofilm flackerte.

Natsuki griff sich eine Coladose aus dem Kühlschrank und einen kalten Pizzakarton. Für einen Augenblick hielt sie inne, schaute in die finstere Nacht hinaus. In einiger Entfernung, nahe einer felsigen Steilwand, konnte sie Silhouetten erkennen. Ein Feuer flackerte auf.

In diesen Teil des Plans war sie eingeweiht. In ein paar Tagen würde ein neues Video im Internet stehen. Von einem entflohenen Irren, der wirres Zeug brabbelte, über die Weltverschwörung der Konzerne. Und der sich dann vor laufender Kamera selbst anzündete.

Natürlich war das nicht so. Sie hatten den ganzen Aufwand ja nicht betrieben nur für eine Leiche. Aber irgendwann würde die

Polizei vom Hintergrund des Videos auf diese abgelegene kleine Hütte kommen. Sie würden keine Spuren finden, nur eine klinisch reine Wohnung und zwei Leichen. Einen Mann und eine Frau, beide von den Flammen bis zur Unkenntlichkeit verstümmelt. Und das wäre dann das offizielle Ende des unglücklichen Joshua. Und das Ende von zwei Spinnern, die durch die Berge getrampt waren. Aber die würde hier nie jemand vermuten.

Sie ließ sich neben der amerikanischen Künstlerin auf das Sofa fallen.

Fürs Erste konnte sie die Füße hochlegen und sich auf der exzellenten Arbeit ausruhen.

Palermo, Italien. 22. Februar, 03:59 p.m.

Unendliches Grau. Im Sommer war dies durchaus eine fröhliche, eine farbenfrohe Stadt. Aber im Winter war es eine Stadt in Grau. Selbst an den wenigen Tagen, an denen der Himmel sich nicht in Sintfluten ergoss, bildeten die Wolken eine unüberwindliche graue Mauer.

Und was noch schlimmer war, im Sommer waren die Straßen dieser Stadt, nein, war die ganze Insel voller Leben, überschwemmt von einer Flut von Besuchern und Touristen. Im Augenblick dagegen, begaben sich selbst die Einheimischen nur auf die Straße, wenn es unbedingt notwendig war.

Und das kleine Restaurant in einer der Nebenstraßen, drei oder vier Blocks vom Zentrum entfernt, mutete sogar noch dunkler und trostloser an. Ein Wunder, dass es um diese Zeit im Jahr überhaupt geöffnet war. Und natürlich war der rustikal eingerichtete Speiseraum fast völlig verwaist. Da befand sich eine junge Frau am anderen Ende des Raumes. Sie saß in einer Ecke, einen Laptop vor sich, Kopfhörer im Ohr. Kaute lustlos auf einer Pizza herum, die Aufmerksamkeit auf ihren Bildschirm gerichtet.

Ansonsten waren da nur Mario und seine beiden Begleiter. Don Mario Basini war unruhig. Nein, nicht unruhig. Aufgeregt. Es hatte ja einigen Grund dafür gegeben in den letzten Tagen und Wochen. Und darüber hinaus missfiel ihm der Grund dieses Treffens. Er zog nicht gerne Außenstehende hinzu, wenn es sich vermeiden ließ. Schon gar nicht, wenn es um Familienbelange ging. Aber im Augenblick ließ es sich nun mal nicht vermeiden.

Der Tisch, an dem der alte Mafioso saß, war in vollkommenes Schweigen gehüllt. Ein Glas mit gutem Rotem stand vor jedem von ihnen. Mario selbst hatte von seinem Glas genippt, ein oder zwei Mal. Er bevorzugte Selbstgekeltertes. Die Gläser vor den Männern zu seiner Rechten und Linken waren nicht mehr als schlechte Alibis. Keiner der beiden hatte vor, bei so einem Treffen Alkohol zu trinken. Nicht, dass die Männer nervös waren, aber ein bisschen Vorsicht schadete auch nicht. Auch wenn die Warterei lästig war. Hoffentlich erschien der Mann, auf den sie hier warten mussten, wenigstens...

Die Zeiger seiner Armbanduhr zeigten sechzehn Uhr.

Die Tür des Restaurants wurde aufgeschoben. Der Mann war pünktlich, immerhin. Und gekleidet, dass man ihn noch eher für ein Mitglied der Cosa Nostra halten musste als die bereits Anwesenden. Ein Fedora-Hut auf dem Kopf, ein langer dunkler Mantel über dem Jackett, beide feucht von einem gelegentlichen, verirrten Regenschauer.

Der Mann machte keinen Hehl aus seinen Absichten und kam in gerader Linie auf den Tisch zu, nachdem er sich des Mantels und seines Hutes entledigt hatte. Ein blasses, rundes Allerweltsgesicht. Schwarzes, zurück gekämmtes Haar. Und Augen. Blaugrün. Kalt. Stechend. Es waren sicher die Augen, die das Gewerbe des Mannes verrieten. Die Augen, die das Bild des adrett herausgeputzten Geschäftsmannes zerstörten.

Mario hatte so einige Mörder gesehen in der langen Zeit, in der er die Geschäfte der Familie nun schon leitete. Und niemand hatte je so kalte Augen gehabt. Nur war Mario sich nicht sicher, ob das in Anbetracht der Geschäfte, die zu machen er gekommen war, ein gutes oder ein schlechtes Zeichen darstellte.

Einer seiner Begleiter machte Anstalten aufzustehen, vermutlich, um den Neuankömmling auf Waffen zu durchsuchen. Ein Blick des Besuchers hieß ihn innehalten, aber erst Marios Hand ließ ihn entspannen. Sie waren zu dritt, der Mann war allein. Ohne Rückendeckung zu erscheinen, war eine Geste guten Willens, und nach allem, was Mario gehört hatte, war der Mensch, mit dem er sich hier traf, ein Profi durch und durch. Nicht eben wahrscheinlich, dass es zu einer Schießerei kam.

„Don Mario Basini, nehme ich an?"

Die Stimme des Mannes war überraschend jugendlich und irgendwie wohlklingend. Er mochte wie Anfang dreißig aussehen, doch er schien tatsächlich ein gutes Stück jünger zu sein.

Don Mario nickte, nickte und streckte die Hand zum Gruß über den Tisch.

„Und ich habe die Ehre mit...?"

Der Fremde ergriff sie. Guter, fester Händedruck. Nahm, ohne eine Aufforderung abzuwarten, am Tisch Platz.

„Vici. Antonio Vici. Es ist mir eine Ehre."

Mario verstand, und er konnte in ihren Gesichtern lesen, dass seine Begleiter nicht verstanden. Es machte auch keinen Unterschied. Der schwere anglistische Einschlag, mit dem der Mann italienisch sprach, verriet ohnehin, dass er kein Italiener war. Auch der Name war ganz offensichtlich falsch, aber das war nicht wichtig. So wurde dieses Spiel nicht gespielt, und immerhin respektierte er die Sprache des Landes, in dem er sich bewegte, genügend, um sie zu lernen. Das war schon etwas.

„Es ist nicht einfach, mit Ihnen in Kontakt zu kommen. Und auch nicht billig."

Antonio nickte bedächtig, musterte die drei Männer, die ihm gegenüber saßen, fixierte letztlich wieder Mario.

„Also gehe ich davon aus, dass die Angelegenheit von einer gewissen Dringlichkeit ist."

*

„Samuele. Mein Ältester... mein Sohn ist tot."

Das vom Wetter gegerbte Gesicht des alten, weißhaarigen Mannes war eine Maske von Schmerz, als ihm diese Feststellung über die Lippen kroch. Eine Maske voll kalter Gewissheit.

Und warum auch nicht? Dein Sohn verrottet in einer holländischen Leichenhalle. Zu Brei geschlagen, erschossen und verbrannt wie Holzkohle.

Natürlich sprach der Mann, der nicht wirklich Antonio Vici hieß, nicht aus, was ihm durch den Kopf ging, was das Feuer in sein Hirn schrie. Stattdessen hob er eine einzelne, wohlkalkulierte Augenbraue. Das war genug, um den alten Möchtegern-Paten wieder ans Plappern zu bekommen.

„Ich weiß, dass die Zeitungen es noch nicht gemeldet haben. Oder die Nachrichten. Aber ein Vater spürt solche Dinge. Samuele ist verschwunden. Vor Tagen. Bei dem Anschlag in den Niederlanden. Sie haben davon gehört, nehme ich an."

Gehört. Könnte man so sagen. Hat Spaß gemacht. Hat sich gut angefühlt. Hab danach tagelang schlecht gehört. Hätte vielleicht besser gehandhabt werden können. Dann hätten wir deinen Sohn eleganter loswerden können.

Der Mann nickte bedächtig.

„Kurze Zeit darauf hat man ganz in der Nähe dieses Vorfalls Leichen gefunden, verbrannt und verstümmelt. Eine dieser Leichen war seine Frau. Und seine Tochter... meine Enkelin, meine kleine Alessia... ringt noch immer mit dem Leben."

Weil meine Schwester nicht annähernd so gut schießt, wie sie denkt. Kleiner Kunstfehler. Und weil sie zu faul war, alle Leichen anzuzünden. Also wirklich.

„Irgendein Monster hat ein Gewehr auf eine Sechsjährige abgefeuert! Und mein Sohn... Ich habe keinen Zweifel, dass man ihn bald genug identifizieren wird. Ich weiß, dass er tot ist. Und ich weiß auch, wer ihn umgebracht hat."

Na, ich bezweifle, dass wir uns hier derart höflich unterhalten würden, wenn du seniler Greis auch nur einen blassen Schimmer hättest, wer deinen Idioten von Sohn ausgeknipst hat. Vermutlich müsste ich dann meine Pistole ziehen, deine beiden Leibwächter-Hanseln erschießen und deinen Schädel gegen die Bar dreschen, bis dein warmes, rotes Blut... Er hatte Mühe, nicht bei dem Gedanken zu grinsen. Oder den Mund zu verziehen. Und sein Körper spannte sich ganz instinktiv an, machte sich bereit zur Bewegung, bereit, nach einer Waffe zu greifen. Es war natürlich ganz unmöglich, dass diese Inselgangster irgendetwas für ihn Belastendes wussten, aber nur für alle Fälle.

„Der Mörder meines Sohnes...

Ist bildhübsch, hat ein Aggressionsproblem und sitzt circa fünf Meter hinter mir.

...ist ein Mann namens Anton Malizescu."

Der Mann, der sich zur Zeit Antonio Vici nennen ließ, pfiff. Das war erstaunlich nah an der Wahrheit, auf eine gewisse Art und Weise zumindest. Und es bedeutete auch, dass er sich, wieder einmal, zu seinem eigenen Scharfsinn beglückwünschen durfte. Eine seiner liebsten Freizeitbeschäftigungen. Aber die anderen verhielten sich nun einmal tatsächlich so, wie er es erwartet hatte. Was das hier unglaublich interessant und unterhaltsam machte.

„Sie kennen den Mann?"

Kennen wäre zu viel gesagt. Das letzte Mal, als ich mit dem Trottel geredet habe, hat er mir sehr viel Geld geboten, um deinem Sohn sein trübes Licht auszublasen. Es gab Momente, wo der Mann sich wünschte, er könnte ehrlich mit seinen Gesprächspartnern sein, nur um ihre Reaktionen zu erleben. Er war sich sicher, der alte Italiener würde einen unterhaltsamen Anblick bieten. Stattdessen erwiderte Antonio, der nicht so hieß, lediglich knapp:

„Nicht persönlich, aber diesen Schlag von Mann zu kennen, ist wichtig in einem Geschäft wie dem meinen."

Don Mario nickte bedächtig. Die Antwort schien ihm nicht zu gefallen, ihn aber auch nicht sonderlich zu überraschen. Er fuhr vergleichsweise unbeirrt fort, und langsam, aber sicher kam ein kleines bisschen Leben in seine hirnerweichend eintönige Stimme.

„Bis vor Kurzem waren dieser Mann und die Organisation, die er repräsentiert, Geschäftspartner meiner Familie. Bis es zu einem sehr unschönen Zwischenfall kam, bei dem einige von seinen Leuten ins Gefängnis gewandert sind. Anton Malizescu hat uns... mir die Verantwortung dafür zugeschoben."

„Und liegt sie bei Ihnen?"

Obgleich in vollkommen ruhigem und höflichem Ton gestellt, brachte die Frage Don Mario doch aus dem Konzept. Zum einen war er es nicht gewöhnt, derart unterbrochen zu worden. Zum zweiten überraschte es ihn, diese Frage von einem vollkommen Unbekannten zu hören. Und zuletzt war da noch der Umstand, dass die Wahrheit weder besonders einfach war, noch besonders schön. Er war nicht bereit, sich vor dem Assassinen diese Blöße zu geben.

„Würde das irgendeinen Unterschied machen?"

Antonio Vici verzog das Gesicht zu einem halben Grinsen und schüttelte leicht den Kopf. Irgendwie irritierte diese Geste Mario. So, als würde der Mann über irgendeinen Scherz lächeln. Vielleicht sogar über ihn.

„Nein. Nicht wirklich. Reines Interesse."

Für gewöhnlich hätte Mario selbst den Verdacht nicht toleriert, dass sich jemand über ihn lustig machte, ihn verspottete. Er wäre nicht so alt geworden, wenn es anders wäre. Aber er war nicht nur alt, die Ereignisse der vergangenen Tage hatten ihn auch paranoid gemacht. Und so ungern er das zugab, in gewisser Weise war er ja auf diesen Mann vor ihm angewiesen. Also war es vielleicht besser, zumindest für den Augenblick solche eingebildeten Unhöflichkeiten nachzusehen. Stattdessen fuhr er äußerlich unberührt fort.

„Malizescu sieht die Schuld bei mir, das ist, was zählt. Und er ist feige genug, eine Familie in den Ferien anzugreifen."

Mario konnte spüren, wie sein Blutdruck sich erhöhte, sein Puls sich beschleunigte. Wie die kalte Wut in ihm aufkochte. Das war schon ein paar Mal passiert... vor dem Zwischenfall. Danach passierte es alle paar Stunden. Wann immer er an das dachte, was passiert war. Er konnte sich noch gut daran erinnern... Als sein eigener Vater ihn in dieses Geschäft eingeführt hatte. Vor unendlich langer

Zeit. Als es in diesen Geschäften noch so etwas wie Ehre gegeben hatte. Männer, auf die man sich verlassen konnte, die ihr Wort hielten.

Seine Finger fischten die kleine Tablettendose aus dem Jackett, und er warf sich zwei daraus ein. Spülte mit einem Glas Wein nach und schluckte schwer. Nicht abschweifen. Nicht in der Vergangenheit verlieren. Noch so eine Sache, die ihm immer wieder passierte, in den letzten Jahren. Nicht jetzt. Das hier war zu wichtig. Das hier musste er zu Ende bringen.

„Und er ist... Sie kennen die Osteuropäer."

Mario musste die Worte hervorpressen. Seinem Gegenüber entging die Wut freilich entweder völlig, oder er erachtete es nicht für notwendig, in irgendeiner Form darauf zu reagieren. Und das machte Mario sogar noch wütender. Und dann begann der Mann, ihn weiter zu provozieren.

„Bei allem gebührenden Respekt, das sind Vermutungen. Jemand in ihrer Position hat doch sicher mehr als nur einen Feind."

Als sei es seine Schuld. Als hätte er zu verantworten, was mit seinem Sohn passiert war. Er hatte getan, was getan werden musste. Für das Geschäft. Für die Familie. Um die Familie zu beschützen, verdammt nochmal. Nicht abschweifen. Nicht ablenken lassen. Dennoch musste er seine Antwort zwischen zusammengebissenen Zähnen herauspressen.

„Die meisten Männer, die ich zu meinen Feinden zähle, sind Männer, die zumindest noch ein kleines bisschen Ehre besitzen. Und Männer, mit denen ich Geschäfte mache, erst recht. Und die Familie... ist heilig. Ich kenne nicht viele Männer... nicht viele Hunde, die sich an einem Kind vergreifen würden."

Das schien zumindest eine gewisse Reaktion aus dem Mann heraus zu holen. Wenigstens verzog sich dessen Mund eine Spur. Vielleicht war Vici ja nicht völlig aus Eis. Auch wenn Mario nicht sagen konnte, ob das nun ein gutes oder ein schlechtes Zeichen war.

„Also wollen Sie, dass ich Anton Malizescu umbringe?"

Mario transpirierte stark. Das verdammte Medikament wirkte nicht, es wirkte nie, nicht so schnell, wie der Doktor ihm versprochen hatte. Die Wut kochte in ihm auf, wie in einem Teekessel.

Er fletschte die Zähne, schüttelte den Kopf.

„Nicht nur. Er hat mehr getan, als mich anzugreifen. Er hat meine Familie angegriffen. Er hat meinen Sohn und meine Schwiegertochter getötet. Hat auf ein sechsjähriges Kind schießen lassen. Ich will, dass dieser räudige Köter von einem Mann den Schmerz spürt, den ich nun fühle. Ich will, dass er leidet, bevor er stirbt."

*

Na, so viel zu „nur ein Hund würde ein Kind anfassen", du vertrockneter Bastard. Ich müsste dich auf der Stelle erschießen, dafür, dass du meine Schwester beleidigst. Und für diese widerliche Scheinheiligkeit. Hör wenigstens auf, mir mit dem Ehrgefasel auf die Nerven zu gehen. Der Mann riss sich innerlich zusammen. So, dass man ihm den Zorn nicht ansah.

„Sein Sohn sitzt hinter Gittern. Seine Frau ist, soweit ich weiß, nicht mehr am Leben, und sein Enkelsohn ist..."

Der alte Italiener fiel ihm rüde ins Wort.

„Siebzehn Jahre alt. Ein Mann. Sein Erbe. Genau, wie..."

Seine Stimme stockte kurz, wurde dunkler, schwermütiger. Noch so eine sekundenlange Gedankenpause. Komm zur Sache, Alter, wir haben nicht ewig Zeit.

„Genau, wie Samuele der meinige war. Töten sie den Jungen! Sorgen Sie dafür, dass Malizescu es erfährt!"

Die Stimme des Alten wurde lauter und lauter, aufgeregter und aufgeregter. Der jüngere Mann folgte dem, was gesagt wurde, nur mit halbem Ohr, beobachte stattdessen mit einigem Interesse, wie die Spucke des Mafioso, von Wut und Empörung angetrieben unter seinem Schnauzbart hervorquoll. Die Tropfen schafften es bis zu dem Weinglas auf dem Tisch, wanderten langsam weiter, während der andere sich vorbeugte.

Die Hand des falschen Antonio Vici glitt vom Tisch. Formte eine Faust, sobald der Arm schlaff herab hing. Er streckte zwei Finger aus, wischte kurz. Das Zeichen für die anderen, nicht einzugreifen. Nicht, dass seine Schwester vom anderen Tisch aus den Ärger des Alten falsch verstand und jemand erschossen wurde. Das passierte ja leicht in letzter Zeit.

Der Italiener hatte sich noch immer nicht beruhigt, aber immerhin sein zornesrotes Gesicht ein bisschen zurückgezogen und starrte seinem Gegenüber ins Gesicht. Erwartungsvoll. Irgendwie erschöpft.

„Warum ich?"

Das Gesicht zerfloss in Überraschung. Der Mann hatte es sich zur Gewohnheit gemacht, das zu fragen.

„Jemand wie Sie hat doch sicher billigere Attentäter zur Verfügung. Warum einen Außenseiter anheuern?"

Es war in diesem Geschäft nicht besonders üblich. Nicht einmal hilfreich. Tatsächlich war es schon ein oder zweimal vorgekommen, dass diese Fragerei sie einen Auftrag gekostet hatte; was nicht wirklich schlimm war. Manche Arten von Geschäften hatten einfach immer Hochkonjunktur. Aber es war wirklich interessant zu fragen. Zugegeben, die meisten Leute hatten nicht allzu viel Bemerkenswertes zu sagen. Immer die gleichen profanen, kleinlichen Gründe. Aber ein oder zwei Mal gab es etwas Neues zu hören. Etwas Originelles. Das war die Risiken allemal wert. Er blickte dem alten Italiener einigermaßen gespannt in die Augen.

„Es ist nicht so einfach, jemanden über eine solche Distanz zu schicken, erst recht nicht mit den notwendigen Ressourcen ausgestattet."

Und es ist auch viel einfacher, wenn jemand anderes das Risiko trägt. Außerdem hast du auch nicht die Mannschaft, um so etwas mit einiger Sicherheit hinzubiegen. Nicht, dass du mir das jemals sagen würdest. In den meisten Fällen wurde die Hoffnung auf eine interessante Geschichte eben enttäuscht.

„Wenn Sie meinen."

Ein billiger Seitenhieb, aber die kleine Provokation war es ihm wert. Er konnte förmlich sehen, wie der Blutdruck des Mafiadons wieder in die Höhe schoss. Aber das war gut so. Ein wütender, oder besser noch: verwirrter, Kunde war viel sicherer als ein ruhiger und überlegter.

„Was soll das denn...?"

Und der hier war definitiv beides. Der Mann stand vom Tisch auf, fiel seinem Gegenüber ohne viel Aufhebens ins Wort.

Mal wieder.

„Wir werden anfangen, sowie die erste Rate bezahlt ist."

Sprach's, drehte sich um und marschierte zur Tür hinaus. Er konnte noch hören, wie der alte Sack sich leise über den Preis beschwerte. Unwillkürlich weckte das den Wunsch in ihm, dem Mafioso die Wahrheit auf die Nase zu binden. Natürlich erst, wenn die letzte Rate bezahlt war. Was würdest du wohl machen, wenn du wüsstest, dass du den Mördern deines Sohnes soviel Geld bezahlt hast? Vom Glauben abfallen? Rache schwören? Heuerst du dann die Zweitbesten an, um uns zu erledigen? Oder versuchst du's dann ausnahmsweise selbst? Vielleicht würde er das ausprobieren. Irgendwann. Nachdem diese Sache aus der Welt geschafft war.

*

Don Mario blickte dem Fremden hinterher. Er bedauerte, zu was die Welt geworden war, dass er mit Leuten wie dem zusammenarbeiten musste. Alles an dem Mann behagte ihm nicht. Der Ruf, den dieser Mann genoss, mochte noch so makellos sein. Aber... schwer zu sagen. Vor einer ganzen Weile hatte Mario mal einen guten Riecher gehabt dafür, ob ein Mann vertrauenswürdig war oder nicht. Und alles an seinem neuen Geschäftspartner störte ihn.

Antonio Vici... allein der Name, den er für sich gewählt hatte. Und er war respektlos. Irgendwie irritierend. Mario mochte keine respektlosen Menschen. Und davon gab es in letzter Zeit... in den letzten Jahren... viel zu viele.

Dieser Auftragsmörder... er war ganz sicher ein Produkt dieser neuen Generation. Kein Respekt, keine Ehre.

Was hätte er dafür gegeben, die Zeit zurückdrehen zu können. In eine Zeit, wo man noch auf einander achtgab, wo man sich noch auf Leute verlassen konnte, wenigstens auf manche.

Wo er nicht gezwungen war, Geschäfte mit einem wie Anton Malizescu zu machen.

Eine Zeit, wo sein Sohn noch lebte.

Samuele...

Verflucht noch mal. Wie war es so verdammt weit gekommen? Nicht abschweifen. Die Vergangenheit war vergangen. Weg. Sie würde nicht zurück kommen, egal wie sehr er sich das wünschte. Und die Zukunft gehörte Männern wie Vici. Räudigen Hunden.

Er lebte noch, und sein Sohn tat es nicht. Das war falsch und himmelschreiend ungerecht. Aber es ließ sich nicht mehr ändern. Die kleine Alessia lebte noch. Es galt, ihr etwas zu hinterlassen. Mario selbst war alt.

Alles, was ihm in dieser Welt blieb, war Rache.

Den Haag, Holland. 27. Februar, 04:52 p.m.

Immer und immer wieder klingelte das gottverfluchte Telefon. Immer und immer wieder. Michelle brauchte gar nicht hinsehen, um zu wissen, welche Nummer auf dem Display zu sehen war. Es war ja nicht so, dass sie im Augenblick überhaupt mit irgendjemand reden wollte, aber mit ihrem Boss schon gar nicht. Wenn sie mit jemand reden wollte, dann nur mit dem, der bereit war, ihr zu helfen, der etwas beizutragen hätte.

Und ihr Vorgesetzter in der Behörde hatte ja nun schon mehrfach deutlich gemacht, dass er nichts dergleichen vorhatte. Im Gegenteil. Aber sie hatte jetzt wirklich keine Zeit für irgendwelche bürokratischen Maßnahmen, die sich ein Bürokratenhintern daheim in Lyon zusammenschwatzte. Sie hatte Wichtigeres zu tun, viel Wichtigeres. Sie musste ihren Freund rächen, musste ein paar Fehler ungeschehen machen. Zumindest soweit das noch möglich war... manche Dinge ließen sich nun mal nicht zurücknehmen.

Und das verdammte Ding plärrte immer noch den gleichen, vom Werk eingestellten Klingelton. Wer hatte diese Töne eigentlich verbrochen? Es gab doch auf der ganzen Welt keinen einzigen Menschen, der diese, die Nerven erweichende, Tonfolge mochte. Aber vielleicht war das ja der Sinn an der Sache.

Michelle drehte die Musik lauter. Harte, wummernde Töne. Elektronisch und laut. Aus den kleinen Lautsprechern, die sie gekauft und an ihren eigenen Ipod angeschlossen hatte. Zwar verfügte das Haus über eine ausgezeichnete Stereoanlage mit allerlei Abspielgeräten, aber N... nicht seinen Namen aussprechen, nicht einmal in Gedanken. Überhaupt nicht an ihn denken. Der Vorbesitzer der Stereoanlage hätte es nicht gut geheißen, solche Musik darauf zu spielen.

Aber Michelle half es. Ganz dem Namen der französischen Band entsprechend, hypnotisierten die Klänge sie. Halfen ihr, klare Gedanken zu fassen. Sie musste ihren Geist zusammenhalten. Sie durfte sich nicht fallen lassen. Durfte nicht loslassen. Nicht ablenken.

Das beschissene Telefon klingelte schon wieder. Sie klaubte den Revolver vom Tisch, wickelte ihre Jacke um den Arm, drehte die Musik bis zum Anschlag auf. Der Schuss erschütterte ihren Arm ein wenig. Irgendwie klang es so, als sei die Explosion der Patrone ein Teil der Musik, ein Tusch im Takt. Für einen kurzen Augenblick, während sie Holzspäne und rauchenden Plastikschrott vom Tisch fegte, fragte Michelle sich, ob sie den Verstand verlor.

Aber für solche Zweifel war jetzt auch keine Zeit. Und immerhin war nun wieder Ruhe. Abgesehen von der Musik, die im Augenblick praktisch als konzertlaut durchging. Sie legte den Revolver beinahe ehrfürchtig zurück in die Kiste und wandte sich wieder ihrem Computer zu.

Listen. Namen. Listen und Namen. Listen voller Namen. Ohne die Ressourcen von Europol, ohne die Rechenleistung und die Datenbanken war es nicht einfach, das zu erinnern, was sie getan hatte, bevor dieser ganze Alptraum angefangen hatte.

Aber sie musste es versuchen. Und immerhin, ein paar Wochen zuvor, als sie mit... ihm daran gearbeitet hatte, war einiges an Material abgefallen, das sie benutzen konnte. Es würde reichen. Sie würde eine neue Spur auftun. Sie würde den Mann wiederfinden. Würde ihn und seine Komplizen töten. Dann und nur dann bestand eine Chance. Eine Chance, dass sie wieder würde schlafen können, ohne schreiend aufzuwachen. Ohne die Gesichter zu sehen. Ohne sein Gesicht zu sehen.

Sie musste nur durchhalten, bis es soweit war. Bis dahin musste sie einfach weitermachen. Weiter machen. Nicht aufgeben. Nicht durchdrehen.

Und irgendwie dabei die Angst in Schach halten. Die Angst, dass es nicht funktionieren würde. Dass die Attentäter ihr Muster geändert hatten. Dass es ganz einfach nie aufhören würde. Immer und immer weiter ging. Alles wäre besser gewesen. Wirklich alles.

Einfach nicht darüber nachdenken. Einfach weitermachen. Weiter machen.

Sie musste hier heraus, jetzt gleich. Sie fuhr aus ihrem Stuhl auf, ohne dem Material irgend eine nennenswerte Beachtung geschenkt zu haben. Griff sich die Jacke, die noch immer merklich nach Pulver stank, und streifte sie über.

Sie war schon fast aus der Tür hinaus, als sie innehielt. In das kleine Wohnzimmer zurückkehrte und den Revolver und die Schachtel mit Patronen aufklaubte. Es war ihr schmerzlich bewusst, dass sie, was das anging, schrecklich aus der Übung war.

Wäre sie nur halb so geübt, halb so gut gewesen, wie... er es gewesen war... vielleicht. Vielleicht wäre dann alles anders gekommen. Vielleicht hätte sie verhindern können, dass... nein. Nein, nein. Da war rein gar nichts gewesen, dass sie hätte tun können. Sie durfte den Gedanken nicht zulassen, oder sie zerbrach. Aber ein bisschen Übung schadete trotzdem nicht.

Weitermachen. Durchhalten. Einfach durchhalten.

*

Imrans Schädel brummte. Zu viel, zu viel Wodka. Irgendwann würde ihn das Zeug umbringen. Da hatte er keine Zweifel. Eigentlich ein Wunder, dass ihn seine Leber noch nicht im Stich gelassen hatte.

Wumm, Wumm, Wumm.

Es hämmerte in seinem Hirn, alles um die Couch herum schien sich zu drehen. Rund und rund im Kreis herum. Den Lichtern nach zu urteilen, die sich in einiger nebliger Entfernung vorbeidrehten, war es spät. Spät genug, dass er eigentlich schon längst bewusstlos hätte sein sollen. Das jedenfalls war sein Plan gewesen.

Wumm, Wumm, Wumm.

Er zuckte unter den Hammerschlägen zusammen. Er hatte gewartet, war vorsichtig gewesen. War bei jedem quietschenden Reifen und jedem Knall in der Nacht zusammen gezuckt und hatte sich auf ein Attentat vorbereitet. Aber das ging so nicht. Schon gar nicht bei seinen Voraussetzungen.

Wumm, Wumm, Wumm.

Er war dazu ausgebildet, Gefahren zu erkennen. Attentäter kommen zu sehen. Man hatte ihn sogar ausgebildet, selbst Attentate zu verüben. Er kannte die Kniffe und die Tricks. Alle Tricks. Alles war gefährlich, alles ein Risiko. Jedes Dach ein Nest für Scharfschützen. Jeder Wagen, der mit ihm an der Ampel hielt, ein potenzieller Angreifer. Jede schiefe Mülltonne, jede Zeitung auf dem Gehweg mochten Sprengsätze verbergen.

Alles war gefährlich. Aber er konnte nicht alles im Auge behalten, nicht auf alles achtgeben. Nicht, ohne wahnsinnig zu werden. Der Wodka half. Half ihm zu schlafen. Wenigstens für gewöhnlich. Und normalerweise hämmerte sein Schädel nicht so... verflucht, war etwas in dem Alkohol gewesen? Hatte man ihn vergiftet? Hatten sie ihn am Ende...?

Wumm, Wumm, Wumm.

„Imran, ist alles in Ordnung da drinnen?"

Verflucht. Keine Einbildung. Das war ja gar nicht in seinem Schädel. Irgendwie kam ihm die Stimme bekannt vor. Er fingerte seine Makarov unter dem Kissen hervor. Eine Flüssigkeit hatte die Polster beschmutzt. Keine Ahnung, was das war. Nicht wichtig.

Er taumelte mehr, als dass er durch die dunkle Wohnung ging. Er musste sich abstützen, zwei, drei Male. An Türrahmen, Tischkante, Sofalehne. Die Waffe vage auf die Tür gerichtet.

„Wer da? Wer ist da, verdammt?"

Scheiße. Seine Stimme klang, als käme sie aus einem verdammten Minenschacht. Rau. Weit entfernt und schwach und fremd.

„Imran, ich bin's. Mach auf, Mann."

Er kam an der Wand zum Stehen, neben der Tür. Imran musste den Impuls niederkämpfen, die Tür aufzureißen. Und den Impuls, ganz einfach hindurch zu schießen. Die Stimme kam ihm bekannt vor. Wenn er sich doch nur daran erinnern könnte, woher.

Er hätte beinah durch den Türspion geschaut, schaffte es gerade noch, sich vor einem solch dummen, so potenziell tödlichen Fehler zu bewahren. Die Wohnung war zwar nicht erleuchtet, aber er würde trotzdem einen deutlich sichtbaren Schatten vor dem kleinen Fenster werfen. Genug für einen geübten Attentäter. Genug, um seinen Kopf zu lokalisieren und durch die Tür zu schießen. Alter Trick, ganz alter Trick.

Wumm, Wumm, Wumm.

Warum verflucht wollte der Raum nicht still halten? Er hob ein Kleidungsstück auf, machte die Waffe bereit, wedelte den Mantel vor dem Guckloch. Er zuckte augenblicklich zurück, wartete auf Kugeln, bis zum Zerreißen gespannt und bereit, das Feuer zu erwidern.

Aber die Schüsse blieben aus. Kein Knall. Kein scharfer Dampf. Keine Projektile, welche die Tür zerfetzten, auf der Suche nach seinen Eingeweiden.

„Jetzt mach schon auf, verdammt. Es ist wichtig. Lass mich rein."

Wenn er nur wüsste, woher er diese Stimme kannte. Seine Hände fanden den Sicherheitsriegel, den er vor Jahren eingebaut hatte, zur Sicherheit. Er musste es riskieren. Wer immer da vor seiner Tür stand, war ja offenbar weder gewillt, von sich aus wieder zu verschwinden, noch das Feuer zu eröffnen.

Imran schaffte es gerade so, betrunkenes Kampfgeheul zu unterdrücken, als er die Tür aufriss und dem Besucher seine Pistole ins Gesicht hielt.

„Hey, ich bin's doch. Ganz ruhig, verdammt noch..."

Der Fremde war kein Fremder.

„Vadim? Was machst Du hier?"

Verflucht, seine Stimme klang wie die eines Toten. Und sein Schädel fühlte sich kaum besser an. Aber wenigstens hatte das Hämmern aufgehört. Vadim Pokrov war einer von Imrans Arbeitskollegen. Irgendein Verwaltungsmensch. Imran hätte nicht sagen können, was genau der Mann für sein Geld tat. Aber bei einem Geheimdienst war das ja auch der Sinn der Sache. In jedem Fall kannten die beiden Agenten sich schon eine ganze Weile. Zehn, fünfzehn Jahre mindestens. Hatten so einige Nächte zusammen durchzecht.

Nicht, dass sie sich allzu sehr gemocht hätten oder neben der Arbeit und dem Wodka viele Gemeinsamkeiten besaßen. Aber da war ein gewisser Respekt, ganz einfach, weil es nicht viele Männer wie sie gab, in diesem Metier.

„Ich muss mit dir reden, Imran. Verdammt, wieviel hast Du getrunken, sag mal...“

Der kleine, rundliche Agent schob sich an Imran vorbei und rümpfte die Nase. Er wirkte irgendwie gehetzt. Da war Schweiß auf seiner Stirn und in seinem Schnurrbart, die Pupillen waren verengt. Er schaute sich ein, zwei Mal zu viel um, auch ins verwaiste Treppenhaus hinunter.

„Ist alles in Ordnung?“

Imran warf selbst noch einen Blick nach unten, nur so zur Sicherheit. Er schloss die Tür, schaute dem anderen nach und bemühte sich vergeblich, seine raue, tonnenschwere Zunge unter Kontrolle zu bekommen. Kein ganz leichtes Unterfangen.

Vadim hatte sich in den Wohnraum zurückgezogen. Er stand im Zwielicht der Straßenlaternen und schüttelte die Flaschensammlung auf dem Couchtisch durch, in der Hoffnung, Flüssigkeit zu finden.

„Unterm Tisch sind die vollen...Schenk mir auch einen ein.“

Freilich verwehrte der andere Imran diesen einfachen Wunsch. Stattdessen genehmigte er sich einen einzelnen, massiven Schluck. Gerade genug, um die Nerven zu beruhigen.

„Glaube, Du hast genug gehabt, Kumpel. Ich muss mit dir reden. Kann sein, dass Du 'nen klaren Kopf brauchen wirst.“

Der Ton in der Stimme des Schreibtischarbeiters war stärker ernüchternd als drei Tassen Kaffee. Das war schon mehr als nur
Gehetztheit. Das war Angst.

Tatsächlich drehte er sich in diesem Moment herum, schaute
Imran direkt in die Augen. Seine Stimme war so eindringlich wie
sein Blick.

*„Du musst mir genau zuhören. Das Memo, das Du vor ein paar Ta-
gen bekommen hast. Kannst Du dich daran erinnern? Das über die...
schwierigen Kunden, die Du betraust."*

Im Grunde war eine solche Sprache unnötig. Sie beide wussten,
worum es ging, wenn Vadim von „Kunden" sprach. Attentäter, die
er betraute. Die er mit Aufträgen versorgte. Im Auftrag von 'mochte Gott wissen' wem. Imran glaubte schon lange nicht mehr, dass
die Regierung von allem wusste, was diese Behörde tat. Aber natürlich machte es keinen Unterschied, wer von was wusste, solange
es nur zum Wohle des Landes war. Zumindest hatte er sich das
früher gesagt. Nicht, dass es heute noch half.

Und natürlich konnte er sich an das interne Memo erinnern, das
durch seine Hände gegangen war. Damit hatten seine Sorgen ja
erst angefangen. Weil Interpol es auf ganzer Linie verbockt hatte.
Er nickte nur.

*„Du... Du hast doch gemacht, was drin stand, oder? Du hast es doch
an die Kunden weitergegeben oder? Du würdest doch keinen solchen Befehl missachten?"*

Imran schluckte schwer. Er konnte den Schweiß fühlen, der seine Stirn und seinen Hals hinabbrann. Hätte er sich anders entscheiden sollen? Hatte er sich anders entscheiden können? Einfach seine
Arbeit machen? Bisher hatte seine kleine Heldentat ja zu nichts als
mehr Toten geführt. Ja, es hatte sich in dem Augenblick richtig angefühlt. Aber langsam kroch das Bewusstsein in ihm hoch, dass er
möglicherweise einen folgenschweren Fehler gemacht hatte. Ohne
recht darüber nachzudenken, ohne wirklich zu wissen wieso,
schüttelte der alte Russe langsam den Kopf.

„Scheiße."

Eine Feststellung, die auf Schlimmeres schließen ließ. Imran musste sich beherrschen, um seinem Kollegen nicht an den Hals zu springen. Ihn durchzuschütteln, um Gewissheit zu erlangen. Gewissheit über seine Ahnung, Gewissheit über das, was Vadim so spät noch hierher getrieben hatte. Dieser sprach allerdings erst weiter, nachdem er ein weiteres Glas mit Wodka heruntergestürzt hatte. Diesmal reichte er die Flasche ungefragt an Imran weiter.

„Hör mir zu. Ich... Du musst verschwinden. Du musst... Ich hab den Anruf gehört. Gestern. Beim Chef. Ich weiß nicht, ob die das waren, deine Kunden, meine ich. Aber er hat ihnen gesagt, dass Du gewusst hast, dass... wenn Du sie nicht gewarnt hast... dann wissen sie das jetzt."

Nicht gewarnt... er hatte mehr getan als nur das. Er hatte sie verraten. Für was, sein persönliches Ehrgefühl? Um sich ein kleines bisschen weniger wie ein Monster zu fühlen? Na, hatte das nicht wunderbar funktioniert?

Langsam aber sicher brannte die Angst den Alkohol aus seinem Hirn. Sie wussten es. Sie wussten. Und das bedeutete vermutlich auch, dass sie einen Verrat ahnten, wenn sie nicht Gewissheit hatten. Manchen Menschen traute er so gut wie alles zu.

Die Paranoia war zurück, mit mehr Gewalt als jemals zuvor. Imran ignorierte den rundlichen Mann in seinem Wohnzimmer jetzt völlig. Er musste telefonieren. Augenblicklich.

*

Alexandra Pethrukov war aufgeregt. Das war es. Ihre ganz große Chance. Nun war es ja nicht so, dass es in ihrem Metier nicht genug zu berichten gab über dieses Land. Oder viel zu wenig, wenn man nicht das Risiko eingehen wollte, im Gefängnis zu verschwinden.

Die meisten Journalisten schrieben nun einmal nur noch Belanglosigkeiten. Oder sie versteckten sich, hinter falschen Namen, falschen Adressen, in den Tiefen des Internets. Meistens beides. Meistens versteckte man sich, obwohl man nur davon schrieb, dass mal wieder irgendein Milizionär betrunken mit einem Schützenpanzer ein paar Laternenpfähle umgelegt hatte. Was ohnehin schon mit ernüchternder Regelmäßigkeit vorkam.

Und so schwer es Alexandra fiel dies zuzugeben, sie war lange Zeit über nicht viel besser gewesen. Vielleicht ein bisschen besser im Verstecken und Verwischen ihrer Spuren. Kein Wunder bei ihrem Vater. Ihrem Vater, dem Spion. Dem Vater, der ihr zum ersten Mal nachgespitzelt hatte, als sie siebzehn Jahre alt gewesen war.

Aber sie war ganz kurz davor, den allergrößten Fang zu machen. Die ganz große Story. Die, die alle Schlagzeilen sprengen würde. Und die das Land erschüttern würde. Vielleicht sogar ihren Vater ins Gefängnis bringen.

Oder zumindest in die Arbeitslosigkeit.

Und sie glühte innerlich. Fieberte förmlich. Es war alles vorbereitet. Sie hatte schon vor Jahren Vorbereitungen getroffen. Für den Fall, dass sie das Land würde verlassen müssen. Und nach dieser Nacht würde sie das vermutlich müssen.

Und ihr Vater wusste das. Sechs oder sieben Mal hatte er sie angerufen, seit sie ausgezogen war. Seit sie ihren Beruf ergriffen hatte. Und wenigstens die Hälfte der Anrufe waren nicht eben freundlich gewesen. Sieben Anrufe. Und nochmal so viele in der letzten halben Stunde. Selbst als sie ein paar Monate lang im Gefängnis gewesen war, hatte er sie nicht mehr als einmal angerufen. Und jetzt, wo es um seinen eigenen Hals ging... Sie wunderte sich nicht einmal, dass er ihre Telefonnummer hatte, nicht bei seinem Beruf. Ihr Handy vibrierte erneut, als sie auf den Parkplatz, zwei Blocks von dem kleinen Diner entfernt, einbog.

Sie machte sich nicht einmal die Mühe, den Anruf wegzudrücken, ließ das Mobiltelefon einfach auf dem Beifahrersitz liegen. Sie brauchte ihre Aufnahmegeräte. Digital natürlich. Eines offen, eines in ihrer Jacke verborgen. Nicht die feine Art, aber in ihrem Metier...

Der Laden war nur ein paar Kilometer vom Stadtkern Moskaus entfernt, doch zu dieser nachtschlafenden Stunde war er praktisch verwaist.

Jemand werkelte hinter dem Tresen in der Küche. Und da war ein Mädchen, vermutlich jünger als sie selbst, in Kellner-Uniform. Sah irgendwie asiatisch aus und gebräunt. Mongolisch vermutlich.

Und da war die Frau, mit der Alexandra sich treffen wollte. Blond, die Haare unter der Baseballmütze versteckt. Braune Lederjacke, schwer definierbares Alter. Irgendwo zwischen zwanzig und vierzig. Nervöser Gesichtsausdruck, aber das war ja kaum verwunderlich. Bei der Brisanz dessen, was sie hier preisgab.

Alexandra hatte das Foto in ihrer Brieftasche. Ihr Vater war darauf, zweifelsfrei zu erkennen, in der „Schräg-von-oben"-Ansicht. Saß an einem verschneiten Bahnsteig auf einer Bank. Reichte einem Mann in grüner Kapuzenjacke einen Umschlag. Auf der nächsten Fotografie konnte man das Bild erkennen, das in dem Paket gewesen war. Das Bild eines Arabers. Des Prinzen, der vor Kurzem ermordet worden war. Dem Zeitstempel auf den Fotografien nach, hatte man die Bilder vor eben jenem Mord gemacht.

Auf der Rückseite fand sich eine dünne Handschrift. *„Wenn Sie die Wahrheit wissen wollen, können Sie die ganze Story haben"*. Und eine Telefonnummer. Natürlich hatte Alexandra umgehend angerufen. Und das hatte sie nun hierher geführt, in ein kleines Diner. Um Beweise zu erhalten, dass der Geheimdienst international Attentäter aussendete. Dass ihr Vater dabei der Mittelsmann war.

Alexandra ließ sich auf den Stuhl der Blondine gegenüber gleiten. Steckte verschwörerisch den Kopf vor. Es schadete ja nicht, wenn man vorsichtig war. Treffen mit solchen Informanten blieben immer ein Drahtseilakt zwischen Öffentlichkeit, die einen gewissen Schutz bot, und der Heimlichkeit, die erforderlich war, um nicht belauscht zu werden. Auch wenn sie nicht daran glaubte, dass es sich bei einer mongolischen Nachtschichtkellnerin um eine Attentäterin in Diensten des FSB handelte.

Sie streckte die Hand über den Tisch aus, bemühte sich, warm und vertrauensvoll zu klingen. Informanten hatten meistens Angst und beileibe nicht zu Unrecht. Es war wichtig, ein gewisses Vertrauen zu erwecken.

„Ich bin Alexandra. Wir haben heute Mittag telefoniert."

Die Blonde zögerte einen Augenblick, schaute kurz aus dem Fenster und dann zur Theke hinüber, bevor sie die Hand unter dem Tisch hervorzog und Alexandras ergriff. Ein zögerliches, ängstliches Lächeln auf den Lippen.

„Sind... wir hier sicher?"

Ihre Stimme war so schüchtern wie ihr Gesichtsausdruck. Aber sie hatte nicht Unrecht, in Anbetracht der Umstände. Ihr eigenes Herz schlug ja auch nicht gerade langsam. Dennoch gab sie sich alle Mühe, ihre Stimme stark und sauber zu halten. Vertrauen zu erwecken.

„Wir sollten nicht allzu lange bleiben. Mein... Der Mann auf ihrem Foto weiß vermutlich, dass ich auf dem Weg bin, um bestimmte Informationen in Empfang zu nehmen. Vielleicht ist es besser, wir gehen an einen anderen Ort zum Reden."

Und nach einigem Zögern fügte sie hinzu:

„Keine Sorge. Mir ist niemand gefolgt, und ich habe das Handy im Wagen ge..."

Sie stockte. Das Gesicht der blonden Informantin war wie ausgewechselt, genau wie ihre Stimme. Aber Alexandras Blick war vor allen Dingen von der Pistole eingenommen, welche die Frau auf den Tisch gelegt hatte.

„Sehr freundlich von dir. Danke für die Warnung."

Außerhalb von Moskau, Russland. 28. Februar, 10:12 a.m.

Rechts von ihm, unter dem Beifahrersitz. Joshua hatte die Pistole gründlich verborgen. Gestern, als sie die russische Reporterin entführt hatten. Die arme Frau war vollkommen verstört gewesen, geradezu katatonisch erstarrt. Er konnte es ihr ja kaum verdenken.

Nur ein einziger schneller Griff, und er hätte die Waffe in der Hand.

Sie war schon aufgeregt gewesen, als sie angekommen war, und mal ehrlich – wer hätte keine Angst, wenn man ihn mit vorgehaltener Waffe entführte?

Er war nun schon seit einer ganzen Weile unterwegs mit... den anderen. Den Verrückten. Und dennoch machten ihn Schusswaffen nervös. Und er hatte nicht gerade viel Übung in ihrem Gebrauch. Aber gestern hatte er eine Pistole abgezweigt. Hatte sie während der Entführung unter dem Sitz verborgen. Er würde sie brauchen. Bald schon. Er wusste, dass sie ihn nicht gehen lassen würden. Und er wusste, dass es nur eine Frage der Zeit war. Dass sein Leben in Gefahr war.

Am Anfang war ihm das Ganze wie ein Spiel vorgekommen, als sei eine neue, völlig unbekannte Welt vor ihm geöffnet worden. Faszinierend. Und natürlich hatte es ihn vor dem Gefängnis bewahrt. Die teuren Hotels, das Fliegen in der besten Klasse, das teure Essen... all das war zweifellos angenehm. Aber es konnte einfach nicht an einer fundamentalen Wahrheit vorbeitäuschen. Er war nicht wie die anderen. Er war kein Mörder, kein Schlächter. Und mit jedem Mal, mit jedem Leben, das unter den Händen dieser Irren verging, wuchs seine Abneigung. Er hatte längst den Punkt überschritten, wo es sich nicht mehr ruhig schlafen ließ. Wo er die Gesichter von den Fotos an der Pinnwand nicht mehr aus dem Sinn bekam und die Augen schloss, wenn sie ein Attentat beobachteten.

Und die Einsamkeit. Die verfluchte Einsamkeit. Er war ja vor diesem neuen Leben nicht oft unter Leuten gewesen, aber seitdem... die ständige Geheimhaltung, immer einen falschen Namen verwenden, immer einen neuen. Und die einzigen Menschen, mit denen man reden konnte, waren vollkommen geistesgestört. Das fiel nicht immer auf, zumindest nicht bei allen. Die Geschwister, die Asiatin... sie funktionierten, auf einem gewissen Level zumindest. Aber mit Menschen, die sich im einen Augenblick über Filme und im nächsten über das Ermorden von Kindern unterhielten, ohne mit den Wimpern zu zucken... mit solchen Menschen stimmte etwas nicht.

Und natürlich, wie immer bei seinem Glück, ließen sie ihren Wahnsinn an ihm aus. Er wusste, dass sie ihm die Schuld gaben. Für das Fiasko in Groningen. Er hatte seinen Job gemacht, gut gemacht. Hatte genau das berichtet, was er aus dem Polizeifunk gehört hatte. Dass ein paar Interpol-Agenten gekommen waren, um den Mafioso zu befragen. Es war ihm schleierhaft, wie daraus eine Schießerei hatte werden können, mit einem Dutzend Toter, bei der das halbe Hotel niederbrannte.

Und dann machten sie ihm noch Vorwürfe, dass er darauf vorbereitet gewesen war, alleine sein Heil zu suchen. Als wenn das hier irgendjemand anders ginge. Als wenn sie tatsächlich etwas auf das ganze Bruderschaftsgefasel gaben.

Doch die Dinge waren, wie sie waren. Deshalb hatte er die Waffe abgezweigt. Er glaubte zwar nicht ernsthaft daran, dass er die Verrückten töten konnte, aber... Die Frau war drinnen im Bauernhaus, bei der Russin. Er müsste nur... müsste nur in den Wagen steigen und losfahren. Er wusste nicht, wo die Asiatin war oder die bekloppte Amerikanerin, aber... er traute sich durchaus zu, mit denen fertig zu werden, zumindest mit einer Schusswaffe.

Nur noch ein paar Riemen festziehen und... verflucht.

Schritte.

Verflucht.

*

Natsuki durchmaß den kleinen Hof, der den alten Bauernhof von der baufälligen Scheune trennte. Harter, gefrorener Schlamm unter ihren Füßen. Es war klirrend kalt, und sie hatte ihre Jacke im Haus gelassen, aber ihr Schritt war dennoch leicht und federnd.

Ihre Aufgabe gab ihr Wärme und Auftrieb. Die beiden Angestellten in dem Diner gestern waren bestenfalls eine Aufwärmübung gewesen. Jetzt... jetzt kam der Hauptgang. Ihre Schritte trugen sie auf eins der beiden Autos zu. Einen geschlossenen Van. Die Schiebetür war offen, der fette Norweger lehnte halb hinein, hantierte an irgendwelchen Gepäckstücken herum. In seinen dicken Jacken sah er unförmig aus und noch lächerlicher, als er das gewöhnlich tat.

Natsuki wiegte die schwere, rostige Machete in ihrer Hand. Hatte sie da hinten in der Scheune gefunden. War eine gute Waffe, zumindest für ihren Zweck. Sie freute sich darauf, seit Monaten, vielleicht seit Jahren. Jedes einzelne Mal, das er sie angestarrt hatte, jedes Mal, das er sie belehrt hatte. Jedes Mal, das er sie anfasste, wenn er sich unbeachtet glaubte. Wenn er sie belauscht hatte, wie sie sich im Nebenraum vergnügten. Vermutlich schon seit seiner Rekrutierung. Hinzu kam die unendliche Nörgelei. Immer wieder Zweifel, immer wieder Einwände. Sein Versagen und der schmerzlich offensichtliche Beweis seiner Illoyalität waren nur die Krönung des Ganzen.

Es war den Geschwistern hoch anzurechnen, dass sie das Versagen des fetten Norwegers nicht gegen sie, Natsuki, hielten. Und sie ließen ihr sogar das besondere Vergnügen, diesen Schandfleck selbst zu entfernen. Natsuki war fest entschlossen, es zu genießen.

Fünf Schritte noch. Vier. Keine echte Chance, ihre Schritte zu maskieren, nicht bei diesem Untergrund. Drei Schritte. Ihre nackten Finger glitten die Klinge entlang. Viel Rost, kaum Schärfe. Gut für ihre Zwecke, sehr gut. Es würde weh tun.

Zwei Schritte.

Der Dicke war die letzten paar Sekunden sehr still gewesen, hatte sich keinen Millimeter bewegt. Jetzt aber kam Leben in die rundliche Gestalt. Seine Hand fuhr nach rechts, unter einen der Sitze. Kam wieder zum Vorschein, der massige Körper schon halb in der Drehung, zu ihr herum. Da war eine... eine Pistole in seiner Hand.

Natsuki sprang ab, federte vorwärts. Brachte die Machete mit aller Gewalt nach unten.

*

Joshua fühlte den Ruck durch seinen Arm gehen. Er hatte es fast geschafft, die Pistole auf die Asiatin zu richten. Beinahe. Aber irgendetwas funktionierte nicht. Und so sehr er sich bemühte, es gelang ihm nicht, den Zeigefinger um den Abzug zu krümmen. Es ging einfach nicht. Genauso wenig, wie er Gefühl im Mittel- oder Ringfinger der rechten Hand hatte. Aber sein Handrücken... war warm. War heiß. Brannte wie Feuer. Da war ein tiefer Riss im Rücken seines gefütterten Handschuhs. Rot quoll heraus. Warmes, heißes Rot. Blut.

Die Asiatin war ganz dicht bei ihm. Ihr Gesicht... machte Joshua Angst. Angst genug, dass er sich umgehend in die Unterhose erleichterte. Ihre Augen waren voll von Hass, wie er ihn noch nie gesehen hatte. Und darüber hinaus... Empörung. Als hätte sie sich gar nicht vorstellen können, dass er sich wehrte. Als hielte sie es für eine Unverschämtheit, dass er sich nicht einfach in sein Schicksal ergab. Er hatte gute drei Jahre mit ihr verbracht... einen nicht unbeträchtlichen Teil davon in sie verknallt. Und da war nichts als Verachtung in ihrem Blick. Sie ließ das große Messer fallen, in Rot getränkt. Mit Blut. Seinem Blut.

Verachtung, als sie ihm ohne jede Anstrengung die Pistole aus der immer noch ausgestreckten Hand pflückte. Eine winzige Bewegung nur, aber anstatt Widerstand zu leisten, sandte seine Hand eine Welle aus Schmerz durch seinen Körper, die ihm die Tränen in die Augen trieb.

Verachtung, als sie die Waffe mit der Mühelosigkeit jahrelanger Vertrautheit auseinander nahm, das Magazin auf den Boden fallen ließ, die einzelnen Teile zu beiden Seiten davon schleuderte.

Es machte ihn wütend. Wütender als Jahre der Zurückweisung. Wütend genug, dass er sich einbildete, eine Chance zu haben. Er wedelte die verletzte Hand nach ihr. Einmal mit der Rückhand, einmal mit der Vorhand. Natürlich erreichten die plumpen Angriffe sie nicht. Nicht einmal das Blut, das aus seiner Wunde spritzte, traf sie.

Mehr Verachtung. Mehr Hohn. Aber die Schläge erfüllten ihren Zweck. Sie trieben die Asiatin rückwärts. Nicht weit. Einen oder zwei Meter nur. Aber weit genug, um ihre Machete vom Boden aufnehmen zu können.

Und sie lachte. Sie stand unbewaffnet vor ihm und sie lachte, verdammt noch mal. Wieso verachtete sie ihn nur so furchtbar? Er warf sich nach vorn, mit aller Macht. Und er schrie. Heulte, so laut er konnte. Angeblich sollte das ja helfen. Er war nicht stark, und die Linke war nicht seine dominante Hand. Aber er war größer und viel schwerer als sie. Und er legte sein gesamtes Gewicht, alle Kraft in seinen Körper, in den einzelnen brutalen Hieb. Setzte alles daran, der verrückten Schlampe das Gesicht zu spalten.

Sie wischte seinen Arm so einfach zur Seite, als würde sie ein Kind umwerfen. Ihr rechter Unterarm traf seinen linken, drückte ihn zur Seite, nahm dem Schlag den Schwung. Ihr Arm rutschte vorwärts, und bevor er wusste, wie ihm geschah, hatte sie ihren Arm um den seinen gewickelt und drückte. Sein Arm, sein Ellenbogen knackten. Ihre Schulter stieß die Waffe aus seiner Hand, und sein Arm wurde schwach. Es tat weh. Sein Arm tat weh. So verdammt weh. Er fing an zu weinen. Hemmungslos, ohne irgendwelche Zurückhaltung. Er war körperliche Anstrengung nicht gewöhnt. Er war Schmerz nicht gewöhnt.

Sie funkelte ihn von der Seite an, die Arme noch immer umeinander geschlungen, aber er sah nicht mehr als eine Silhouette durch seinen Tränenschleier.

Sein Bein fing an zu protestieren, als sie ihm seitlich gegen den Knöchel trat, und es brach unter ihm weg. Sie ließ seinen Arm los, und er ging auf die Knie, noch immer schluchzend. Seine Arme hingen schwach und nutzlos herunter.

Es machte keinen Unterschied. Er hatte längst aufgegeben. Lange bevor sie die Klinge wieder aufhob. Lange bevor sie sie zum Einsatz brachte. Wieder und immer wieder.

*

Die Frau ließ die schlanke, österreichische Pistole aus dem Hüftholster schnellen, stieß die Waffe nach vorn, in eine solide Schussposition. Richtete sie auf ihr Spiegelbild. Steckte sie wieder zurück.

Sie wiederholte den Vorgang drei, vier Mal. Sie war unzufrieden mit der Geschwindigkeit, aber die Zeit war reif. Sie musste los, leider. Sie war zu sehr aus der Übung, was diese Dinge anging. Zuviel los in letzter Zeit, zu viele Reisen.

Sie steckte noch einmal den Kopf in das leere Zimmer, wo die Russin an die Heizung gekettet lag. Soweit sie das erkennen konnte, war die Reporterin noch immer bewusstlos. Oder stellte sich zumindest so. Ein weiteres Problem, das.

Mochte der Teufel wissen, was sie alles mitgehört hatte, als sie hier angekettet war, als sie im Nebenraum Notwendiges besprochen hatten. Aber umbringen konnten sie die Russin noch nicht. Wenigstens für eine Weile, bis sie sich um ihren Vater gekümmert hatten. In Anbetracht der Umstände hätten sie jemanden zur Bewachung hier lassen sollen. Wenn sie aufwachte... Das Heizungsrohr war zwar immer noch an der Wand befestigt, aber nicht weniger baufällig als der Rest des Gebäudes. Wenn Alexandra aufwachte... gut möglich, dass sie sich befreien könnte.

Aber wenn die Frau die Geräusche vom Hof richtig deutete, dann waren sie im Augenblick nur zu zweit. Und ohne Rückendeckung zu dem Treffen zu gehen, das wäre noch unangenehmer gewesen. Also blieb ihr keine Wahl.

Sie zog sich die Jacke über, warf sich die Tasche über die Schulter. Keine Spuren hinterlassen. Allerdings machte sie sich keinerlei Mühe, die Tür zu verriegeln. Wenn sich jemand Zutritt zu dieser Bruchbude verschaffen wollte... oder sich daraus befreien... dann würde ein Türschloss auch keinen Unterschied machen.

Als sie auf den Hof hinaustrat, war Natsuki soeben fertig geworden. Mit dem Schlachten. Da war eine gewaltige Blutlache auf dem Boden. Die Japanerin schüttete gerade Benzin darüber. Feuer, immer noch die beste Methode, um so etwas loszuwerden. In der Blechtonne brannte es schon. Und eine Hand ragte in den Flammen empor. Eine Hand, von der sich langsam das Fleisch ablöste. Die Frau glaubte nicht, dass Joshua in einem Stück in die Tonne gepasst hätte. Aber dafür gab es ja Macheten.

Auch wenn die Zeit drängte, nahm die Frau sich ein paar Momente, um Natsuki bei der Arbeit zu beobachten. Und den Flammen beim Lodern. Sie mochte Feuer. Es stimmte schon, was ihr Bruder gesagt hatte. Am Anfang war sie dagegen gewesen, jemanden hinzuzuholen. Sie und ihr Bruder waren gut zu zweit durchgekommen, hatten gute Arbeit geleistet. Erst bei der Beobachtung des Yakuza-Bengels waren sie auf Natsuki gekommen. Und ihr Bruder hatte sofort gesehen, was sie nun auch sehen konnte. Die Japanerin war so, wie sie selbst auch waren. Und sie ergänzte das Team gut.

*

Imran kontrollierte seine Uhr. Zum fünfzehnten Mal. Elf Uhr fünfunddreißig. Zu spät. Schon fünf Minuten überfällig. Bedeutete das, etwas war schief gegangen? Bedeutete das... ruhig. Ganz ruhig. Er musste einen kühlen Kopf behalten. Musste sich konzentrieren. Die Lage war schlimm genug.

Er stand da, wo das Ganze angefangen hatte, wo er den Attentätern den letzten Auftrag überreicht hatte. Vor nicht einmal zwei Monaten. Auch wenn es so unendlich lange her erschien. Auch wenn er in dieser Zeit vielleicht den schlimmsten Fehler in über dreißig Berufsjahren begangen hatte.

Sein Fehler. Und Alexandra bezahlte dafür. Er hatte panisch versucht, seine Tochter zu erreichen, als der Anruf gekommen war. Von ihrem Handy. Sie hatten nicht mehr genannt als eine Zeit und einen Ort. Und den Befehl ausgesprochen, allein zu kommen. In Anbetracht der Umstände war eine Drohung auch völlig unnötig gewesen.

Ja, natürlich hatte er seine Meinungsverschiedenheiten mit Alexandra gehabt. Hatte ihren Lebens- und Berufsweg lange Zeit über nicht gut geheißen, sich sogar gekränkt gefühlt. Auch wenn er glaubte, dass sie ein bisschen Stolz empfunden hätte, wenn sie gewusst hätte, was ihnen diesen Schlamassel eingebrockt hatte.

Der Gedanke gab ihm ein kleines Hochgefühl. Gerade genug, um seine Mundwinkel ein bisschen zu heben. Aber er musste sich konzentrieren. Er musste auf der Höhe sein, und bedachte man, wie er die Nacht verbracht hatte, war das ohnehin keine leichte Aufgabe. Sie wollten ihn treffen. Das konnte zweierlei bedeuten. Und er bezweifelte, dass er so gut geschützt war, dass sie ihn erst herauslocken mussten, um ihn umzubringen. Was nur bedeuten konnte, dass es irgendetwas gab, was sie von ihm wollten. Wenn er tippen müsste, betrieben die Killer gerade Schadensbegrenzung. Und sie hatten ihn als Leck identifiziert. Jetzt mussten sie feststellen, wieviel ausgelaufen war. Und er wünschte sich inständig, es gäbe da mehr zu berichten. Es gäbe mehr, das er hätte verraten können. Oder Informationen, die er irgendwo verborgen hatte. Bei einem Anwalt, in einem Schließfach. Er brauchte ein Druckmittel. Irgendeines.

Aber da war nichts. Nichts außer einem halben Dutzend Morde in den letzten fünf Jahren, die alle nicht wie Morde aussahen. Und vielleicht ein oder zwei Überwachungsfotos, von denen er nicht einmal wirklich sagen konnte, wer darauf zu sehen war.

Was bedeutete, dass er bluffen musste. Dass er sich etwas aus den Fingern saugen musste. Und wenn man ihm auf die Schliche kam, wenn sie merkten, dass er log... Dann würde er sterben, und Alexandra würde es auch. Soviel war sicher.

Es gab natürlich noch eine andere Möglichkeit. Vielleicht. Wenn er sich darauf verlassen wollte, dass diese Attentäter zumindest etwas aufeinander gaben. Wenn er den in die Finger bekam, der zur Verhandlung kam... vielleicht konnte er einen Austausch...

Ein Zug donnerte unter dem Fußgängerübergang hindurch, hielt in dem kleinen Bahnhof nicht an. Sein Blick schweifte nach rechts, die Treppe hinunter, zu der Bank, auf der er gesessen hatte. Direkt neben einem der Mörder, die seine Tochter in ihren Fingern hatten.

„Imran Pethrukov, nehme ich an. Nicht umdrehen. Augen nach vorn."

Eine Frauenstimme. Kalt wie Eis und distanziert spöttisch. Irgendwo rechts hinter ihm. Schwer zu sagen, wo genau sie stand, zumindest ohne über die Schulter zu schauen. Er gab sich alle Mühe, souverän und gleichgültig zu klingen, ganz im Gegensatz zu seinem inneren Aufruhr.

„Wo ist Dracovîc? Ich hatte mit ihm gerechnet."

Die Frau zögerte eine Weile, bevor sie antwortete, beinahe so, als hätte sie überlegen müssen.

„Ist das der Name, den er deinem Verein genannt hat?"

Die Frau kicherte. Mädchenhaft, hell. Und immer noch irgendwie kalt. Imran kannte diesen Menschenschlag. Sie hatten ihm eine Wahnsinnige geschickt, um über das Schicksal seiner Tochter zu verhandeln.

*

Die Frau war zum Zerreißen angespannt. Sie stand vielleicht vier oder fünf Meter entfernt von der Zielperson. Dem Agenten. Der vielleicht ein besserer Gegner war als der Mafioso. Sie leckte sich unwillkürlich die Lippen.

Langsam, ganz langsam zog sie den Reißverschluss ihrer Jacke hinunter, sorgsam darauf bedacht, kein Geräusch zu verursachen, das der Wind davontragen könnte. Öffnete die Jacke, schlug sie zurück und legte die Hand auf den Griff ihrer Pistole. Sie war bereit, jetzt musste sie den Mann nur noch dazu bringen... sie war sich sicher, dass er bewaffnet war. Sie musste es nur schaffen, ihren Auftrag zu erfüllen und ihn gleichzeitig genug reizen.

„Was wollen Sie von mir?"

Er versuchte, abgebrüht zu klingen und geschäftsmäßig. Irgendwie ernüchternd, Geheimagenten waren auch nicht, was sie einmal waren. Oder der Mann war einfach nur alt. In jedem Fall bezweifelte sie, dass er dumm genug war, um ernsthaft eine solche Frage stellen zu müssen. Aber gut, sie war bereit mitzuspielen. Ihm das zu geben, was er fürchtete.

„Mach dir da mal keine Sorgen, Süßer, Du musst einfach nur tun, was man dir sagt. Und..."

Er fiel ihr ohne zu zögern ins Wort. Sie konnte riechen, wie aufgekratzt er war, wie viel Angst er hatte.

„Und dann lassen Sie meine Tochter frei?"

Sie fragte sich unwillkürlich, ob er sich wohl so um seine Tochter sorgen würde, wenn er wüsste, mit welcher Story sie die Reporterin geködert hatten. Sie war in Versuchung, es ihm zu sagen, gleich hier und jetzt. Aber sie hätte dafür gern sein Gesicht gesehen. Und sie musste erst noch etwas erledigen.

„Möglicherweise. Wenn Du dich klug verhältst."

Natürlich nicht. Sowie sie hier fertig waren, würde sie wieder auf die Farm fahren, würde der kleinen Journalistin ein Messer in den Hals stecken und danach das Haus anzünden. Nur das hier erledigen. Erst die Arbeit, dann das Vergnügen.

„Alles, was Du dafür tun musst, ist ein kleiner Anruf. Internationales Gespräch."

Er spannte sich an. War das eine Beule, unter seiner Achsel? Eine kleine Wölbung der Jacke? Hatte sie sich bewegt? Er hatte die

Arme vor der Brust verschränkt. Es wäre durchaus möglich, dass er ebenfalls eine Hand auf der Waffe hatte. War er vielleicht genauso begierig darauf, das hier auf die gute, ehrliche Art und Weise zu klären?

„Was für einen Anruf? Wen?"

Na, komm schon. Mach einen Fehler. Beweg' dich. Zieh. Ein bisschen Öl im Feuer schadete sicher nicht.

„Du kennst die Nummer. Stand, glaube ich, auf irgend so einem Memo. Du weißt schon. Du sprichst, ich diktiere."

*

Imran gefror innerlich. Alles, nur nicht das. Seinen Beruf, seine Würde... selbst sein Leben... all das hätte er bereitwillig aufgegeben, um Alexandras Leben zu retten. Aber das... er hätte es kommen sehen sollen. Hätte es kommen sehen müssen.

Sie betrieben Schadensbegrenzung, ja. Aber nicht nur bei ihm. Er selbst war nur Mittel zum Zweck, Mittel, um an jemand anderen heran zu kommen. Jemand, der es vielleicht nicht ganz so sehr verdient hatte wie er selbst. Jemand, der nicht jahrelang Verbrecher wie diese Attentäter mit Mordaufträgen versorgt hatte. Jemand, der diesen Killern nachsetzte, mit dem ehrlichen Ansinnen, die Unschuldigen zu beschützen.

Er wünschte sich, er hätte Vadim oder irgendjemand anderen mitgebracht. Aber das Risiko war zu groß gewesen. Und die Chance, seine Tochter frei zu bekommen, war zu klein, selbst wenn er tat, was von ihm verlangt wurde.

Er war bereit gewesen, alles zu verraten, aber nicht das. Nicht so jemanden. Das konnte... das durfte er nicht. Und Alexandra... er dachte an den Brief, den er ihr in seiner Wohnung hinterlassen hatte, den sie vermutlich niemals lesen würde. Diese Nummer stand darin. Zusammen mit einigen erklärenden Notizen. Zusammen mit Bitten um...

Hätte sie das gewollt? Dass ihr Leben um einen solchen Preis erkauft wurde? Konnte er ihr das antun? Er zweifelte nicht daran, dass sie es herausfinden würde. Schlau war sie zweifellos. Vielleicht schlauer, als er es je gewesen war.

Alexandra, vergib mir...

Seine Finger schlossen sich endgültig um den Griff der Makarov, den sie bereits seit geraumer Zeit getätschelt hatten. Er musste es tun. Mit ein bisschen Glück... er war immerhin so etwas wie ein Ermittler. Wenn es ihm gelang, die Attentäterin umzubringen... vielleicht hatte sie irgend einen Hinweis bei sich oder in ihrem Wagen. Vielleicht konnte er herausfinden, wo sie Alexandra gefangen hielten. Vielleicht... Sie brauchten ihn für diesen Anruf. Also würden sie ihn nicht sofort erschießen. Also hatte er eine Chance, auch wenn er es nicht riskieren wollte, Gefangene zu machen. Er bezweifelte sowieso, dass man eine derart Irre brechen konnte, wenigstens in so kurzer Zeit.

Die Frau hatte schon genug geredet, dass er wusste, wo sie stand, zumindest ungefähr. Er musste es versuchen. Alexandra, vergib mir, für so unendlich Vieles...

Sein Finger krümmte sich. So schnell er konnte, drei, vier Mal hintereinander.

*

Die Frau wusste ganz einfach nicht, wie ihr geschah, als die Schüsse fielen. Angeblich verlangsamte sich die Zeit unter Adrenalin ja, aber wenn dem so war, dann passierte das hier zu schnell, als dass ihr Körper anfangen konnte zu pumpen.

Noch bevor der Knall des zweiten Schusses ihre Ohren erreichte, wirbelte der Treffer sie herum. Bevor sie auch nur gegen das Eisengitter hinter ihr stieß, riss eine weitere Kugel ihre Wange auf. Ihr Kopf krachte seitlich gegen die Reling der Fußgänger-Brücke, und sie sackte auf dem schneebedeckten Beton zusammen. Sterne und Lichtreflexionen tanzten vor ihren Augen. Da war Eisen in ihrem Mund, Blut, das ihre Zunge entlang lief und ihren Mund füllte. Ihre linke Schulter war heißes Feuer, schmerzhaft genug, dass sie zu schreien versuchte, auch wenn nur Gurgeln und Blut aus ihrem Mund kamen. Durch das Feuerwerk des Schmerzes, das vor ihren Augen und in ihrem Hirn tobte, erkannte sie nur schemenhaft, wie sie das dicke, heiße Rot aushustete, vor ihr in den Schnee.

Fast noch mehr schmerzte, dass es so plötzlich gekommen war. Sie hatte damit gerechnet, dass er herumfahren würde, die Waffe in weitem Bogen schwingend. Aber nicht damit, dass er einfach durch den Rücken seiner Jacke schoss... das war, verdammt noch mal... ja, was? Nicht fair? Sie wäre die erste, die den Gedanken von Fairness in einem solchen Kampf verlacht hätte. Verdammte Scheiße, das hatte sie nicht geplant. Sie hatte beinah vergessen, wie verflucht weh es tat, angeschossen zu werden. Und wie sie es drehte und wendete... er hatte sie geschlagen. Sie hatte es nicht einmal geschafft zu ziehen. Ihre rechte Hand krampfte noch immer über einem leeren Holster. Sie wusste nicht, was mit der Pistole passiert war. Vielleicht war sie aus dem Holster gerutscht, als sie kollabiert war. Vielleicht lag die Waffe irgendwo neben ihr im Schnee.

Verdammte Scheiße.

*

Imran starrte auf seine Pistole hinunter. Sie lag am Ende seines ausgestreckten Arms, und dann noch drei, vier Meter weiter. Unten auf den Schienen. Und langsam aber sicher begriff sein Hirn, was passiert war.

Heckenschütze. Es musste ein Heckenschütze sein. Er hatte nicht mehr als die drei Schüsse gehört, die er selbst abgegeben hatte. Die Wucht des Treffers war zu groß für eine Handfeuerwaffe. Hatte ihn von den Füßen gestoßen, über das Geländer gewickelt wie eine zerbrochene Puppe. Und eine Waffe dieses Kalibers hätte er gehört, selbst schallgedämpft. Und die Wunde war so groß... da war soviel Blut... rann die Eisenstangen hinunter. Tropfte auf die Schienen. Er hatte es wenigstens versucht. Hatte es versuchen müssen. Hatte keine andere Möglichkeit gesehen.

Ihm wurde immer kälter, mit rasender Geschwindigkeit. Das Atmen fiel ihm immer schwerer, geschweige denn, dass er seine

Beine hätte bewegen können oder seinen Rücken. Er war lange genug in seinem Geschäft gewesen um zu wissen, dass er den Treffer nicht überleben würde, dass seine Wirbelsäule verletzt war und seine Lungen vermutlich gerade kollabierten. Seltsamerweise tat das nicht annähernd so sehr weh, wie die finstere Gewissheit des Versagens. Aber wenigstens würden die Bastarde nicht die Chance bekommen, ihn zu missbrauchen, um noch mehr Unschuldigen zu schaden. Wenn er doch nur...

Alexandra, vergib mir...

*

Es war gut gewesen, nicht ohne Unterstützung herzukommen. Sie war sich durchaus bewusst, dass sie ohne Natsukis Eingreifen vermutlich tot wäre. Ein seltsamer Gedanke das, selbst für jemand, der sich soviel mit dem Ableben beschäftigt hatte. Immer die Kontrolle behalten. Das war... das war zu viel Adrenalin. Zuviel Schmerz. Sie sollte wenigstens damit aufhören, sich anschießen zu lassen. Zuviel Aufregung. Viel zu viel.

Alles drehte sich vor ihren Augen, als sie es endlich schaffte, auf die Füße zu kommen. Gar nicht so einfach mit nur einer Hand und ohne diese mit Blut zu besudeln. Es tropfte aus ihrem Mund, rann ihre Wange und ihren Hals hinab, und im Ärmel ihren Arm. Und da war noch mehr. Fluten, die aus dem Russen tropften. Der Russe... war aller Wahrscheinlichkeit hinüber.

Shit.

Gut, sie hielt es nicht gegen Natsuki, dass die Asiatin die sichere, tödliche Variante gewählt hatte. Aber soviel zu Plan A. Also improvisieren. Wie so oft in letzter Zeit. Fühlte sich sowieso besser an. Auch wenn es in diesem Fall scheiße nochmal weh tat.

Sie fingerte in ihrer Tasche nach dem Mobiltelefon. Es fiel ihr sogar schwer, die Hand zu bewegen, deren Arm nicht angeschossen worden war. Verdammte Scheiße. Irgendwie gelang es ihr, die Nummer zu wählen, auch wenn sie drei, vier Mal schwer Blut herunter würgen musste, um sprechen zu können. Selbst dann klang ihre Stimme fremd. Blubbernd, irgendwie fahrig. Und sehr viel höher und panischer als ihr lieb war.

„Komm' runter. Bring 'as Spray mit."

Sie hatte Blut verloren, viel Blut, überall auf der Brücke verteilt. Unmöglich, das alles wegzuwischen, zumindest nicht ohne ein paar Stunden Zeit, die sie gerade nicht hatten. Andererseits war das nicht die Gegend, wo jeder Blutfleck auf dem Beton gleich ins Labor kam. Aber nur für den Fall, das Spray, die Proben unbrauchbar machen. Nichts dem Zufall überlassen.

Sie machte sich daran, die Leiche abzutasten. Ein Handy. Brieftasche. Bisschen Kleinkram. Ein laufendes digitales Tonbandgerät, an seinem Unterschenkel mit Klebeband befestigt. Unartig das, aber kein Beinbruch. Es nahm nur auf, sendete nicht. Sie stopfte die Gegenstände in ihre eigene Tasche.

In der Ferne rauschte ein Zug heran. Auf der Mittelspur. Einer, der durchfuhr. So passend wie jede andere Möglichkeit. Sie lehnte sich unter Schmerzen in ihrer Schulter gegen das Geländer. Sie setzte einen Fuß gegen das Gesäß der Leiche und schob. Der russische Agent fiel wie eine Puppe, landete mit einem feuchten Schmatzen unten auf den Schienen. Sekunden, bevor der Güterzug hindurch donnerte. Ohne jede Anstalten, langsamer zu werden.

Viel Glück dabei, die Leiche zu identifizieren, geschweige denn die Austrittswunde. Und jetzt nur weg von hier. Sie brauchte ein paar Pflaster und ein paar Pillen. Und Plan B. Und eine gewisse Russin, wenn sie denn noch da war, hatte ein Date mit einem Messer. Wenigstens das sollte nicht auch noch schiefgehen.

*

Das Telefon riss Michelle auf dem Schlaf. Nun ja. Ein Telefon. Ihr eigenes hatte sie erschossen. Jedenfalls war sie sich da ziemlich sicher, trotz des alkoholisierten Schlafs, der ihr Hirn noch immer fest im Griff hatte.

Und der Klingelton war auch nicht der ihre. Bekannt, aber nicht vertraut. Es kam vom Tisch, von darunter. Aus einem kleinen Beutel. Dem Beutel mit N... mit seinen Sachen. Seinen persönlichen Gegenständen aus dem Leichenschauhaus. Das war sein Handy.

Für einen Moment gefror sie innerlich, und die Kälte spülte alle Müdigkeit aus ihrem Körper. Sie starrte auf das Display. „Null-Null-Siebener"-Vorwahl. Russland.

Es war der erste Anruf für den Briten, seit seinem... seinem... Was hatte sie zu verlieren? Vielleicht, nur vielleicht war das etwas, das ihr weiterhalf. Sie klappte das Telefon auf und meldete sich.

„Michelle Deprés."

Eine Frauenstimme auf der anderen Seite. Englisch mit schwerem, slawischem Einschlag. Klang irgendwie verstört. Aufgebracht.

„Mein Name ist Alexandra Pethrukov. Sie kennen mich nicht, aber Sie haben vor Kurzem mit meinem Vater gesprochen. Und jetzt ist er tot. Ich habe Informationen für sie."

Bukarest, Rumänien. 03. März, 11:36 p.m.

Der Mann lehnte mit dem Kopf an der kühlen Scheibe. Strich sich eine Strähne aus dem Gesicht. Rutschte auf der Sitzbank hin und her im Versuch, sich etwas bequemer zu positionieren.

Er war furchtbar gelangweilt. Er sollte aufmerksamer sein. Auf seine Umgebung achten. Dem alten Mann, der auf ihn einredete, zuhören vielleicht. Oder darauf achten, dass die Dinge nach Plan verliefen. Er sollte nicht abschweifen. Sollte sich konzentrieren.

Aber es fiel ihm zunehmend schwer, auf diese Dinge achtzugeben. Selbst wenn es um Leben und Tod ging. Selbst wenn er noch immer eine gewisse Freude empfand, was die planerischen Aspekte des Ganzen betraf. Seiner Arbeit. Seiner Berufung.

Aber was die Ausführung anging... nun ja. Er erinnerte sich an ein Zitat aus einem Film. „Ich bin der Spieler. Ich stelle die Figuren auf. Ich sehe sie umfallen." Aber darauf zu warten, dass die Figuren fielen... das war ermüdender denn je.

Da draußen vor dem Fenster zog in Lichtbahnen das Leben vorbei. Selbst zu dieser späten Stunde so hell, so schnell. So bunt. Aber war es das wirklich? Wer... welcher dieser Menschen, die sich da draußen in fliegender Hast bewegten, hatte denn ein aufregenderes Leben als er? All die Pläne... all die süße, berauschende Macht.

Doch was nützte ihm das? Was nützte ihm all das Geld? Alle, die wussten, was er tat, was er tun konnte, waren zu nah. Er musste sie nicht von seiner Genialität überzeugen. Und all die... all die Menschen da draußen würden es nie erfahren. Wie leicht er sie vernichten konnte, wie leicht er ihre Leben auf ewig verändern konnte. So leicht... und was machte es schon? Selbst die meisten seiner Opfer, selbst die meisten ihrer Angehörigen wussten nichts von ihm. Wussten nicht einmal, dass es jemanden wie ihn gab. Dass ihre Freunde oder Verwandten ermordet worden waren.

Der Fluch der Genialität. Es waren immer die Amateure, irgendwelche verirrten Idioten, die junge Frauen mit einer Axt zerhackten, die es in die Schlagzeilen schafften. Die ihren Ruhm genießen durften. Den Kitzel genießen durften, den einem das Wissen gab, dass man gejagt wurde. Dass hinter jeder Ecke Verfolger lauern konnten, mit gezogenen Waffen und Spürhunden. Die Macht, die es einem verlieh, wenn die Menschen bei der bloßen Erwähnung eines Namens Angst hatten.

Er hatte keinen solchen Namen, er war ein Geist. Ein Phantom, unsichtbar, ohne irgendeine Spur, die zu ihm führte. Es war nicht leicht gewesen, sich daran zu gewöhnen, den Gedanken zu akzeptieren. Daher war es im Grunde erfrischend, dass jemand etwas wusste. Dass jemand nach ihm suchte. Vielleicht hatte er sich insgeheim gewünscht, dass es mehr Menschen gegeben hätte, die dieser Polizistin glaubten.

Es war zu einfach, auf diese Art. Nicht genug Figuren, die es auszuspielen galt. Das konnte ja fast jeder schaffen. Und es würde bald vorbei sein. Würde noch heute Nacht zu Ende gehen. Die Verwundung seiner Schwester beschäftigte ihn, ja, das doch. Seine Schwester war immer da gewesen, solange er zurück denken konnte. Aber es war vorher schon passiert, dass einer von ihnen verletzt worden war. Er glaubte nicht, dass diese Verletzung der Grund für seine Grübeleien, für seine Melancholie war.

Nein, der wirkliche Grund war ein anderer... war der Todesfall, der bevorstand. Die französische Polizistin war die einzige, die tatsächlich etwas wusste, ohne selbst in einem Sumpf aus Mord und Verbrechen zu stecken. Die einzige Verbindung... zur realen Welt. Heute Nacht würde die Frau sterben, diese Verbindung würde getrennt. Er würde wieder zum Phantom, zum Schatten. Und das gefiel ihm ganz und gar nicht.

Der alte Rumäne brabbelte noch immer vor sich hin, der Mann ignorierte ihn nach wie vor. Er sah auf sein Mobiltelefon hinunter. Fast Mitternacht. Es war bald so weit. Es würde bald anfangen.

*

Michelle fror, aber auch wenn es in dem geparkten Renault bitterkalt war, sie zitterte nicht vor Kälte. Sie zitterte vor Konzentration, vor Anspannung. Vor unterdrückter Wut. Das war nicht gut. Sie brauchte eine ruhige Hand, für das, was sie tun würde. Tun musste.

Sie blickte auf die Waffen in ihrem Schoß. Den reich verzierten Revolver und eine mattschwarze Pistole. Ebenfalls ein Colt. Sie hatte vierzehn Schuss. Sechs in der Trommel. Sieben im Magazin, eine in der Kammer. Sie hatte ein Ersatzmagazin für die Pistole, aber sie bezweifelte stark, dass sie zum Nachladen kommen würde, wenn das Ganze erst einmal begann, wenn die Kugeln losflogen.

Wenn der Mann denn kam. Wenn der Killer auftauchte. Aber Michelle war zuversichtlich. Was sie am Telefon erfahren hatte, klang zuverlässig. Und sie hatte seitdem noch drei, vier Mal mit der Russin telefoniert. Auch sie hatte jemanden an diese Menschen, diese Monster verloren. Ihren Vater. Und sie war als Druckmittel benutzt worden, um den Mord an ihrem Vater möglich zu machen.

Michelle konnte sich nichts Schlimmeres vorstellen, als derartig missbraucht zu werden. Sie fühlte sich ohnehin schon unendlich schuldig... sie mochte nicht daran denken, wie die Russin sich fühlen musste. Aber Michelle... sie würde Rache üben. Für Alexandras Vater. Für Nicolas. Kein Zweifeln. Kein Zögern. Kein Gedanke an die Konsequenzen. Sie tat das hier nicht für sich, sie tat es für die lange, lange Liste von Toten, welche diese Attentäter zu verantworten hatten. Wenigstens versuchte sie das zu glauben.

Ein Wagen zog an ihr vorbei. Ein dunkler SUV mit rumänischem Kennzeichen. Dem Kennzeichen. Dem, auf das sie gewartet hatte. Es war beinahe Zwölf, sie waren sogar pünktlich. Ihr Herz fing an zu hämmern, schneller und schneller und schneller. Gleich. Gleich. Gleich war es soweit.

Der dunkle Wagen hielt an. Direkt vor dem hell erleuchteten Hoteleingang. Das war gut. Sie standen im Licht, Michelle hatte unter einer der zahlreichen zerbrochenen Laternen geparkt. Das war gut. Sie konnte es schaffen. Sie würde es schaffen. Sie musste es schaffen.

Die Türen des Wagens öffneten sich, alle vier. Michelle hielt den Atem an. Aus den vorderen Türen sprangen zwei geleckte Osteuropäer in weiter, abgewetzter Kleidung. Weit genug, um Waffen darunter zu verbergen. Aber damit hatte sie gerechnet. Da war keine andere Möglichkeit gewesen, diese Menschen so offen zu erwischen. Und vorerst war nur der männliche Attentäter wichtig. Der, der Nicolas erschossen hatte.

Einer der beiden Handlanger ging zur rechten Hintertür und half einem alten, grauhaarigen Mann im ballonseidenen Trainingsanzug hinaus, während Michelle so leise wie möglich ihre Fahrertür öffnete. Auch damit hatte sie gerechnet. Und jetzt hielt sie den Atem an.

Ein Fuß kam an der linken Hintertür zum Vorschein. Der Mann, der ausstieg, war erkennbar schlanker als die anderen drei Personen, und im Gegensatz zu ihnen trug er einen schwarzen Anzug. Michelles Herz setzte einen oder zwei Schläge aus. Sie erkannte langes, seidiges Haar, das offen über die Schultern fiel. Schwarze Handschuhe, die gerade einen Hut aufsetzten. Eine Welle von Hass überflutete sie. Michelle konnte an nichts anderes mehr denken. Hass. Rache.

Sie fuhr aus dem Wagen hoch und legte die Pistole an.

Vierzehn Schuss.

„Pisztoly!"

Jemand schrie, irgendetwas Slawisches. Sie drückte ab, zwei Mal schnell hintereinander. Obwohl sie die letzten Tage mit Übungen mit diesen Waffen verbracht hatte, traf der Rückstoß ihre ausgestreckten Arme wie ein Vorschlaghammer.

Das erste Projektil blieb mit einem scharfen Knacken irgendwo auf Hüfthöhe im getönten Panzerglas der offenen Autotür stecken. Die zweite Kugel streifte den großen, schlanken Mann irgendwo am Arm, vielleicht auch nur am Ärmel. Es kam Leben in die Rumänen. Hände gingen in Jacken, Männer drehten sich zu ihr um.

Zwölf Schuss.

Sie blieb völlig unbeeindruckt stehen, breitbeinig, den Revolver im Gürtel, die Pistole mit beiden Händen vorgestreckt. Sie ließ sich ein kleines bisschen mehr Zeit zum Zielen diesmal. Lang genug, um erst flach auszuatmen und den Atem dann anzuhalten. Sie drückte ab, die Waffe krachte. Der Treffer landete im Rücken des Mannes, und die Wucht des Kaliber 45-Projektils warf den Mann gegen die Tür. Der Leibwächter rechts vom Auto rang mit dem alten Mann, der ganz offensichtlich nicht in Deckung gezogen werden wollte. Der Gangster links vom Wagen hatte inzwischen einen silbernen Revolver in der Hand. Aber die wichtigen Dinge zuerst.

Elf Schuss.

Ihr Zeigefinger beugte sich zweimal in rascher Folge. Inzwischen hatte sie sich eingeschossen, konnte mit dem Rückstoß der Waffe in diesem Winkel sehr viel besser umgehen. Das erste Geschoss traf ihn genau zwischen den Schulterblättern, der zweite war ein Volltreffer. Der Mann hatte es fast geschafft, den Kopf in ihre Richtung zu drehen, als die Kugel seinen Schädel knapp über dem Ohr traf. Was da an Gesicht gewesen sein mochte, wurde weggerissen und spritzte in einer roten Fontäne gegen das Glas. Der Körper sackte zusammen, gerade so, als sei jede Spannung aus dem Leib gewichen.

Neun Schuss.

Eine Waffe entlud sich, und es war keine von ihren. Sie spürte den Luftzug eines Geschosses, das an ihr vorbeirauschte. Die immanente Gefahr, in der sie schwebte, wischte einen Großteil des Hochgefühls hinfort, das sie ob ihres Erfolges verspürte. Das hier war noch nicht durchgestanden. Der alte Mann schrie aus voller Kehle, entwand sich dem Griff seines Bewachers. Der andere Lakai schrie genauso, den Revolver wild in Michelles Richtung wedelnd.

Sie feuerte ein, zwei, drei Schüsse auf den Kerl ab, schon halb in der Bewegung nach unten. Nicht annähernd so gut gezielt wie ihr bisheriges Feuer, aber das Glück war ihr hold genug. Das Geschrei wechselte die Tonlage, als ein Treffer den Mann auf den Rücken beförderte. Michelle duckte sich hinter den Wagen, gerade rechtzeitig, um einer hämmernden Salve automatischen Feuers zu entgehen.

Sechs Schuss.

Michelle ließ die Pistole los und fischte den Revolver aus dem Gürtel, spannte den Hahn. Die automatische Waffe knatterte von neuem auf, übertönte mühelos das gutturale Geschrei. Zum zweiten Mal in viel zu kurzer Zeit schauerte zerfetztes Autoglas auf sie hinab. Auch wenn sie es diesmal kaum bemerkte. Selbst der Schaden an dem heiß geliebten Renault entging ihrem von Adrenalin überfluteten Hirn völlig. Sie musste fort von hier. Einen hatte sie erwischt, aber da waren noch mehr Attentäter. Deren Aufenthaltsorte ihr ebenfalls bekannt waren. Sie musste das hier schnell beenden. Michelle feuerte zwei Mal blind über die Kühlerhaube, um die übrigen Angreifer in Deckung zu zwingen.

Vier Schuss.

Sie wartete eine weitere Salve ab, dann stieß sie sich ab. Mit einer schnellen, fließenden Bewegung tauchte sie an der Haube vorbei und kam auf die Füße, die Waffe in der Hand und angelegt. Der alte Rumäne war offensichtlich auf sie zugerannt, stand nun vielleicht drei oder vier Meter von ihr entfernt, eine kurze, stupsnasige Maschinenpistole an der Schulter. Sie funkelten einander an, für eine einzelne, irre, zeitlupenhafte Sekunde.

Sie schoss, so schnell ihre Finger das zuließen. Er schoss sein Magazin leer.

Er stürzte.

Sie stürzte.

Auf eine solche kurze Entfernung hatte keiner von beiden eine reelle Chance, dem bleiernen Tod zu entgehen.

Drei Schuss, zwei Schuss... was auch immer, ihre Finger bekamen den Griff des Revolvers nicht mehr zu fassen. Sie war schwer gelandet, rücklings auf dem Kopfsteinpflaster. Erstaunlicherweise war ihr Blick kein bisschen getrübt. Es tat nicht einmal weh. Sie konnte den Streifen Himmel über sich erkennen, zwischen den Fronten der alten Häuser. Den Schein der Straßenlaternen am Rande ihres Blickfeldes. Es tat nicht weh. Warum tat es nicht weh? Es sollte doch weh tun, oder nicht? Ihr Kopf tat weh, ja. Aber nur ein wenig... und ihr Körper... da war kein Schmerz. Ja, ihr war kalt. Aber sie hatte ja schon die ganze Zeit gefroren. Das war nichts Besonderes. Aber wieso konnte sie ihre Finger nicht schließen? Wieso konnte sie ihren Rücken nicht krümmen, ihre Beine nicht bewegen, nicht aufstehen? Panik kroch unter dem Mantel der Kälte in ihrem Leib hervor, ergriff langsam aber sicher Besitz von ihren tauben Gliedmaßen. So kalt... kälter als vorher, kälter als es im Auto gewesen war. War das... fühlte es sich so an, wenn man starb? War das, wie Nicolas sich gefühlt hatte? So unendlich kalt und einsam? Nicolas... so kalt. Es schien beinahe, als würde die Dunkelheit zwischen den Häusern nach unten kriechen, auf sie zu. Starb sie?

Die Kälte machte ihr Hirn taub und träge. Wo war das Licht hin, das Licht der Straßenlaternen?

Verschluckt... eingefroren... wach bleiben. Sie musste wach bleiben. Ihre Aufgabe... sie hatte eine Aufgabe. Musste Rache üben. Wenigstens... wenigstens hatte sie den schlimmsten Killer erwischt. Nicolas' Mörder war tot. Sie hatte ihn getötet. Sie klammerte sich an diesen Gedanken. Wie an einen Rettungsanker. Sie musste wach bleiben. Der Gedanke, dass sie es geschafft hatte, gab ihr ein bisschen Wärme. Wärme war Licht, war Leben. Aber die Dunkelheit kam unaufhaltsam näher. So kalt, so kalt, nur kalt.

Nicolas...

Ich hab's -

geschafft.

Dunkelheit. Kälte. So kalt.

Die Dunkelheit verschlang sie.

*

Der Mann war aufgestanden, als die Schießerei angefangen hatte. Der alte Kassierer der Nachtschicht in dem Schnellimbiss, in dem er gesessen hatte, war beim ersten Lärm hinter der Theke in Deckung gesprungen. Also hatte er den kleinen Geldschein auf der Theke gelassen.

Er wusste, wo er hingehen musste. Wo die Schießerei stattgefunden hatte. Er sinnierte, dass Feuergefechte sich stets länger anfühlten, wenn man daran beteiligt war. Tatsächlich dauerte der ganze Schusswechsel nur ein paar Sekunden. Er hatte sich nur eine Querstraße entfernt postiert, aber er schaffte es nicht einmal bis in Sichtweite, bevor alles vorüber war.

Das Geschrei war abgestorben. Er grinste innerlich über seine geistige Wortwahl. Aber er waren zweifellos ein paar Figuren umgefallen. Zeit, um nachzusehen, wer noch auf dem Spielbrett stand. Vermutlich nicht allzu viele.

Es war auf einmal erstaunlich still geworden hier. Vielleicht waren das auch nur seine Ohren, die sich nicht an den gesunkenen Lärmpegel gewöhnt hatten. Er entschied sich, an der Häuserecke innezuhalten. Die Szenerie verdiente ihren Soundtrack, so hoffte er zumindest. Er konnte ein paar Augenblicke entbehren, nahm sich die Zeit, die Kopfhörer aus seiner Tasche zu fummeln und angemessene Musik auszuwählen, während er den Schritten lauschte, die sich eilig entfernten. Dann zog er eine seiner Pistolen, nur für den Fall. Erst danach schritt er auf die Straße hinaus, ließ seinen Blick schweifen.

Zwei Autos. Eines noch immer mit brennendem Licht, einem toten Tier gleich alle vier Türen von sich gestreckt. Das andere, ein alter, grauer Wagen, zerfetzt von Kugeln. Eine Person lag vor ihm auf dem Pflaster. Langsam und rasselnd atmend. Eine Hand auf dem Hals, eine Blutlache unter ihm. Der Mann unterdrückte den Impuls, dem Verwundeten ins Gesicht zu schießen. Nur ein paar Meter vom ersten Körper, nah an dem geöffneten Auto lag das, was von Zlatan Malizescu noch übrig war. Obwohl er bereits Fotos gesehen hatte, fand er es doch amüsant, wie sehr der Junge versucht hatte, ihm nachzueifern, das Aussehen seiner Erscheinung anzupassen. Er selbst vermisste sein langes Haar schon ein wenig, aber gewisse Grundsätze der Vorsicht waren notwendig.

Dann erkannte er den nächsten Körper, mitten auf der Straße. Zwei, drei, hastige Schritte und er stand über der Französin. Sie lag da, hingemetzelt, mit einem Dutzend Löcher in Brust und Unterleib. Mit wachsender Verzweiflung suchte der Mann nach Leben in den kalten, gebrochenen Augen. Nach einem Zeichen, dass da noch etwas war. Irgendein Funken von Leben, eine Spur von Bewusstsein, dem er seine Überlegenheit demonstrieren konnte. Aber da war nichts. Gar nichts. Die Frau war tot. Genauso tot wie Anton Malizescu, der zwischen den Autos in seinem Blut lag.

Er sollte sich großartig fühlen.

Er hatte gewonnen. So umfassend wie man nur gewinnen konnte. Er war mehr als ein Phantom. Er war ein Magier, ein Gott unter Sterblichen. In Anbetracht dessen, was er soeben vollbracht hatte, solle er sich unbesiegbar fühlen.

Aber wo blieb die süße Satisfaktion, auf die er gehofft hatte?

Er verstaute seine Pistole und fischte einen kleinen Plastikbeutel aus der Tasche seiner Windjacke. Der Mann öffnete das Behältnis mit spitzen Fingern und schüttelte es. Eine einzelne Rosenblüte segelte langsam auf die Leiche hinunter.

Ein Risiko, natürlich, auch wenn er sich sicher war, keine Spuren auf der Blume hinterlassen zu haben. Aber soviel Theatralik... soviel Respekt gegenüber der geschlagenen Gegnerin war dann ganz einfach notwendig. Nach allem, was passiert war. Nachdem sie ihm einen ungekannten Nervenkitzel verschafft hatte, der soviel süßer war als seine übliche Arbeit.

Dennoch, seine Arbeit hier war getan. Er hatte, was er wollte. Die Gewissheit, dass sein Auftrag erfüllt, seine Gegner besiegt waren. Man konnte sich in Osteuropa zwar auf eine größere Kulanzzeit verlassen, aber irgendwann würde dennoch jemand Offizielles auftauchen. Vielleicht waren da schon Sirenen in der Ferne, bei der Lautstärke der Musik in seinen Ohren konnte er das nicht zuverlässig sagen.

Er ging los. Wanderte durch die kalte, verregnete Stadt. Möglich, dass er noch auf sein Ziel, auf den Bahnhof zu marschierte. Aber letztlich machte es keinen Unterschied. Er wanderte durch die bunte, schillernde Nacht, das harte Wummern der deutschen Musik in den Ohren.

Er hatte diese Runde gewonnen. Es machte ganz einfach keinen Sinn, auf diesem Niveau weiterzuspielen. Ein kluger Spieler würde aussteigen, solange die Chips auf seiner Seite des Tisches lagen. Es war eine Frage für die Philosophen, ob es so etwas gab wie einen klugen Spieler. Und die wahren Spieler... spielten weiter. Und erhöhten den Einsatz.

#theEnd?

Danksagung

Jedes gute Buch wird aus der Egomanie einer einzelnen Person geboren. Aus dem Glauben, dem eigenen Geist könne eine Geschichte entspringen, die es wert ist, erzählt zu werden. Wert, auf tote Bäume gebannt zu überdauern.

Aber kein Werk entsteht in einem Vakuum. Und sei es nur, weil Menschen nächtelang aus dem Leben ihrer Familie und ihrer Freunde verschwinden, um sich Beruf und Berufung zu widmen.

Ich bin viele Nächte lang fort gewesen.

Mein Dank gilt also zuallererst meinen unermüdlichen Eltern und meiner wundervollen Lebensgefährtin. Ob als Testleser, „Ausputzer" oder Unterstützer, ich könnte mir kein besseres oder langmütigeres Team wünschen.

Gedankt sei an dieser Stelle auch den unzähligen Menschen, die all das Wissen und all die Karten im Internet zur Verfügung gestellt haben. Ohne Euch hätte dieses Buch sehr viel mehr Arbeit bedeutet.

Bleibt nur noch eine Gruppe von Menschen, denen ich ohne Zweifel Dank schulde. Und das seid Ihr alle, die Ihr das hier lest. Danke, dass Ihr mir ein paar Stunden eurer Zeit anvertraut habt. Eine Entscheidung, die hoffentlich niemand bereuen wird. Denn ohne Euch wäre all das hier bedeutungslos.

Auf viele weitere Male.

F. S. Schönberg

Die Hand hinter den Tigern:

"Die Würde, die in der Bewegung eines Eisberges liegt, beruht darauf, dass nur ein Achtel von ihm über dem Wasser ist."
(E. Hemingway)

"Es gibt keine Grenzen. Weder für Gedanken noch für Gefühle. Es ist die Angst, die immer Grenzen setzt."
(Ingmar Bergman)

Wasser sollte also für Geheimnisse wie für Entdeckungen immer in der Nähe sein. Es gab einige gute Gründe für Spencer Schönberg, geb. 1991 in Kiel, aufgewachsen zwischen Nord und Ostsee, die Schule bald möglichst zu verlassen. Nach einem Abitur mit drei übersprungenen Klassen in Eckernförde folgten Studien an der walisischen Westküste, der dänischen Ostküste sowie dem schwedischen Malmö am Öresund, in Fächern wie Scenography, Film, International Relations, Peace and Conflict Studies und Human Rights, und seit 2014 noch einmal Film und englische Literatur in Mainz am Rhein.
Immer auf der Suche nach dem richtigen Cut, ob im Film oder in Büchern. Und mit unerschrockenem Blick unter die Oberfläche. Egal, was da lauern mag.

Über tredition

EIN EIGENES BUCH VERÖFFENTLICHEN

tredition wurde 2006 in Hamburg gegründet. Seitdem hat tredition mehrere tausend Buchtitel veröffentlicht. Autoren veröffentlichen in wenigen leichten Schritten gedruckte Bücher, e-Books und audio-Books. tredition hat das Ziel, die beste und fairste Veröffentlichungsmöglichkeit für Autoren zu bieten.

tredition wurde mit der Erkenntnis gegründet, dass nur etwa jedes 200. bei Verlagen eingereichte Manuskript veröffentlicht wird. Dabei hat jedes Buch seinen Markt, also seine Leser. tredition sorgt dafür, dass für jedes Buch die Leserschaft auch erreicht wird.

Im einzigartigen Literatur-Netzwerk von tredition bieten zahlreiche Literatur-Partner (das sind Lektoren, Übersetzer, Hörbuchsprecher und Illustratoren) ihre Dienstleistung an, um Manuskripte zu verbessern oder die Vielfalt zu erhöhen. Autoren vereinbaren direkt mit den Literatur-Partnern die Konditionen ihrer Zusammenarbeit und partizipieren gemeinsam am Erfolg des Buches.

Das gesamte Verlagsprogramm von tredition ist bei allen stationären Buchhandlungen und Online-Buchhändlern wie z. B. Amazon erhältlich. e-Books stehen bei den führenden Online-Portalen (z. B. iBookstore von Apple oder Kindle von Amazon) zum Verkauf.

Jetzt ein Buch veröffentlichen: **www.tredition.de**

EINE BUCHREIHE ODER VERLAG GRÜNDEN

Seit 2009 bietet tredition sein Verlagskonzept auch als sogenanntes "White-Label" an. Das bedeutet, dass andere Personen oder Institutionen risikofrei und unkompliziert selbst zum Herausgeber von Büchern und Buchreihen unter eigener Marke werden können. tredition übernimmt dabei das komplette Herstellungs- und Distributionsrisiko.

Zahlreiche Zeitschriften-, Zeitungs- und Buchverlage, Universitäten, Forschungseinrichtungen, u.v.m. nutzen diese Dienstleistung von tredition, um unter eigener Marke ohne Risiko Bücher zu verlegen.

Alle Informationen im Internet: **www.tredition.de/Buchverlage**

tredition wurde mit mehreren Innovationspreisen ausgezeichnet, u. a. Webfuture Award und Innovationspreis der Buch-Digitale.

tredition ist Mitglied im Börsenverein des Deutschen Buchhandels.

Zeitfracht Medien GmbH
Ferdinand-Jühlke-Straße 7
99095 Erfurt, Deutschland
produktsicherheit@kolibri360.de